크레이지 리틀 싱

CRAZY
LITTLE
THING

크레이지 리틀 싱

ⓒ 트레이시 브로건, 2015

초판 1쇄 인쇄일 2015년 4월 30일
초판 1쇄 발행일 2015년 5월 7일

지은이 트레이시 브로건   **옮긴이** 김석
펴낸이 김지영   **펴낸곳** 작은책방
마케팅 김동준 · 조명구   **제작** 김동영

출판등록 2001년 7월 3일 제2005 - 000022호
주소 121-895 서울시 마포구 어울마당로 5길 25 - 10 유카리스티아빌딩 3층
                            (구. 서교동 400-16 3층)
전화 (02)2648-7224   **팩스** (02)2654-7696

ISBN 978 - 89 - 5979 - 358 - 7 (03840)

- 책값은 뒷표지에 있습니다.
- 잘못된 책은 교환해 드립니다.

CRAZY

크 레 이 지　　리 틀　　싱

LITTLE

트레이시 브로건 지음　**김석** 옮김

THING

작은책방

목차

내 남편은 저질 바람둥이였다. 여자 마네킹에 스커트만 둘러놔도 아마 들이댔을 것이다. 발정난 개도 그보다는 점잖을 거라 감히 단언한다.

보통은 남편의 그런 치명적 단점을 알게 되면 이혼을 결심한다. 하지만 나는 어리석게도 그러지 않았다. 아마도 사랑해서 선택한 남편의 치부를 정면으로 보기가 두려웠던 것 같다. 그래서 언제나 끊이지 않고 이어지는 그의 바람기를 단순한 피해망상증 정도로 치부했다. 모른 척했다. 그렇게 8년을 참아왔다.

하지만 인생이란 참으로 모를 일이었다. 8년을 참았으니 80년도 참을 수 있을 거란 나의 오만은 남편 회사 파티에서 빨간 머리 왕가슴 계집애의 스커트 안에 남편의 손이 들어가 있는 걸 목격한 순간 산산이 부서지고 말았다. 서서히 균열이 가던 댐이 일거에 폭발하듯 말이다.

"이 망할 오입쟁이야! 차라리 나가 죽어!"라고 욕을 퍼부어주지 못한 걸 천추의 한으로 남긴 채 그날의 사건으로부터 정확히 1년 6일 그리고 14시간 후 나는 이혼서류에 사인했다.

왜 그날 당장 못 했냐고? 물론 그러고 싶은 마음이야 굴뚝같았지만 이혼은 나 혼자만의 문제가 아니었다. 우선 엄마가 제일 걸림돌이었다. 엄마는 자신도 이혼녀이면서 딸이 이혼하는 건 달가워하지 않았다.

"세이디, 잘 생각해봐. 겨우 이런 문제로 이혼한다는 게 말이 되니!"

이 말을 들었을 때 난 진정 엄마가 내 친엄마가 맞는지 진지하게 고민했다.

"그리고 리처드만 한 사람이 어딨다고 그러는 거니. 네가 이래봤자 결국 그 빨강머리 좋은 일만 시키는 거라고. 그리고 네가 다시 그 정도 되는 남자를 만날 수 있을 것 같니?"

'엄마라면 이런 상황을 과연 참을 수 있겠어요?' 라고 반문하고 싶었지만 참았다. 바람피운 사위보다 성실한 딸을 더 낮춰보는 엄마에게 백 마디 설득도 필요 없을 거란 판단 때문이었다.

두 번째 걸림돌은 썩을 황색언론들이었다. 7시 뉴스의 앵커였던 리처드는 우리가 살던 글렌빌에서 꽤나 유명 인사였다. 자극적인 헤드라인을 마른 입의 물처럼 갈구하는 그들에게 우리의 이혼 소식은 꽤나 괜찮은 먹잇감이었다.

언론들은 나를 돈에 미친 꽃뱀으로 몰아갔고, 리처드는 재수 없게 꽃뱀에게 물린 가련한 남자라는 동정표를 얻었다. 나 외에는 그 누구도 리처드와 놀아난 빨간 머리 왕가슴을 기억하지 못했다.

내가 당당하니 괜찮다고 스스로를 위로해 보기도 했지만 견디기가 쉽지 않았다. 자고로 칭찬은 아무리 들어도 기분 좋고, 욕은 아무리 들어도 습관이 되지 않는 법이다.

결국 나는 언론과 주변의 공세에 밀릴 대로 밀려 그야말로 넝마가 되고 말았다. 탈출구가 절실히 필요했다. 그때 도디 이모에게 전화가 왔다.

"세이디, 넌 심리적 정화가 필요해. 이제 리처드의 더러운 카르마를 네 윤회 과정에서 씻어버릴 기회가 온 거야"

도디 이모 특유의 점쟁이 같은 말투는 여전했다. 물론 타로 카드의 영험함, 천사의 존재, 요술봉의 마법 등을 믿지는 않았지만 이모의 제안을 받아들였다. 나는 휴식이 너무 간절했다. 미시간주 벨하버의 바다가 보이는 언덕 위 이모의 핑크색 판잣집이야말로 두 아이가 딸린 싱글녀가 앞으로 어떻게 살아갈지 고민하기에 딱 좋은 곳이었다. 이왕 새 삶을 시작하는데 막 살고 싶지는 않았다.

차가 벨하버의 좁은 번화가 도로로 진입했다. 나는 창문을 내리고 깊이 숨을 들이마셨다. 피부로 느껴지는 뜨거운 모래와 선탠오일 냄새, 그리고 라일락의 향기가 바다 냄새에 섞여 날아왔다. 오랜만에 느껴지는 여유에 내 기분도 덩달아 좋아졌다. 굳이 흠을 잡자면 매미가 너무 시끄럽게 울어 파도 소리가 묻혀버리는 정도일까?

커브를 도니 도디 이모의 마당이 보였다. 물통 근처에 아무렇게나 피어 있는 진달래 덤불 옆에는 누가 봐도 조화가 분명한 조악한 꽃들이 아무렇게나 꽂혀 있고, 철로 만들어진 벤치 옆에는 돌로 만들어진 천사가 가련한 알궁뎅이를 하늘로 쳐든 채 엎어져 있었다. 한 마디로 몇 개월째 파리만 날리는 싸구려 꽃집을 연상케 하는 꼬락서니였다.

"엄마, 여기가 정말 이모할머니 집 맞아? 이건 쓰레기장이잖아……."

페이지가 믿어지지 않는다는 눈빛으로 나를 돌아보았다. 올해 여섯 살이 된 내 딸 페이지는 굳이 말하지 않아도 될 속마음까지 돌직구로 표현하는 경향이 있다.

"난쟁이도 있어!"

네 살이 된 아들 조던이 덧붙였다. 저 알궁뎅이 천사 옆에 무슨 재밌는 구경이나 난 듯 옹기종기 서 있는 괴상한 정원 장식품들을 말하는 듯했다.

"하나, 둘, 셋, 넷……"

"멍청이! 저건 노움(뾰족한 모자를 쓴 작은 남자 모습의 땅속 요정)이야. 노움은 정령이니 난쟁이라 부르는 건 무례한 짓이야."

"지금 날 멍청이라고 했어! 그럼 넌 바보 대가리야!"

아, 피곤하다. 애들은 왜 이런 쓸데없는 일에 번번이 핏대를 세우는 걸까?

도디 이모의 차고 앞에 차를 댔다. 페이지가 먼저 팝콘처럼 좌석을 박차고 튀어 나갔다. 아이들은 풀이 많이 자란 화단을 지나 장식품들 사이로 지그재그를 그리며 뛰어다녔다.

"조심해! 벌레에 물려 아프다고 울고불고 후회해도 소용없다~."

아이들을 뒤로 하고 색이 바랜 나무계단에 올라섰다. 벨하버의 주민들은 문을 잠그지 않기 때문에 노크 없이 그냥 문을 열었다.

문을 연 순간 펼쳐진 잡동사니의 향연에 숨이 턱 막혀왔다. 도디 이모의 집은 일 년 전 마지막으로 방문했을 때보다 더 엄청난 모습으로 변해 있었다.

매듭을 꼬아 만든 올빼미의 유리 눈이 방을 노려보고 있었고, 굉장히 오랫동안 비어 있던 새장은 먼지가 가득 쌓인 실크 장미로 가득 차 있었다. 장미는 돌아가신 이모부를 위한 것이니 그렇다 치지만 정말 참을 수 없는 건 장식장 안 도자기 발레리나 인형과 머리만 유달리 큰 엘비스 피겨였다. "이 장식장의 미친년은 나야!"라고 싸움이나 하듯 대치하고 있는 꼬락서니가 우스꽝스럽기 짝이 없었다.

벽난로 쪽 상황도 딱히 다를 바 없었다. 아무렇게나 놓인 사슴 머리 장식물의 긴 뿔에는 디트로이트 타이거 팀의 야구모자가 성의 없이 툭 걸려 있었다.

그저 보고만 있어도 숨이 턱턱 막혔다. 동시에 모든 걸 다 뒤집어엎어 정리하고픈 충동이 일어나 손가락 열 개가 일제히 근질거렸다.

"어머, 세이디! 드디어 왔구나!"

청록색 기모노에 분홍색 앞치마라는 경악스러운 패션 센스를 한껏 발휘한 이모가 가무잡잡하게 탄 팔을 금발머리 위로 흔들며 다가오더니 아나콘다가 먹이를 휘감듯 나를 감싸안았다.

"예정보다 늦어서 오늘 안 오려나 했다. 오는 길은 어땠니? 시내 쪽으로 왔니? 새로운 우체국은 봤어?"

이모는 마치 슬리퍼를 신은 쓰나미 같았다. 그렇지 않아도 복잡한 거실에서 이모의 수다까지 들으려니 머리가 터질 것 같았다.

"아이들은 어디에 있니? 데리고 왔니? 정말 보고 싶구나. 많이들 컸니? 물론 그렇겠지?"

내가 할 대답까지 혼자 다 하고선 이모가 힘껏 문을 걸어찼다. 그러자 문이 활짝 열렸다. 하지만 이모의 힘이 지나쳤던지 벽을 강타하고 도로 닫혀버렸다. 이모가 머리를 흔들었다.

"월터가 죽기 전에 이걸 고쳐놓을 걸 그랬다."

이모는 이번엔 조심스럽게 문을 연 뒤 쏟아져 들어오는 햇살을 손등으로 가리며 아이들을 바라보았다.

"어머나 세상에, 애들이 저기에 있구나!"

페이지는 양손 가득 종류를 알 수 없는 잡초와 나뭇잎들을 들고 있었다. 조던은 주먹만 한 돌을 캐내어 작은 주머니에 넣으려는 참이었다.

"얘들아, 이리 와! 도디 이모에게 인사 드려야지."

내 말이 떨어지기 무섭게 페이지는 바로 종종거리며 달려왔다. 여전히 잡초(?) 다발을 든 채였다.

"도디 이모! 이모에게 드리는 제 선물이에요!"

"페이지, 엄마가 남의 정원에서 함부로 꽃 꺾는 건 나쁜 짓이라고 했지!"

"여기에 있는 건 다 잡초라고 한 건 엄마잖아!"

아아, 내 딸의 눈치 없는 돌직구가 다시금 강렬하게 날아온 순간이었다.

옆에서 도디 이모의 따가운 눈초리가 느껴졌다. 당황해서 얼른 눈을 피하며 딴청을 피우자 도디 이모가 피식 웃으며 페이지의 볼을 쓰다듬었다.

"고맙다. 정말 아름다운 꽃다발이구나. 그런데 저기 키가 큰 애는 누구니?"

이모가 조던을 가리키며 고개를 갸웃거렸다. 그러더니 믿을 수 없다는 듯 환성을 질렀다.

"어머, 세상에! 조던, 네가 이렇게 큰 거니? 대단하구나. 이 정도면 재스퍼 얼굴에 손이 닿겠는걸."

조던이 웃음을 참느라 입술에 힘을 주고 있는 게 눈에 보였다. 재스퍼는 도디 이모의 장남으로 키가 거의 190에 가까웠다. 요리학원을 졸업했으면서 사람들에겐 호텔 조리학과를 나왔다고 말하고 다니는 허풍선이지만 조던은 그의 큰 키를 무척 부러워했다.

"재스퍼가 벨하버의 유명 레스토랑에 취직한 건 내가 말했던가? 재스퍼, 어디 있니? 세이디가 왔어!"

"재스퍼요? 설마 재스퍼가 여기 있어요?"

"당연하지. 내가 말 안 했니? 레스토랑을 사려고 돈을 모으는 중이라 집으로 들어왔단다."

다시금 두통이 밀려왔다. 재스퍼가 와 있다는 걸 미리 알았다면 절대로 여기 오지 않았을 거다. 재스퍼가 여기서 살면 화장실도 같이 써야 할 테고 그의 지저분한 수염이 여기저기 널려 있다든지 변기 뚜껑을 안 내리는 문제 등을 마주하게 될 테니까. 게다가 집 안에서도 내내 브래지어를 하고 있어야 한다.

젠장, 이게 무슨 휴가람! 아무래도 계획 수정이 필요할 듯했다.

"뭐라고? 벨하버라고? 당신의 그 괴상한 이모가 사는 촌구석?"

전화기 너머 들려오는 리처드의 목소리에 새삼 짜증이 밀려왔지만 꾹 참았다. 그나마 면상을 안 보고 말하는 게 어디냐 내심 나를 달래며.

"그래. 난 그렇게 결정했어. 아이들도 다 데리고 갈 거야."

"세이디, 당신 제정신이야? 거긴 절대 안 돼. 거긴 여기서 너무 멀고 난 당신 이모가 질색이라고! 당신 이모는 무례하고 성가시고, 집에서는 양배추와 파촐리 냄새(인도에서 나는 향신료)가 난다고. 내가 그 냄새 질색하는 거 당신도 알지? 아이들을 보러 가려면 나도 거기로 가야 하는데 그건 정말 끔찍한 일이야!"

"그으래~? 그렇게 거기가 싫어?"

"당연하지."

전화 너머 리처드의 단호한 말투를 듣는 순간 난 흔들리던 마음을 완벽하게 정리했다. 사실 도디 이모 집에서 지낼 마음은 그다지 없었다. 하지만 리처드가 이리도 질색팔색하는 걸 보니 마음이 바뀌었다.

"알겠어."

"안 갈 거지? 그건 진짜 안 돼."

"아니, 갈 거야. 가기로 결정했어."

"세이디!"

"우린 이제 남남이야. 당신이 내게 이래라 저래라 할 권리 따윈 없는 거지. 그럼 끊어!"

"이봐, 세이—."

리처드의 말이 미처 끝나기도 전에 전화를 끊었다. 어찌나 통쾌한지 기분이 째질 것처럼 좋았다. 재스퍼와 한 집에서 살아야 한다는 불편함 정도는 충분히 감수할 수 있을 정도로.

"영차!"

트렁크에 가득 찬 짐을 꺼내고 있자니 절로 용쓰는 소리가 튀어나왔다.

"여전하구나. 대체 어떻게 하면 이 많은 짐을 이 작은 트렁크 안에 다 밀어 넣을 수 있는 거니?"

도디 이모가 뒷짐을 진 채 마치 서커스 구경이나 하듯 짐을 내리는 나를 보았다.

"필요한 짐만 챙긴 거예요."

"이런 게 정말 필요한 거니?"

이모가 내 차에서 나온 게 분명한 노끈 다발을 집어 들었다. 반대쪽 손에는 고무 접착제도 들려 있었다.

"이런 게 필요한 상황은 언제 어디서든 생길 수 있어요."

이모가 고개를 절레절레 저으며 손에 든 물건을 내려놓았다. 하지만 더는 아무 말도 하지 않았다.

"당신은 너무 지나쳐! 이 정도면 병이라니까!"라며 내 정리 습관을 병인 양 치부하던 리처드에 비하면 양반인 태도라 그런 이모가 고마웠다.

"애들아, 부엌에 장난감이 있단다. 내 친구인 아니타 파커에게서 가져온 것들이지. 맘에 드는 게 있는지 가서 보렴."

페이지와 조던이 탄성을 내지르며 안으로 뛰어 들어갔다. 이혼 후 소심한 성격으로 변해버린 조던이 오랜만에 내는 큰 소리였다. 이모가 다시 내 쪽으로 돌아서며 다정하게 안아주었다.

"네가 와서 정말 행복하단다. 삼 년이란 시간은 너무 길었어."

"그렇게까지 오래 되지는 않았어요, 이모."

"호텔에서 머문 건 놀러온 걸로 치지 않는단다."

"리처드가 개털 알레르기가 있었잖아요. 여긴 개를 두 마리나 키우니 어쩔 수 없었어요."

"괜히 감싸줄 필요 없다. 그놈이 날 싫어한 걸 내가 모를 줄 알았니?"

양배추와 파슬리 냄새만 아니라면 좀 낫긴 했을 텐데. 나는 무심결에 코를 벌름거렸다. 역시 여전히 같은 냄새가 났다. 대체 이 집에선 왜 이런 정체불명의 냄새가 나는 걸까? 참으로 알 수 없는 일이다.

"지난주에 이혼서류에 사인했어요."

괜한 화제가 나오기 전에 의도적으로 말을 돌렸다.

"정말이니? 다행이다!"

이모는 다시 한 번 나를 격하게 안았다.

"녀석과 이혼한 건 백 번 잘한 일이야. 오늘부터 이 이모가 직접 나서서 새로운 남자를 찾아봐주마."

"저한테 왜 다른 남자가 필요해요?"

마치 초콜릿 케이크를 거절당한 듯 이모가 어리둥절한 표정으로 날 바라보았다.

"그럼 안 필요하니? 영원히 혼자 살 수는 없잖아?"

"이모, 전 닷새 전에 이혼했어요."

"그렇지만 혼자 살 게 된 건 거의 일 년이지. 이혼 서류를 찍기 전부터 별거를 했으니 말이다. 그 정도면 충분히 긴 시간이야."

"이모부는 육 년 전에 돌아가셨지만 이모는 여전히 혼자잖아요. 그런데 고작 닷새, 아니 일 년이라 치죠. 겨우 일 년인 저한테 왜 벌써 남자를 들이대는지 모르겠어요."

"내가 왜 혼자니? 네가 잘 몰라서 그러는데 난 남자가 꽤 많단다. 요즘 만나고 있는 남자는 사격장에서 만났단다."

"사격장이요? 사격장에는 왜 가신 거예요?"

"사격 연습하러. 총을 쓸 수 없으면 가지고 있을 필요도 없어."

하마터면 트렁크에 손을 찧을 뻔했다.

"가지고 있다니요? 설마 총 샀어요?"

나는 황당함을 금치 못했다. 이모는 물총도 가지고 있으면 안 되는 사람이다.

"몇 주 전에 스컹크를 발견했거든. 계속 우리 집 쓰레기통을 뒤지더구나. 저번 주에는 우리 집 개에게 방귀를 쏴댔지 뭐니."

"그래서 그 총으로 스컹크를 잡겠다고요?"

"당연히 아니지!"

이모가 몸을 굽혀 작은 가방을 들었다.

"그냥 머리 위로만 쏠 거야. 그러면 놀라서 도망가겠지. 아, 그리고 이름은 해리란다."

"스컹크한테 뭐 하러 이름 따위를 붙여요?"

그러자 이모가 무슨 바보 같은 소리냐는 듯 나를 쳐다봤다.

"내가 왜 스컹크한테 해리란 이름을 붙이겠니? 해리는 그 남자 이름이야. 치과의사라서 이가 아주 예뻐. 그리고 그 사람 손녀는 스타버스터에서 일해."

"스타……버스터요?"

"그래. 그 커피 가게."

"아, 스타벅스요?"

"맞아, 그거야. 난 라르 마치오를 좋아해, 너는 어떠니"

라르 마치오는 또 뭐람? 스타벅스에 그런 메뉴도 있나?

그때 재스퍼가 방에서 나왔다.

"엄마, 제가 그건 마끼아또라고 말씀드렸죠? 그렇게 말씀하시면 아무도 못 알아들어요."

재스퍼는 나를 반갑게 포옹했다.

"이상한 집에 온 걸 환영해."

"고마워."

재스퍼는 키가 더 커지고 살도 빠진 것 같았다. 그래도 이모의 남자버전처럼 꼬불거리는 금발과 옅은 파란색 눈은 여전했다.

"그나저나 해리는 이탈리아 사람이야. 이탈리아 사람들처럼 멋들어진 콧수염도 가지고 있지. 총도 있고. 내가 제일 흥미로운 사실을 말해줄까?"

이모가 소녀처럼 킥킥거렸다.

"해리는 필 맥그로처럼 생겼어! 너무나 매력적이지."

필 맥그로라면 텔레비전에 가끔 나오는 그 대머리 심리학자 맞지? 설마 그렇게 생긴 사람이 이모의 취향이었던 거야? 그 순간 내게 새 남자를 붙여주려는 이모의 시도를 원천봉쇄하는 게 좋을 것 같다는 생각이 뼈저리게 들었다.

일몰이 뉘엿뉘엿 지는 바닷가는 참으로 아름다웠다. 모래사장에 발을 들이자 날 발견한 페이지가 멀리서 손을 흔들었다.

"엄마, 여기야!"

페이지에게로 다가가 바로 옆 의자에 앉았다.

"근사하구나. 일몰을 보기 딱 좋은 자리네."

"재스퍼 삼촌이 여기가 명당이라고 만들어줬어. 그런데 왜 이렇게 늦었어?"

"정리 좀 하느라고."

"엄마는 언제나 정리만 해. 안 지겨워?"

"페이지, 조던이랑 바닷새 깃털을 찾아주지 않겠니?"

이모가 끼어들었다.

"찾아주기만 한다면 내가 드림 캐처를 만들어주마."

페이지가 신이 나서 조던을 끌고 모래사장을 뛰어나갔다.

"여기 앉아. 맥주 좀 줄까?"

"고마워. 이게 얼마만이야."

재스퍼가 내민 맥주를 반갑게 받아들었다. 글렌빌의 여자들은 잰 체하는 새침데기가 대부분이라 고상한 유리잔에 샤도네이 와인을 따라서 홀짝홀짝 마셨다.

맥주를 따서 입에 대는데 등 뒤에서 익숙한 목소리가 들려왔다.

"꼬마 아가씨, 드디어 자유구나! 자유!"

도디 이모의 막내아들인 폰테인이 버튼 풀린 라임색 셔츠를 펄럭이며 데크에서 두 계단씩 뛰어 내려왔다. 젤 바른 검은머리는 여전했고 염소수염은 새로 추가된 스타일이었다.

"여전히 아름다워. 세이디!"

"고마워, 폰테인. 너도 좋아 보여."

그러자 폰테인이 환하게 웃으며 얇은 팔에 힘을 줬다.

"너도 그래 보이지? 요새 엄마랑 요가를 하고 있거든."

재스퍼가 맥주가 목에 걸린 듯 콜록거렸다.

"우우, 생각만 해도 엉길 것 같아. 아줌마들 틈에 끼어서 몸을 배배 꼬고 있는 모습이라니!"

"부러우면 그냥 부럽다고 하시지?"

"됐다. 그냥 맥주나 처마셔!"

재스퍼가 휙 던진 맥주를 폰테인이 유연한 몸짓으로 받아들었다. 나름 요가의 효과인가 보다.

"하여간 만나기만 하면 으르렁대지. 제발 형제끼리 사이좋게 지내렴. 그리고 폰테인, 이 샌들 너무 귀엽지 않니? 달러네 가게에서 산 건데 1달러밖에 안 했어."

"그냥 1달러짜리로 보여요."

재스퍼가 고개를 흔들며 대꾸했다. 그는 이모가 싸고 귀여운 신발을 찾아와서 자랑하는 것에 신물이 나는 듯했다. 그러나 폰테인은 재스퍼와 사뭇 다르게 반응했다.

"대단해. 엄마! 가격도 싸고 엄마한테 잘 어울려요!"

"그렇지? 너는 그렇게 생각할 줄 알았어."

"아아, 폰테인. 적당히 해. 네가 이런 식으로 엄마를 부추기니까 엄마가 매번 넝마를 돈 주고 사오는 거라고!"

사촌형제들의 투덕거림을 들으며 나는 남은 맥주를 쭉 들이켰다. 뉘엿뉘엿 오렌지색으로 빛나는 해변에서 페이지는 허공에 깃털을 던지며 킥킥거리고 조던은 떠내려 온 나뭇가지로 미역 뭉치를 찔러대고 있었다. 엄마의 이혼으로 그동안 알게 모르게 위축되었던 아이들의 얼굴 위로 실로 오랜만에 편안한 미소가 번져 있었다. 원래는 아이들을 재울 시간이지만 그냥 놔두기로 했다. 오늘만큼은 좀 늦게 재워도 상관없을 것 같았다.

"폰테인. 세이디에게 잡지 인터뷰한 걸 얘기해주렴."

이모가 내 쪽으로 돌아앉았다.

"세이디, 잡지에서 폰테인을 인터뷰했단다. 정말 흥분되지 않니? 이번에 새로 설계한 인테리어 디자인 때문이야. 모두 기대하고 있지."

"그냥 안내문이에요, 엄마."

폰테인이 맥주를 홀짝거리며 말했다.

"하여간 굉장히 돋보였어."

이모가 눈가에서 물기를 닦아냈다.

"너는 인테리어 디자이너로 착실하게 경력을 쌓고 있고, 재스퍼는 멋진 레스토랑에다 예쁜 여자 친구까지 가졌지. 둘 다 아주 잘

자라주었구나. 아빠와 나는 너희들이 정말 자랑스럽단다."

"또 그 사기꾼한테 갔어요?"

재스퍼의 목소리가 모래처럼 가라앉았다.

"사기꾼이라니 말조심하렴. 그녀는 매우 지혜로운 영매라고 몇 번이나 말했잖니!"

"엄마, 나야말로 몇 번이나 말했어요. 그 여자는 엄마를 제 통장 취급하는 사기꾼이라고요. 그 여편네가 진짜 아버지랑 이야기할 수 있다면 아버지가 쓰시던 갈퀴가 어디 있는지나 물어봐요. 그 여편네가 정확한 장소를 알려주면 인정할게요."

"영혼이 된 사람에게 속세의 질문 따위 하는 게 아니란다."

"그건 그 여편네가 엄마한테 사기 치려고 하는 뻥이지."

"됐다. 더는 그 문제에 관해 너랑 얘기하고 싶지 않구나. 세이디, 폰테인에게 잡지 얘기를 좀 물어보렴. 그리고 집수리하는 것도 말이야. 그것 때문에 몇 주 동안 같이 지낼 거란다."

순간 숨이 턱 막히면서 입 안에 가득 차 있던 맥주를 시원하게 뿜고 말았다.

"뭐라고? 재스퍼도 모자라서 이제 너까지 들어와 산다고?"

그러자 폰테인이 어깨를 으쓱하며 싱긋 웃었다.

"그냥 벽 몇 개만 움직이는 것뿐이야. 그리고 내가 있는 게 더 재미있을걸. 너도 하루 종일 집에 처박혀 엄마랑 뒹굴거리고 싶진 않을 거 아니야?"

"아니야! 그게 내 계획이었어! 그게 내 계획이었다니까! 아무것도 안 하고 하루 종일 뒹굴거리기! 그런데 이젠 네가 와서 집 공사까지 한다는 거잖아. 이건 내가 바란 휴가가 아니야! 이건 뭔가 잘못돼도 한참 잘못된 거라고!"

머릿속을 완벽하게 비우고 텔레비전 보기, 제모 따위에 신경 끄기 등등 그 외에도 여러 가지 있었던 휴가 계획이 물거품이 되는 순간이었다.

목구멍으로 올라오는 한숨을 맥주로 도로 삼키며 나는 체념의 눈빛으로 바다를 바라보았다. 그래, 내 인생이 다 그렇지. 언제 내가 계획한대로 돌아간 적이 있었냐고!

"어이, 꼬마 아가씨. 기운내. 내가 있는 동안 재미있게 놀아줄게. 폭삭 망한 결혼 생활 따위는 싹 잊을 수 있게 말이야."

페이지의 돌직구가 누구를 닮았나 했더니 내 염소수염 사촌을 닮았나 보나.

"내가 원하는 건 재밌는 게 아니라고 이미 말했는데 기억 안 나? 난 현재 절실하게 휴식이 필요하다고. 온통 화내는 사람만 버글거리는 내 주변 상황에 완전 녹다운이 되었거든."

"온통 화내는 사람이라……. 흐음, 네 망할 전남편 놈은 재산 분할에 네가 집을 차지한 걸로 쪼잔하게 화내고 있다는 것 정도는 나도 알고 있는데. 또 누가 우리 꼬마 아가씨에게 화를 내고 있는 거야?"

"엄마는 내가 이혼했다는 것에 화가 나 있고, 동생은 병신같이 8년을 참고 산 나한테 화가 나 있어."

말하고 나니 더 스트레스가 쌓였다. 나도 모르게 미친 여자처럼 머리를 쥐어뜯었다.

"그리고 이 머리까지 내게 화를 내는 것 같아. 도무지 말을 안 들어. 툭하면 엉키고 스타일도 안 살고."

폰테인이 고개를 끄덕였다.

"그건 나도 동감. 머리는 자르는 게 나을 것 같아."

"이봐, 아까는 나더러 예쁘다며? 그런데 왜 머리는 자르래?"

말도 안 되는 물고 늘어지기라는 걸 알면서도 내 목소리는 한결 더 뾰족해졌다. 하지만 폰테인은 내 반격을 노련하게 넘겼다.

"물론 넌 예뻐. 하지만 그 머리는 좀 아니야. 널 인생 포기한 여자처럼 보이게 만들고 있다고. 다시 시장에 나오려면 잘 꾸며야지."

"시장 같은 소리 하고 있네! 싫어, 싫다고! 남자들에게 잘 보이려고 꾸미고 칠하고 하는 거 이젠 넌덜머리가 나."

"싫긴 뭐가 싫어. 이건 당연한 순서라고."

"폰테인 말이 백 번 옳아. 나도 그렇게 생각한단다."

이모가 옆에서 거들자 재스퍼가 맥주를 입에 댄 채 키득키득 웃었다.

"드디어 시작되었군. 엄마와 폰테인의 여름 프로젝트가."

순간 불안한 예감이 엄습했다.

"재스퍼, 그게 무슨 소리야? 내가 왜 이모랑 폰테인의 여름 프로젝트지?"

역시 이거였군. 이모는 애초에 내게 조용한 휴가를 제공할 마음은 꿈에도 없었던 거였어.

"이모, 그래서 절 여기로 부르셨어요?"

절로 눈에 쌍심지가 켜졌다. 그래, 내가 바보였다. 이모가 날 여기 초대했을 때 숨은 목적이 있음을 간파했어야 했다. 이모가 괜히 벨하버 참견쟁이들 모임의 회장이 아닌 거다.

"세이디, 재스퍼의 시시한 농담 따윈 신경 쓰지 마라. 나와 폰테인은 그냥 널 보듬어주고 다친 마음을 치유해주고 싶은 거야."

"전 아무 데도 다치지 않았어요. 지금껏 살아온 중 제일 건강하다고요."

폰테인과 이모가 말없이 서로를 바라보았다. 이혼한 상처에 아파 발버둥치면서 겉으로는 아닌 듯 강한 척 하는 내가 너무나 불쌍하다는 표정으로.

"우린 다 알아. 그러니 억지로 태연한 척 안 해도 돼."

폰테인이 한숨을 쉬었다. 아아, 미치겠다. 왜 내 말은 귓등으로 듣고 자기 보고 싶은 대로만 보려는 거지?

"우린 그냥 네가 좀 즐겼으면 하는 거야. 알잖아."

"나도 그러려고 왔어. 하지만 그 계획 안에 새 남자와 즐기는 건 포함되어 있지 않다고."

"세이디, 우리는 모두 인간이야. 우주의 균형과 싸우면 안 되는 거란다."

이모가 얼른 폰테인을 거들었다.

"그 우주의 균형이란 게 꼭 남자와 여자의 로맨스란 법은 없어요, 이모."

그러자 폰테인이 코웃음쳤다.

"세이디, 너야말로 너무 멀리 가는 거 아냐? 누가 너보고 연애를 하래?"

"그럼 남자랑 뭘 하라고?"

"아주 거칠고 와일드한 섹스!"

"뭐?"

"가령 저런 남자랑."

폰테인이 턱으로 바닷가를 가리켰다. 그 순간 내 시선도 같은 방향으로 돌아갔다. 바닷가 모래사장 위를 조깅하는 남자가 보였다. 키도 크고 구릿빛 피부가 땀에 젖은 모습이 굉장히 남자다웠다. 영화에서 보듯 물에 반사된 햇살이 잔 근육들을 스쳐 지나갔다.

"됐어."

죽어도 싫다고는 하지 않는 내 방정맞은 입에 저주를 퍼붓고 싶은 심정이었다. 하지만 나도 여자다. 저 긴 다리와 넓은 어깨가 싫을 리는 없지 않은가. 그럼에도 저 남자와 얽히고 싶은 생각은 없었다. 저런 류 남자의 터질 듯한 이두박근에는 '바람둥이'라는 문신이 새겨져 있기 마련이다.

"왜? 근사하지 않아?"

"저 남자가 누군지나 알고 나랑 엮는 거야?"

내 물음에 폰테인이 씩 웃었다. 은근슬쩍 남자의 신상조회를 시도하는 나를 눈치챈 듯했다. 아아, 역시 난 어설프다.

"잘 모르겠어. 우리끼린 그냥 런닝맨이라고 불러."

2

"커피 마실래? 세이디?"

이모가 넘칠 듯 가득 찬 커피포트를 내게 내밀었다.

"예, 완전 필요해요."

컵을 꺼내 이모에게 건넸다. 컵이 놓여 있는 선반의 얼룩이 엄청나게 신경 쓰였지만 꾹 참았다. 사실 오늘 아침엔 일어나는 게 너무 힘들었다. 파도가 부서지는 소리에 거의 잠을 이루지 못했고, 동틀 녘엔 조던이 침범벅인 이모네 개들과 함께 내 침대로 달려들었다. 그 순간 나는 이곳에서 휴가를 보내기로 한 내 결정이 정말 옳은 것이었는지를 진지하게 고민해야 했다.

"잠은 잘 잤니?"

이모가 커피 위에 시나몬 가루를 뿌려서 내밀었다.

"좋았어요."

이 커피를 내 동맥에 곧장 주입했으면 좋겠다는 생각을 하며 거짓말을 했다.

"다행이구나. 아침 먹고 좀 걸었으면 하는데 괜찮니? 초등학교 옆 놀이터로 가는 길이 있단다."

아이들은 어느새 주방 카운터에 앉아 있었다. 잠에서 막 깨어나 약간 부은 아이들의 얼굴은 기대감에 차 있었다. 몸을 굽혀서 아이들의 볼에 입을 맞췄다. 페이지는 뽀뽀를 돌려줬지만 조던은 어깨 너머로 얼굴을 돌려버렸다. 이제 뽀뽀를 받기엔 조던이 너무 커버렸다는 사실을 깨닫자 왠지 아쉬운 마음을 금할 길이 없었다.

"엄마, 꼭 가! 학교 보고 싶어."

페이지가 기뻐하며 졸라댔다.

"조던, 내려오기 전에 이 닦았니?"

조던이 얼굴을 찌푸렸다.

"휴가라고 했잖아. 그런데 왜 이를 닦아?"

"왜? 아예 밥도 먹지 말고 똥도 싸지 말지? 쓸데없는 소리 말고 이 닦아. 그 후에 놀이터로 가자."

이모가 김이 올라오는 그릇을 아이들 앞에 놓았다.

"자, 다들 자리에 앉아. 우선 먹어야 밖에도 나가지."

"이걸 먹는다고요?"

페이지가 말간 눈으로 도디 이모를 쳐다보았다. 얼른 페이지의 옆구리를 쿡 찔렀다. 내 딸의 입에서 새로운 돌직구가 날아오기 전에 봉쇄해야만 했기에.

"오트밀이야. 페이지, 그냥 먹어."

"거짓말, 이게 무슨 오트밀이야?"

솔직히 페이지가 이러는 게 충분히 이해가 갔다. 분명 오트밀로 끓인 죽인데 결과물은 마치 진흙을 물에 갠 것 같았다.

언제나 일반적인 예상을 훌쩍 뛰어넘는 최악의 맛을 보여주는 이모의 음식은 벌칙용으로 역사가 깊었다. 우리 자매는 내기에 지면 이모의 독특한 음식을 먹었다. 그리고 이모의 벌칙 음식 컬렉션에서 제일 기분 나빴던 음식이 바로 오트밀 죽이었다. 색깔도 이상했고 젤리를 씹는 듯한 식감이 났다. 먹을수록 수명이 줄어드는 느낌이랄까? 어쩌면 재스퍼는 이모의 음식으로부터 자신의 생명을 지키기 위해서 요리사가 됐을지도 모른다.

"이모, 이 알갱이들은 뭐예요?"

조던이 금방이라도 토할 것 같은 표정으로 이모를 바라보았다.

"아마 씨란다. 똥 싸는 데 최고지. 어서 먹으렴. 나는 점심 전에는 돌아와야 해. 해리가 스키트 사격에 데려가기로 했거든."

아무렇지 않게 말을 이어가던 이모가 갑자기 입을 가리며 내 눈치를 보았다.

"어머, 미안하다, 세이디. 넌 데이트를 한 지 굉장히 오래 되었는데 내 생각만 했구나."

'굉장히 오래'라는 말을 유달리 강조하는 이모의 말투가 거슬렸지만 애써 아무렇지도 않은 척했다. 여기서 발끈했다가는 또 이혼녀의 히스테리로 매도당할 게 뻔했다. 그럼에도 비참한 기분이 드는 건 어쩔 수 없었다. 65세나 된 이모의 사회생활이 나보다 훨씬 활발하다니 이건 좀 많이 가혹하지 않은가? 사실 돌이켜 생각해보면 이모의 주변에는 남자가 끊인 적이 없었다. 벨하버 노인회의 모든 남자들은 이모의 엉뚱한 유머와 열정적인 삶을 사랑하는 듯했다.

"괜찮아요, 이모. 놀이터에 갔다 온 후에는 아이들과 바닷가에 갈 거예요. 수영을 가르쳐 보려고요."

"어이, 꼬마 아가씨! 여기 좀 와봐!"

폰테인이 데크에서 악어사냥꾼처럼 소리쳤다.

"봐봐, 런닝맨이야. 와아, 저 환상적인 뒷태 어쩔 거야!"

설마 그 런닝맨? 뭐야, 12시간 안에 두 번이나 뛰는 거야? 이쯤 되면 내 멋진 몸매를 제발 봐달라는 호소로 해석해도 되겠지?

"세이디, 와서 좀 봐봐! 진짜 짱이라니까!"

됐다. 난 커피나 마실란다.

이모의 살상용 죽과 어느덧 그 죽에 익숙해진 내 아이들, 데크에 기대 카페인으로 가득 찬 블랙커피를 마시는 나와 그런 내 옆에서 끊임없이 주절대는 내 주책바가지 사촌 폰테인. 그리고 매일 정해진 시간에 우리 집 앞을 달려 지나가는 런닝맨. 이 모든 것은 지난 2주간 반복되었고 어느덧 익숙한 내 일상이 되어버렸다.

"오늘부터 네가 개들 산책을 시켜야겠어."

어느 날 폰테인이 강압적으로 말했다.

"개는 원래 추격 본능이 있거든. 그러니 이 녀석들은 런닝맨이 달리는 걸 보면 반드시 그 뒤를 쫓아갈 거야. 그때 네가 쫓아가서 '어머, 죄송해요. 우리 개들이 실례를 했네요'라고 말하면서 은근

슬쩍 자기소개를 하는 거야."

"네가 그 남자라면 그런 구닥다리 작업 멘트에 넘어가겠니?"라는 말이 목구멍까지 올라왔지만 때마침 삼킨 커피가 그 말을 목구멍 안으로 도로 밀어 넣었다. 그럼에도 오글거림에 뱃속이 울렁거렸다.

"됐어. 지난 2주간은 지금까지 갔던 어떤 사교모임들보다 훨씬 더 나에게 유익했어."

"세이디, 넌 아직 젊어. 왜 타라고 등 떠밀어주는 말 등에도 안 올라타려는 거야? 예순 넘은 우리 엄마도 안 그래."

폰테인의 말을 애써 무시하고 커피를 한 모금 마셨다. 내 심정이 그대로 반영되었는지 커피에서 나 자신처럼 오래되고 쓴맛이 나기 시작했다.

"말에 올라타고 안 타고는 엄연히 내 사생활이고 선택이야. 아무리 너라도 이런 식의 간섭은 별로야."

폰테인의 말문을 막고 싶었지만 되레 역효과만 났다. 그가 실로 딱하다는 듯 고개를 저었다.

"아아, 가련한 세이디. 너 말 타본 지 정말 오래되었구나."

"그렇게 오래는 아니야."

나도 모르게 발끈한 걸 들켰을까 봐 서둘러 커피 잔을 들고 몸을 일으켰다. 아무래도 폰테인이 더 집요해지기 전에 자리를 뜨는 게 상책일 듯했다.

"설마 리처드 이후에 아무도 없었던 거야?"

집요한 내 사촌이 다리를 쭉 뻗어 안으로 들어가는 나를 방해했다. 흰 눈을 뜨고 그를 노려보았지만 그는 내 대답을 듣기 전까지는 물러설 마음이 없어 보였다.

리처드를 차버린 이후에 아주 드물지만 데이트를 나가기는 했다. 그렇지만 매번 나빠지기만 했다. 마지막 상대는 너무 엉망진 창이어서 차라리 엘리베이터 통로에 내 몸을 던져 버리고픈 마음까지 들었었다.

"있긴 있었구나?"

내게 상대가 있었다는 것이 더 놀랍다는 듯한 폰테인의 표정과 말투가 아주 거슬렸다. 다리를 들어 무릎 뒤 접히는 부분에 일격을 가하자 그가 "악!" 소리치며 다리를 접었다. 그때를 틈타 얼른 그의 봉쇄에서 빠져나온 뒤 가운뎃손가락을 보란 듯 들어올렸다. 하지만 불굴의 폰테인은 차인 다리를 질질 끌면서 악착같이 나를 따라왔다.

"세이디, 말해줘. 나 듣고 싶어. 어떤 남자야? 괜찮았어? 지금도 만나?"

이게 사냥개지 사람인가 싶다. 그래, 아까 그 런닝맨에게 정말로 작업 멘트를 걸고 싶어지는 날이 온다면 이모의 멍청이 두 마리 개 말고 그냥 널 푸는 게 낫겠구나.

"절대 안 괜찮았어. 그리고 지금은 안 만나. 한 마디로 정리하자면 완전히 좋 났어. 난 마지막 데이트에서 엄청난 실수를 해버렸고 그 후론 다시는 그 사람에게서 전화가 오지 않았어."

내 흑역사를 털어놓는 부끄러운 와중에도 고질적인 정리벽은 발동하고 있었다. 아무렇게나 널브러진 조던의 신발이 눈에 들어

온 게 그 증거였다. 얼른 신발을 집어서 문 옆에 정리해 놓은 신발들 옆에 가지런히 정리했다.

"대체 무슨 실수를 얼마나 엄청나게 했는데 그래?"

"네가 진정 날 사촌으로 생각한다면 그것까진 묻지 마."

"알겠어. 그렇다면 더더욱 새로운 데이트를 해야지. 그런 엉망진창이 네 마지막 데이트의 기억이란 건 너무 끔찍하잖아. 이건 평생의 트라우마로 남을 수도 있어."

"그런 상대가 아니타 아줌마의 아들이면 더 큰 트라우마가 생길걸."

"아니타 아줌마의 아들?"

"그래, 어렸을 때 내 머리 위로 벌레 집어던진 그 애! 그 애가 자라서 된 어른 남자랑 데이트 하느니 차라리 평생 혼자 살 거야."

"그러게, 그 녀석은 좀 아닌 것 같다. 엄마가 실수하셨네."

"너도 이모도 왜 나를 싱글 시장에 내놓지 못해 안달인 거야? 내가 그렇게 미덥지 못해? 부양해줄 남자가 없으면 단 2주도 못 살 정도로 무능력하고 약해 보이는 거야?"

폰테인에게 마구 성질을 내는 와중에 이번에는 소파의 보풀이 거슬렸다. 올이 더는 풀리지 않게 깔끔하게 보풀을 뜯어냈다.

"그런 건 절대로 아니야. 세이디, 너도 나도 그리고 엄마도 인간이고, 인간은 사회적 동물이지. 그런 인간이 혼자 사는 건 자연의 섭리에 벗어난 행동이라고."

소파에서 보풀을 떼고 나니 이번에는 아무렇게나 바닥에 떨어져 있는 쿠션이 눈에 거슬렸다. 한 손으로는 쿠션을 정리하고 다른 한 손으로는 아무렇게나 나뒹굴고 있는 개 장난감을 바구니에 챙겨 넣었다.

"제발 이런 이야기는 그만 하자. 난 새로운 남자한테 정말 관심 없어. 아마도 평생!"

폰테인이 염소수염을 어루만지며 이모의 잡다한 장식품을 정리 중인 내 모습을 뚫어져라 쳐다봤다. 그에 아랑곳하지 않고 카펫의 보풀을 여기저기 뜯어내기도 하고 잡지 등을 정리했다.

처음에는 지겹게 반복되는 폰테인의 남자 타령을 무시하기 위해 시작한 정리였지만 어느새 나는 정리에 빠져들고 있었다. 다 큰 사내놈 둘, 어린 아이 둘, 그리고 개 두 마리가 쑥대밭으로 만들어놓은 이모의 거실은 내가 허리를 펴고 일어난 순간 아늑하고 모던한 공간으로 다시 태어났다.

"이봐, 세이디!"

아직도 거기 있었던 거냐? 그제야 정신이 든 난 주먹을 꽉 쥐고 몸을 돌렸다. 또 말 타기나 남자 사냥 등등을 화제에 올리면 무릎 뒤가 아니라 다리 가운데를 걷어차주고 말 테다.

"경고하는데 더는 아무 말도 하지 마."

"남자 이야기만 아니면 괜찮지 않아?"

"지금은 네 목소리만 들어도 짜증이 나."

"그래도 들어봐. 방금 아주 근사한 아이디어가 떠올랐단 말이지."

"난 그 아이디어, 별로야."

"에이, 들어보지도 않고 그러기야! 이건 분명히 너도 좋아할 거야. 내가 인테리어 디자이너인 건 너도 알지?"

그래, 물론 자주 잊긴 하지만.

"그래, 알아. 그런데 그게 뭐 어쩌라고?"

"의뢰인의 집을 방문할 때마다 느끼는 게 있는데 말이야. 집집마다 은근히 정리가 안 된 물건들이 많아. 어떤 집은 더는 손을 쓸 수 없는 지경이 되어 있는 경우도 있거든."

"그래서?"

"그래서라니! 내가 보기에 넌 정리와 청소를 좋아하는 걸 넘어서 예술로 승화시키는 경지에 이르러 있단 말이지. 그 재능을 살려보는 게 어떨까?"

"지금 나더러 청소부를 하라는 거야?"

까칠하게 대꾸하며 개 장난감들을 바구니에 집어넣었다. 그리고 커피 테이블 위에 컵 받침들을 쌓았다.

"세이디, 네가 뭔가 오해하는 것 같은데 이건 단순한 잡부의 영역이 아니야. 전문적인 분야지. 일종의 정리전문가랄까?"

정리전문가 같은 소리 하고 있네! 너무 어이가 없으면 웃음도 나오지 않는다.

"정리전문가? 아주 잠깐이나마 네가 진심인 줄 안 내가 바보지. 누가 돈을 주면서 그런 걸 시키겠어."

"아니야, 세이디! 네가 몰라서 그러는 데 돈 많은 사람들은 언제나 쓸모없는 것들을 쌓아놓고 산다고. 돈 버는 데 너무 바쁘고 이미 가지고 있는 건 정리가 안 되기 때문이지. 넌 대단한 재능이 있어. 봐, 이게 바로 네가 지난 2주 동안 만들어낸 기적이라고."

폰테인의 손가락을 따라서 주방을 쭉 둘러봤다. 뭐 그러고 보니 이모네 집을 약간 개선하긴 한 듯했다. 이제 좀 사람 사는 집 같기도 하고.

내가 처음 왔을 때만 해도 발 디딜 틈이 없던 주방과 식당, 햇빛이 드는 베란다까지 길이 생겼다. 이모를 설득해서 스타워즈 피겨도 뒤에 있는 침대 방으로 옮겼다. 그 결과 이제야 할머니의 크리스털 꽃병 골동품이 제 값으로 보였다. 이제 뿔 달린 토끼 장식만 다른 곳으로 옮길 수 있다면 이 거실은 완벽해질 것이다.

"아무리 화려하고 근사하게 방을 디자인해주면 뭐해. 며칠도 안 돼서 쓸모없는 종이들을 여기저기 던져놓던가 하키스틱 따위나 게임기 컨트롤러 같은 걸로 다 망쳐버리는데 말이지. 넌 이런 문제를 해결해줄 수 있는 천부적인 재능을 가졌어. 이런 재능을 집 안에서만 쓴다는 건 그야말로 낭비라고!"

"정리전문가……라. 그걸 직업으로 가지는 게 정말 가능해?"

"그래! 너의 그 또라이 같은 인격 장애를 쓸모 있는 데 쓰는 거지. 어때? 꽤나 괜찮은 생각 아니야?"

폰테인이 떠난 거실에 홀로 앉아 그가 말한 내 재능이 과연 앞으로의 생계를 유지할 수 있는 근사한 직종으로의 변환이 가능할지 진지하게 고민했다. 확실히 난 정리하는 걸 좋아한다. 무언가를 개는 거, 밀어 넣는 거, 쌓아올리는 거, 뭐 그런 종류의 것들은 다 좋아하는 것 같다. 돌이켜 생각해보면 리처드에게 받은 선물 중 내가 가장 좋아한 것은 라벨기였다. 그는 장난으로 사준 것이지만 나는 그게 명품 백보다 더 좋았다. 물론 당시 생각할 수 있는 뇌라는 게 나에게 있었다면 그의 이마에 '난 유부남임'이라고 크게 써 붙이는 걸로 라벨기를 개시했겠지만. 이야기가 엉뚱한 데로 잠시 흐르긴 했지만 다소 미심쩍긴 해도 시도해볼 만한 가치는 있다는 결론이 났다.

나는 대학을 졸업하자마자 결혼했다. 결혼 전에 잠시 서점에서 일 해본 게 내 경력의 전부였다. 나도 내 일을 가져야 하지 않을까라는 생각이 아예 없었던 건 아니지만 결혼 후 바로 페이지를 임신했고, 페이지가 태어나 꼬물거리는 모습을 본 순간 이 사랑스러운 존재와 한 순간도 떨어지고 싶지 않아졌다. 그래서 전업주부를 선택했다. 그리고 솔직히 말해 그것이 리처드 같은 남자를 만나 얻게 된 특권이라고까지 생각했다.

물론 당시의 선택을 후회하는 건 아니다. 그 시절로 돌아가도 똑같은 선택을 할지도 모른다. 하지만 지금의 나에겐 새로운 전환점이 필요하다는 점을 나는 명확히 인식하고 있었다. 직업을 가진다면 앞으로 남은 내 인생의 목표나 목적도 생길 것이고, 리처드 터너의 전처라는 신분이 아닌 세이디라는 내 이름을 건 다른 것이 생길 것이다. 그래, 나에겐 직업이 필요하다. 그 무엇보다도 나를 위해.

3

〈바빠, 회사로 데려와.〉

열 글자도 안 되는 문자로 사람을 이렇게 열받게 할 수 있는 건 참 특출난 재주다. 화가 머리끝까지 치밀어 옆 좌석에 핸드폰을 던져버렸다. 그리고 에어컨의 바람을 얼굴로 향하게 한 후 강풍으로 바꿨다.

그래, 물론 바쁘시겠지. 내가 아이들을 집으로 데려다주는 대신에 회사로 데려다줘도 별 문제가 없다고 생각했겠지. 회사가 글렌빌 도심지 중앙에 있어 차가 어마어마하게 막힌다거나 프런트 데스크에 여전히 그 망할 왕가슴 빨간 머리가 있다는 사실은 전혀 안중에도 없는 그의 태도에 실로 울화통이 터졌다.

난 리처드가 앵커로 근무하는 채널세븐 사옥에 가는 것이 싫다. 그의 직장 동료들은 언제나 나를 보면 히죽거리거나 돌아서서 조용하게 휴대폰으로 어디론가 전화를 걸곤 했다. 그리고 눈치라곤 약에 쓸래도 없는 나는 그들의 행동이 이상하다는 걸 눈치채지 못했다.

당시 그들은 크게 두 파로 나뉘어 있었다. 남편의 바람도 눈치 못 채는 멍청하고 눈치 없는 마누라인 나를 조롱하는 파, 그리고 결혼 후에도 여자가 끊이지 않는 리처드의 남성적 매력에 대한 동경으로 그의 연애 편력이 유지되게 도와주는 자. 그 두 파의 공통점은 리처드를 옹호한다는 데 있었다. 그들은 리처드의 바람기를 나쁜 남자의 매력으로 보았고, 겨우 그런 일로 이혼까지 감행한 나를 독하고 모진 여자라 여겼다.

엉금엉금 기다시피 차를 몰아 예상한 시간을 훨씬 넘겨서야 채널세븐 앞에 도착할 수 있었다. 주차장에 차를 세우고 리처드에게 전화를 했다. 리처드가 나와서 데려가면 데려갔지 내가 안으로 들어가는 일은 없다.

"안녕, 예쁜이."

리처드가 고양이처럼 가르릉거리며 전화를 받았다. 대차게 욕을 날리고 싶었지만 입 안에서만 맴돌 뿐 입 밖으로 낼 수는 없었다.

"그렇게 부르지 마. 기분 더러우니까."

"알아, 하지만 네가 예쁜 건 사실이니 그건 어쩔 수가 없잖아."

"노력해봐. 이혼했잖아, 잊었어?"

리처드가 숨죽이며 웃었다. 살인마가 살인계획을 세우는 듯한 기분 나쁜 웃음이었다.

"그걸 어떻게 잊어버릴 수 있겠어. 내가 돌아갈 수도, 들어갈 수도 없는 집에 매번 어마어마하게 비싼 대출금을 낼 때마다 자꾸 기억이 나. 게다가 당신은 지금 거기서 살지도 않잖아.”

“그런 건 그 기상캐스터 계집애랑 뒹굴기 전에 생각했어야지.”

리처드가 잠시 조용해졌다. 저 망할 화상이 그날의 짜릿한 기억이라도 더듬나?

“기상캐스터랑 잔 적은 없어.”

“내게 그때 발각되지만 않았다면 잤겠지. 하여간 도착했어. 나와서 아이들 데려가.”

“도착했다고? 진짜로? 데리고 들어와!”

진심으로 즐거워하는 듯한 목소리에 조금이나마 화가 누그러졌다. 어쨌든 그는 내 아이들의 아버지였다.

“안 돼. 당신이 나와서 데려가.”

“난 중요한 전화를 기다리고 있어. 제발 그냥 들어오면 안 될까?”

리처드가 우는 소리를 했다. 우는 소리를 한다는 건 이 인간이 거짓말을 하고 있다는 뜻이다. 내가 그걸 잘 아는 이유는 이 인간이 툭하면 써먹는 상습 레퍼토리기 때문이었다.

“안 돼. 나와서 데려가.”

리처드는 전화기 반대쪽에서 드라마 속 비극의 여주인공처럼 한숨을 내쉬었다.

“알았어.”

몇 분이 지나자 문이 열리더니 리처드가 나왔다. 그는 페이지와 조던을 향해 활짝 웃었다. 구릿빛 피부와 깊이 있는 갈색 눈동자는 여전히 매력적이었다. 그의 매력적인 눈빛은 나에게 이제는 다

이어터의 초콜릿 같은 것이다. 한때는 사랑했었지만 이젠 내 자신을 위해 포기해야만 하는 그런 존재.

"얘들아, 어서와! 아빠 안아줘야지!"

아이들은 간식을 찾은 강아지들처럼 아빠를 향해 재빨리 달려갔다. 그 모습에 가슴이 저려왔다. 리처드와 아이들을 보고 있으니 얼어붙었던 내 심장이 빠르게 녹아내리기 시작했다. 그 모습은 내가 리처드와 사랑에 빠졌던 이유를 기억하게 만들었다. 아무래도 빨리 여길 떠야겠다.

나는 아이들의 가방을 꺼내서 리처드에게 던졌다.

"애들 물건은 여기에 있어. 어디로 데리러 갈까?"

"와플하우스에서 9시쯤 어때? 예전처럼 아침도 먹고 말이야."

그의 목소리에 희망이 일렁이고 있었다. 멍청하긴.

우리 가족은 전통처럼 매주 토요일 아침마다 와플하우스에서 아침을 같이 했다. 둔감한 리처드는 우리의 상황이 완전히 변해버려서 다시는 돌아갈 수 없다는 사실을 인정하지 못하는 것 같았다.

"아니야. 아이들과 시간 보내."

"내 상담사가 우리는 가족들만의 친근한 시간을 보내는 게 좋다고 했었어. 애들을 위해서 말이야."

"상담사? 당신 상담 받고 있어?"

"응. 정확히 말하자면 상담사가 아니라 그냥 친구지."

리처드가 어깨를 으쓱했다. 그 순간 그가 말하는 친구와 그가 어떤 관계인지 확신이 왔다. 이번엔 그년하고 잤구나.

"아침은 됐어."

그러자 리처드가 고개를 저으며 아이들의 가방을 집어 들었다.

"가자, 얘들아."

나는 재빨리 움직여 페이지의 볼에 뽀뽀 했다. 벌써부터 보고 싶어졌지만 조던은 벌써 내 손에 닿지 못할 곳으로 움직여 버렸다. 아이들은 아빠의 손을 잡더니 내게 눈길 한번 주지 않은 채 멀어져갔다. 둘 다 너무 아빠를 보고 싶어 했던 나머지 나는 더 이상 보이지도 않는 것 같았다.

"재밌는 시간들 보내."

크게 외쳤지만 누구도 돌아보지 않았다.

글렌빌에 올 때까지는 아이들이 떨어져 있는 동안 날 너무 그리워하면 어떡하나 고민했다. 그런데 이젠 나를 보고 싶어 하지 않을까 봐 걱정이 되기 시작했다.

몇 분 후 동생 페니의 집에 도착했을 때 내 기분은 더는 어찌할 수 없을 만큼 바닥을 치고 있었다. 리처드로 부족해서 엄마까지 만나고 온 탓이었다. 여전히 내 이혼을 못마땅해하는 엄마는 오늘도 역시 잔소리를 퍼부었다. 결국 이혼녀끼리 서로를 물어뜯다 헤어졌다. 이 기분으로는 도저히 이모네 집으로 갈 수 없을 듯해서 페니의 집에 들렀다.

"세이디! 보고 싶었어! 이 새로운 주방을 좀 봐봐!"

페니는 내 옷을 잡아당기며 크게 웃었다. 나와 내 동생의 관계는 나와 엄마의 관계와는 정반대였다. 언제나 모든 것을 얘기할 수 있었고, 가끔은 너무 많은 것을 얘기했다. 언젠간 섹스 상담사가 들어도 얼굴이 붉어질 정도로 야했던 제프와 페니의 이야기를 들은 적도 있었다.

페니의 새로운 주방은 흑백에 빨간색이 섞여 있었다. 어디를 쳐다보아도 무당벌레밖에는 보이지 않는다. 무당벌레 쿠키 병, 무당벌레 방석에 무당벌레 융단까지. 그저 보는 것만으로도 등 뒤로 식은땀이 배어났다.

"이게 다 뭐야."

"예쁘지 않아? 그동안 언니가 없어서 심심했거든, 그래서 좀 꾸며봤어."

이런 끔찍한 공간이라니! 난 가방조차 내려놓고 싶지 않았다.

"아참, 언니가 무당벌레를 얼마나 싫어하는지 까맣게 잊어버렸어!"

"이미 늦었어."

"이게 뭐가 무섭다는 거야? 귀엽잖아. 언니는 정말 이상하다니까."

"내가 이상한 게 아니야. 차고에서 수천 마리의 무당벌레가 쏟아졌는데도 트라우마가 생기지 않았다면 그 사람이 이상한 거지."

새삼 몸서리를 치며 페니의 무당벌레 접시받침을 뒤집어 놓고 앉았다.

"아무렴 어때. 와인이나 차, 아님 다른 거 줄까?"

페니가 유리잔을 꺼냈다.

"방금 엄마 집에 다녀왔어."

페니가 내 눈을 쳐다보며 말했다.

"그럼 와인 당첨!"

잔에 화이트와인을 가득 따라준 후 페니는 아이스티를 만들어 내 옆에 앉았다.

"넌 안 마셔?"

동생이 어깨를 으쓱거린다.

"지금은 별로야. 그래서 시골 생활은 어때? 최소한 신호등 같은 건 있겠지?"

와인을 홀짝이며 고개를 끄덕였다. 무작정 털어넣는 건 우아하지 못하니까.

"작년에 설치했대. 퍼레이드 때문에 했다던가?"

나는 도디 이모 집에서의 이야기를 해주었다. 런닝맨을 관음증 환자처럼 쳐다보는 것도 고백했다. 그런데 이런 종류의 이야기를 매우 좋아했던 페니가 오늘은 뭔가 이상해 보였다.

"페니, 너 자수해. 술도 언제나 나보다 많이 마시는 애가 오늘은 와인에 입도 안 대고 있잖아. 뭐 숨기는 거 있지?"

페니의 볼에 홍조가 피어올랐다. 그리고는 CIA요원이라도 들이 닥칠 것처럼 주방을 살폈다.

"제프와 난 아기를 가져볼 생각이야."

"축하해, 페니! 드디어 때가 됐구나. 정말 다행이야. 페이지와 조던이 십대나 돼서야 사촌이 생길 뻔했잖아!"

난 지난 수년 동안 페니에게 아기를 가지라고 계속 설득해왔다. 아이들은 사촌이 필요했고 동생에게도 부모가 되는 특별한 경험과 기쁨을 알게 해주고 싶었다.

"제프가 정말 좋아하고 있어. 지난번 배란기엔 집에 빨리 오라고 섹스팅까지 보냈는걸. 제프는 빨리 아기를 만들고 싶어 해. 하지만 엄마한테는 말하지 마, 알았지?"

"네가 남편한테 음탕하고 야한 문자를 보낸다는 거?"

"아니, 임신하려고 한다는 거 말이야. 보나마나 엄청나게 잔소리를 해댈 게 뻔해."

"아, 아쉽다. 네가 임신하려는 걸 알면 리처드에 관해선 신경 끌 텐데."

"정말로 안 돼. 엄마한텐 내가 준비가 되면 말할게. 알았지? 제프 네 가족도 이 사실을 알면 우릴 미치게 할지도 몰라. 그래서 그 사람도 자기 가족에게 아무 말도 하지 않고 있어."

"알았어. 네 더러운 비밀 정도는 지켜줄게, 페니."

페니가 웃으며 자신의 아이스티 컵을 들어 건배했다.

"고마워, 그렇게만 해주면 언니가 바닷가에서 반나체로 뛰어다니는 런닝맨에 대해 망상에 빠진다는 걸 나도 얘기하지 않을게. 약속?"

"약속!"

"좋아. 앞으로 이틀간 아이들은 리처드네 있을 거니까 여기서 머물면서 아기 방 만드는 것 좀 도와줄 수 있지?"

"우리 집은 아직도 이 근처에 있어, 알잖아. 꼭 도와줄게."

지난 몇 주간 동네사람들과 얘기를 나눠보지 못했으니 한번 시작하면 끝도 없이 얘깃거리가 쏟아져 나올 것만 같았다. 예전에 여기서 살 때는 앞뜰에 나와 있다가 즉흥적인 바비큐 파티를 열거나 동네 수영장으로 직행한다거나 했다. 그래서 몇 주간 아무도 전화를 하지 않았던 게 조금 마음에 걸렸다. 나라도 먼저 전화 한 번 해주었으면 좋았을 텐데.

* * *

"이 찻주전자가 보이니?"

이모가 주방에 앉아 주전자를 흔들며 내게 물었다.

"제2차 세계대전 때 프랑스 명문가에서 쓰던 골동품이란다. 월터와 내가 파리로 여행 갔을 때 샀지."

위태롭게 흔들리는 나무의자에 앉아서 이모를 빤히 쳐다봤다. 그 주전자는 내가 이모의 50번째 생신을 맞이해 사드린 거였다. 하지만 침묵했다. 잔인한 진실을 말씀드리기엔 난 너무 착하니까.

"예쁘네요."

"그렇지? 난 물건들에 깃든 사연들이 참 좋단다."

도디 이모네의 모든 물건들에는 다양한 이야기들이 숨어 있다. 사실이 아닌 이야기들도 있었지만 우리 가족들은 이모가 별의별 걸 다 기억한다고 웃어넘기곤 했다. 사실이든 아니든 말이다.

"주방에서 연습하게 해주셔서 감사해요."

아이들과 나는 다시 벨하버로 돌아왔고 오늘은 이모의 식료품 저장고를 청소하는 날이었다. 이곳을 정복한다면 세상 어떤 정리도 못할 게 없다는 판단 하에 시작된 일이었다.

여기저기 알아본 결과, 국립정리전문협회라는 것도 있다는 것을 알게 되었다. 얼마나 정리를 잘하면 이런 모임을 만들었을까?

정리하는 훈련도 시켜준다고 하고 몇 주 후엔 벨하버 가까운 곳에서 세미나가 열린다고 들었다. 이를 대비해 이 창고는 나의 가능성을 가늠해볼 의미 있는 도전이 될 것이다.

지금까지 찾은 것들은 집에서 만든 11종 젤리 단지와 선반에 뿌리를 내린 감자들, 다져지고 눌려진 아마 씨, 30파운드 가까이 되는 현미와 탄소연대측정이라도 해야 할 것만 같던 크래커 같은 것들이었다. 그 외에도 반짝거리는 솔방울, 타란툴라 먹이, 엘튼 존이 사인한 탬버린, 오버마의 피겨, 양말 인형 세 개와 보드 게임 조각들이 널려 있었다.

"세이디, 이 사진 좀 보렴. 이건 내가 아빠의 포드차를 차고지 옆에 박아버리기 직전에 찍은 사진이란다."

정리를 위해 한편에 빼놓은 상자를 뒤적거리던 이모가 소리쳤다.

이모의 수많은 사건 사고들은 우리 가족의 빼놓을 수 없는 역사 중 하나였다. 그래서 우리 가족들은 자주 실수하고 사고치는 사람들에게 '정말 이모 같은 짓이다'라고 말하곤 했다.

"아버지는 내가 면허증을 딴 지 한 시간도 채 안 돼서 뺏어가셨단다. 그래도 참 다행이라 생각했었지. 만약 뺏어가지 않으셨으면 내가 비를 맞으며 집으로 걸어올 일도 없었을 것이고, 월터가 나를 집에까지 데려다줄 기회도 없었을 테니까. 정말이지, 제대로 만나지도 못할 뻔했어."

"그때는 이모부와 아는 사이가 아니었잖아요. 그러니까 이모는 잘 모르는 사람 차에 탄 거네요?"

본의 아니게 이모의 러브스토리를 들으며 나는 체스 말을 바구니에 던져 넣었다.

"아니, 나는 월터가 누군지 알고 있었어. 월터가 내가 누군지 몰랐던 거지. 우린 같은 학교를 다녔지만 그는 선배였거든."

이모는 엘비스 포스터를 보며 단꿈을 꾸는 십대 소녀마냥 한숨을 내쉬었다.

"정말 멋진 남자였단다. 모든 여자들이 그렇게 생각했지."

나는 잠시 이모부의 생전 모습을 떠올렸다. 불룩 나온 배, 벗겨진 대머리, 테가 두꺼운 안경. 아, 진짜 필 맥그로를 닮긴 했구나. 하지만 이모의 모나리자 미소를 보니 우리가 기억하는 이모부와 이모 기억 속의 이모부는 아마도 많이 다른 듯했다.

발그레 상기된 이모의 뺨을 본 순간 난 고개를 절레절레 저었다. 사십 년간 같은 남자랑 살고도 아직도 그 사람만 생각하면 부끄러움을 탈 수 있다니! 진실된 사랑이란 것이 존재한다면 바로 이런 것일 거다. 그리고 유감스럽지만 내 인생에는 더는 그런 사랑이 없을 듯하다.

"우와! 주방 좀 봐! 이건 기적이야! 여기서 이제 진짜 요리를 할 수 있을 것 같아!"

재스퍼의 요란한 칭찬은 내가 땀과 때에 범벅이 된 채 의욕만 엄청 앞서고 있었다는 사실을 까마득히 잊어버릴 정도로 근사했다. 이모의 무지막지한 물품들이 쌓인 잡동사니 산을 벗어나는데 꼬박 하루가 걸렸다. 영원히 끝나지 않을 것 같던 부엌 정리가 이제 슬슬 다 끝났고 재스퍼의 감탄은 옳았다. 주방은 완벽하게 정리가 되었고 실용적으로 변했으며 깨끗해졌다.

"재스퍼, 이걸 보렴. 내 선반에 라벨들이 붙어 있어!"

이모는 문 옆에서 소리 없이 웃으며 TV 인기 프로그램 〈집을 바꿔드려요!〉의 오버하는 도우미처럼 양팔을 활짝 폈다. 재스퍼가 고개를 내밀며 나를 쳐다보았다.

"이 라벨들은 어떻게 만든 거야?"

"라벨접착기로 만들었어."

"라벨접착기가 있다고?"

"모두들 라벨접착기 정도는 있어야 해."

허리가 끊어지게 웃는 재스퍼 옆을 이모가 비켜 지나갔다.

"인정할게. 넌 정말 기이한 재능이 있어."

"고마워. 이젠 저녁 좀 만들어줄래? 난 정말 배가 고……."

내가 하려던 말은 어떤 불길한 소리에 끊기고 말았다. 조던이 가지고 놀다 방바닥에 던져놓은 장난감 트럭에 걸려 넘어진 이모가 예리한 테이블의 모서리에 머리를 찧고 만 것이다. 이모의 몸이 주방 바닥에 털썩 쓰러졌다.

"이모!"

"엄마!"

곧바로 이모에게 달려갔다. 이모의 관자놀이에선 피가 흘러나오고 있었다. 그리고 난 갑자기 어지러워지기 시작했다. 피는 내가 감당할 수 있는 영역이 아니다. 한번은 샤워하며 다리털을 밀다가 살짝 베었는데 거의 119를 부를 뻔했다.

피는 이모의 볼을 타고 흘러 뚝뚝 떨어졌고, 이를 목격한 내 속도 마구 울렁거리기 시작했다. 나는 침을 꿀꺽 삼켰다.

"한번 봐요. 엄마."

재스퍼가 이모의 손을 치웠다. 그가 상처를 살펴보며 눈살을 찌푸렸다. 이모는 머리카락을 따라 손가락 마디만 한 깊은 상처를 입고 있었다. 피부가 다 벌어져 있었다.

제발 누가 저건 뇌가 아니라고 말해줘! 갑자기 방이 빙글빙글 돌아서 똑바로 서 있을 수가 없었다. 이모가 잘못된다면 스스로를 용서할 수 없겠지만, 지금은 내가 먼저 기절할 것만 같았다.

페이지가 타월을 가져왔고, 난 그걸 재스퍼에게 건네줬다. 재스퍼가 이모의 머리를 가볍게 지혈시키기 시작했다.

"난 괜찮으니 다들 소란 떨지 마. 그저 머리를 박은 것뿐이야. 조금 있으면 피도 멈출 거고."

"엄마, 몇 바늘 꿰매야겠는데? 상당히 깊은 상처야."

꿰맨다고? 재스퍼의 말에 더 기분이 우울해졌다. 이모는 돌아온 탕자들을 기꺼이 자신의 집에 받아주었는데 우리 탕자 무리는 이모의 머리를 부셔버렸다.

"병원에 가요, 엄마."

재스퍼는 이모를 바로 세우며 좀 더 가깝게 안으려 했지만 이모가 거부했다.

"절대 안 될 말이다. 금요일 밤이라 포커 모임이 있고 난 아니타 파커에게서 6달러 받을 돈이 있어. 그러니까 나를 사람들이 꽉 찬 응급실에 데려갈 생각이거들랑 하지 마라."

"엄마, 이 정도면 꿰매야 해요. 빨리 병원에 가요."

재스퍼의 권유에도 이모는 고개를 저었고 그럴 때마다 피가 카펫에 튀었다.

　"안 가! 절대 안 돼! 하지만 풀만 선생님을 데려오고 싶으면, 그건 맘대로 해."

　풀만 선생님은 이모 집 가까이 사는 의사 선생님으로 우리 집안 누군가가 고열이 있거나 코에 이상한 것을 집어넣든가, 알 수 없는 알레르기 등등 문제가 있으면 이모가 꼭 오셔오는 분이었다.

　"세이디, 네가 나 대신 풀만 선생님 좀 모셔올래? 병원에는 어차피 가야 할 것 같지만 우선 선생님에게 응급치료를 부탁해야 할 것 같아."

　나는 고개를 힘차게 끄덕이곤 후들거리는 다리로 냅다 뛰기 시작했다. 이 자리를 벗어날 수만 있다면 아무래도 좋다. 그러니 당연히 풀만 선생님한테 가는 게 낫지. 이모는 점점 창백해졌고 나는 점점 메스꺼워졌다.

　몇 분 후 나는 풀만 선생님의 비싸 보이는 벽돌집 현관 앞 초인종을 눌렀다. 넓은 나무문 옆에 도자기로 화려하게 만들어진 그릇들이 장식되어 있었고 정교한 조경에 비해 초라하게 피어 있던 꽃들은 쪼글쪼글 말라붙어 거의 다 죽어가고 있었다.

　벨을 울리고 나서야 셔츠에 피가 묻은 걸 알았다. 순간 진심으로 풀만 선생님이 예전의 반듯한 나를 기억 속에서 지우고 있지 않기를 빌었다. 이 꼴만 봐서는 피에 주린 살인마가 따로 없다.

　그가 나오기를 기다리고 있는데 문득 푹신푹신해 보이는 회색 고양이가 거만한 표정을 지으며 내 쪽으로 걸어왔다.

"안녕, 야옹아."

고양이는 나를 싹 무시하고 지나갔다. 고양이에게 무시당했다는 분노를 미처 느끼기도 전에 내 눈이 놀라움으로 휘둥그레졌다. 문을 열고 나온 이는 바로 런닝맨이었다.

"무슨 일이십니까?"

가까이서 보니 훨씬 더 컸고 머리카락 색깔은 그렇게 어두워 보이지도 않았다. 차갑던 내 볼이 순식간에 뜨거워졌다.

"풀만 선생님을 찾아왔는데 계신가요?"

혹시 집을 잘못 찾았나 싶어 얼른 주소를 확인했다. 분명 이곳은 풀만 선생님 집이 맞았다. 그런데 사람이 바뀌었다.

"여기가 풀만 선생님 집이기는 하지만 안타깝게도 지금은 안 계십니다."

뭐지, 이 귀티 풀풀 나는 근사한 억양은? 게다가 웃고 있지도 않은데 보조개가 패여 있어.

귀티 풀풀에 잘생긴 남자가 귀엽기까지 하다니 이건 너무 불공평한 거 아니야?

자꾸만 산으로 가는 머릿속을 털어내듯 세차게 머리를 흔들었다. 세이디, 정신 차려. 지금 이모의 목숨이 경각(?)에 달렸다고.

"큰일이네. 선생님은 언제쯤 돌아오시나요? 이모가 트럭에 걸려 넘어져서 이마를 꿰매야 할지도 몰라요."

순간 남자의 아름다운 초록빛 눈이 휘둥그레졌다.

"이모님께서 트럭에 걸려 넘어지셨다고요?"

우리 이모가 사람이라면 그럴 리가요. 그 와중에도 나는 거대한 이모의 발이 트럭에 걸리는 장면을 상상하고 말았다. 아아, 세이디! 제발 정신 차려!

"아니요. 그게 아니라 이모가 장난감 트럭을 밟고 넘어지셨어요. 넘어지면서 머리를 테이블에 찧었고요."

"아, 그렇군요. 하지만 풀만 선생님은 몇 달 동안 안 돌아오실 겁니다. 저라도 괜찮다면 도와드릴까요?"

"예?"

"저도 의사거든요."

아무리 저 남자의 초록빛 눈이 아름다워도 이렇게 불법 의료 행위를 방치해도 되는 건가 하는 내 기우는 남자의 한 마디에 날아갔다.

"진짜 와주실 수 있으세요? 아, 정말 감사합니다. 피가 엄청 나는데 도디 이모는 병원에 안 가겠다고 버티는 통에 다들 어찌할 바를 모르고 있었거든요."

"도디 이모라고 하셨나요? 도디 베이커?"

"네, 그분이 저희 이모예요! 전 이모의 조카고요."

내 정보를 횡설수설 그에게 노출하자 그가 가볍게 고개를 끄덕였다.

"보통은 그렇게 되죠."

지금 이게 농담이라면 딱히 유머 감각이 있는 남자는 아닌 듯하다. 그렇지만 저 인물에 저 귀티에 저 보조개까지 있는 사람에게 유머까지 있을 필요는 없으니까. 그런데 이 남자가 우리 이모를 어떻게 아는 거지?

"전 일종의 대탑니다. 풀만 선생님이 자기가 집을 비운 동안 잠시 여기에 살면서 꽃에 물도 주고 하라고 하셨죠. 선생님이 베이커 부인에 대해서도 말해주셔서 이름과 얼굴 정도는 알고 있습니다."

남자의 부드러운 웃음 뒤에 뭔가 다른 것이 느껴졌다. 아무래도 풀만 선생님이 우리 이모를 미친 여자라 말했을 것 같다는 불안한 예감이 들었다. 그럼 이모의 조카라는 걸 밝힌 순간 나 또한 미친 조카가 된 셈인가? 평범한 상황에서라면 그 정도의 비약까지는 가지 않겠지만 내가 이 남자와 만난 후 벌인 횡설수설과 피투성이 셔츠를 걸친 꼬락서니를 돌이켜 생각해보면 그런 결론이 도출될 가능성이 충분했다.

"필요한 물품을 좀 가져오겠습니다. 잠시만 기다리세요."

남자가 문을 열고 안으로 들어가자 나도 모르게 그 뒤를 졸졸 따라 들어갔다.

"실례되는 물음인 건 아는데요, 정말 의사 맞으세요?"

"예, 그런데요."

남자가 박스를 뒤적이며 대답했다. 방 안에는 남자의 것으로 보이는 이삿짐이 잔뜩 쌓여 있었다.

"보통은 의사 업무를 대리로 맡길 땐 환자들을 봐달라고 하지 화초에 물 주라는 부탁은 안 하지 않나요?"

열려 있는 문을 통해 확실하게 죽어 있는 식물들을 재차 확인했다. 그도 내 시선을 따라 밖을 내다보더니 인상을 찌푸렸다.

"아, 말라버렸다. 큰일이군. 꼭 물을 주라고 하셨는데."

그가 관자놀이를 문지르며 난감한 표정을 지었다. 이렇게 모성애를 자극하는 표정으로 정원에 서 있다면 기적을 일으켜서라도 정원의 꽃을 살려주겠다는 여자들이 아마도 줄을 설 듯했다.

"아까 이모님의 상처를 꿰매야 한다고 하셨는데 어디에 상처가 생겼나요?"

"거실에서요."

도구를 챙기던 그가 풋 하고 웃음을 터뜨렸다. 나도 모르게 멍청한 여자 인증을 한 셈이었다. 미친 여자와 멍청한 여자 중 어느 편이 나을까 하는 생각이 잠시 들었지만 오십 보 백 보 도긴개긴이었다.

"아, 아, 머리에요. 넘어지면서 머리를 다치셨어요."

그때 어디선가 딩! 하는 소리가 났다. 내 눈이 휘둥그레지는 걸 본 그가 얼른 대꾸했다.

"전자레인지 소리니 놀라지 마십시오. 저녁을 데우는 중이었거든요."

냉동식품이라고? 혼자서 처량하게 데워 먹는? 잘 빠진 아내는 어쩌고?

남자가 마지막 물건을 가방에 넣고 고양이처럼 생긴 고리에 걸린 키를 집어 들었다. 그의 손에는 결혼반지가 보이지 않았다. 그럼에도 내 가슴은 식어버렸다. 이런 멀쩡한 남자가 아직까지 싱글일 리 없지 않은가. 그는 게이인 것 같았다. 아니, 확실히 게이다. 아쉽지만 폰테인이나 좋아할 이야기였다.

남자가 밖으로 나와 반지 없는 홀가분한 손으로 문을 잠갔다. 그때 갑자기 그의 이름을 모른다는 게 생각났다. 그래서 비슷하게 홀가분한 악수를 청했다.

"너무 경황이 없어서 소개를 잊었네요. 저는 세이디 터너예요."

"전 데스몬드 맥나이트입니다. 보통은 데스라고 부르죠."

보조개가 활짝 핀 그의 미소를 보자 심장이 다시 요동치기 시작했다.

4

이모의 상처는 꿰맬 수밖에 없었다. 하지만 데스는 보이스카우트처럼 모든 걸 준비해왔다. 그의 가방엔 응급용품이 저장고처럼 쌓여 있었다. 게다가 페이지와 조던을 위한 막대사탕까지 가져왔다.

페이지는 이 잘생긴 남자에게 홀딱 반해서 사탕은 진즉에 먹어버리고 그 곁에서 까맣고 짙은 눈썹을 깜빡이고 있었다. 그에 반해 조던은 특유의 성향을 발휘해 의심 가득한 눈을 하고 있었다. 어떤 침입자도 사탕 하나로 조던의 신뢰를 얻을 수는 없다. 아들의 사탕은 아직도 테이블 위에 놓여 있었고 가끔 한 번씩 손가락으로 사탕을 밀어내며 그가 얼마나 이 새로운 남자를 믿지 않는지 증명해 보였다.

"이 정도라면 아주 큰 상처는 아닙니다. 하지만 머리에 난 상처라 피가 많이 흐르죠. 그러니 큰 걱정 안 하셔도 됩니다."

이모는 일광욕실의 안락의자에 앉아 노란색 베개를 머리에 댔다. 어깨엔 레이스 숄을 걸쳐서 옷에 묻은 피를 가렸다.

"난 걱정하지 않았어, 이 둘만 엄청 놀랬지."

이모는 나와 재스퍼를 가리켰다. 느슨하게 찬 팔찌가 찰랑 소리를 냈다.

"세이디가 굉장히 긴장했다오. 내 착하고 예쁜 조카애가 늙은 이모 걱정에 지나치게 호들갑을 떨었지만 어느 정도의 치료는 필요했을 거유. 선생님께서 이 근처에 안 계셨으면 큰일날 뻔했지 뭐유."

이모가 서른두 번째 결혼기념일에 이모부에게 받은 선물인 플라스틱 부채를 우아하게 펼쳤다. 이모는 '바람과 함께 사라지다'에 나온 소품 부채라고 했지만 그게 사실인지 증명할 방법은 없었다.

"물론 괜찮으셨겠지요. 하지만 그대로 놔두었으면 아마 큰 흉터가 남았을 겁니다."

데스가 가져왔던 물품들을 다시 가방에 넣기 시작했다.

"흉터라면 이미 멋진 걸 하나 갖고 있는데 보실라우?"

이모는 볼에 난 아주 작은 상처를 가리켰다.

"남편이 멜빵을 벗을 때 실수로 내 얼굴에 낸 상처라우. 나를 위해 스트립쇼를 하려다가⋯⋯."

"이모!"

얼른 이모의 어깨를 붙잡았다. 이모, 제발 이러지 마세요. 멍청한 짓은 나 하나로 족하다고요. 이모의 입을 막고 싶은 심정으로 데스의 눈치를 살짝 보았다. 다행히 그는 웃고 있었고, 그 웃음에는 1%의 비웃음도 없었다.

"혹시 어지럽거나 두통이 오거나 메스껍거나 하면 알려주세요, 아니면 다른 의사 분에게 가보는 것도 좋을 겁니다. 뇌진탕이 올 수도 있거든요."

"난 괜찮수. 그나저나 오신 김에 저녁이라도 먹고 가지 않을라우? 세이디가 하루 종일 라벨지 붙이느라 고생했거든. 그리고 재스퍼는 알노의 요리사라우."

순간적으로 세모꼴이 된 눈으로 이모를 노려보았다. 아까 '착하고 예쁜 조카' '늙은 이모' 등등 말도 안 되는 드립을 칠 때 예상했어야 했는데! 나를 싱글 시장에 내놓으려는 이모의 음모가 또다시 시작되고 있었다.

"세이디, 이 친절한 의사 양반에게 레모네이드를 가져다 드리렴. 몹시 목이 마르실 거야. 풀만 선생님 댁에 머물고 있다고 하셨는데 혹시 그 집 안주인이 진달래 철쭉에 어떤 비료를 쓰는지 알고 있을라나 모르겠네? 그 집은 언제나 꽃들이 멋져 보여서 내내 부러웠다우. 혹시 의사 양반도 아내와 같이 사나?"

이모의 말을 잠자코 듣던 데스가 창피함에 몸 둘 바를 모르고 있는 나를 흘낏 보았다. 이모의 수작은 누가 봐도 어설펐다. 지극히 일반적인 시각으로만 바라보아도 풀만 선생님의 정원은 감히 근사하다고 말하지 못할 것이다. 이모는 그의 결혼 여부를 알아내기 위해 지나친 무리수를 던졌다.

"글쎄요, 어떤 비료를 쓰는지는 저도 들은 바가 없어서요."

"괜찮아요. 신경 쓰지 마세요."

부끄러움은 나의 몫이라 체념하며 얼른 이모의 말문을 막았다. 그러나 이모는 아랑곳하지 않고 데스의 근육질 팔을 부채로 툭 건드렸다. 아아악, 이모! 제발 부탁이니 작작해요.

"그래서 아내는? 혹시 집에서 기다리고 있수?"

"아니요, 기다리는 사람은 없습니다. 풀만 선생님 댁에는 저 혼자 살고 있습니다."

"세상에나."

이모의 목소리가 동정심으로 가득 찼다. 꼭 그의 일가족이 전부 콜레라라도 걸려서 죽기라도 한 것처럼. 혹은 공화당원이거나.

"그러면 먹고 가요, 의사 선생."

"아닙니다, 폐를 끼치고 싶지 않습니다. 그리고 데스라고 편하게 불러주세요."

"이모, 선생님께선 바쁘실 것 같은데요"

재스퍼를 쳐다보며 도움을 요청했다. 하지만 재스퍼는 어깨를 으쓱이며 나를 무시했다. 나쁜 놈! 다들 한통속이야.

"폐를 끼치다니, 어찌 그리 서운한 소릴! 죽음의 아가리에서 날 꺼내주었는데 폐라니 말도 안 되는 소리지."

"그러고 보니 약간 배가 고프긴 하네요."

데스가 스스럼없이 웃었다.

"탁월한 선택이야!"

이모가 부채를 접으며 고개를 끄덕였다.

"재스퍼, 저녁을 준비하렴."

그때 갑자기 앞문이 세차게 열리며 폰테인이 일광욕실로 뛰어들어왔다. 데스를 발견한 폰테인의 입이 괴수의 아가리마냥 대차게 벌어졌다.

"말도 안 돼! 내가 도대체 뭘 놓친 거야?"

굵고 긴 당근을 깎으며 나는 최대한 데스를 신경 쓰지 않으려 노력했다.

"데스. 혹시 그게 짧게 부르는 애칭 같은 건가? 데시라던가?"

이모가 물었다.

"데스몬드를 짧게 부르는 겁니다. 저희 할머니만 저를 데스몬드라고 불렀죠. 다들 데스라고 부르니 데스라고 편하게 부르시면 됩니다."

"난 다른 데스몬드를 만난 적이 있어. 데스몬드 아르난즈. 아마 우리 세금을 담당하던 사람일 거야."

이모는 앞에 놓인 그릇에서 피스타치오를 한가득 집어 들었다.

"내 생각이지만 데시 아르난즈를 말하는 거 아니야, 엄마?"

폰테인이 옆에서 거들자 이모가 고개를 갸우뚱했다.

"데시 아르난즈가 우리 세금을 관리했었니? 아, 잠시만. 그건 루시의 남편이잖아."

이모가 말했다.

"데시 아르난즈는 쿠바 사람이었는데 혹시 데스 선생도 쿠바 계열이우?"

이모가 페이지처럼 눈을 깜빡였다. 그러나 귀엽기는커녕 눈에 뭐가 들어간 것처럼 보였다.

"아, 그렇지는 않습니다."

"그렇다고 할 줄 알았어."

이모가 이로 피스타치오 껍질을 까낸 후 그릇 안에 뱉어냈다. 이모와의 대화는 두더지 잡기 게임 같아서 웬만한 사람들은 어디서 주제가 튀어나올지 종잡을 수 없다. 이모와 데스의 대화를 듣는 동안 내 등에선 줄곧 식은땀이 나고 있었다.

"그럼 어느 쪽 계열이우?"

"스코틀랜드 쪽입니다. 글래스고에서 태어났지만 제가 17살 때 미국으로 건너왔었죠."

"아, 그래서 빨간 머리구먼."

"그러게 왠지 억양도 독특하다 싶었어."

폰테인이 다시 대화에 끼어들었다. 저 주책 이인조에 둘러싸인 데스가 안쓰러워 흘낏 바라본 순간 그와 눈이 마주쳤다. 그때 그가 가볍게 윙크를 날려왔다. 나의 동정에 대한 장난기어린 대꾸였겠지만 나는 놀란 나머지 손가락을 살짝 베고 말았다.

"목소리만 들으면 제라드 버틀러 같아."

언제 왔는지 폰테인이 내 귓가에 속삭였다.

"제라드 버틀러가 누군데?"

"제라드 버틀러가 누구냐니? 난 모든 정상적인 여자들은 다 제라드 버틀러에게 환상이 있는 줄 알았는데?"

"난 그런 사람 몰라. 그리고 네 수다 때문에 이모 말이 안 들리잖아. 가만히 좀 있어. 내 손에 들린 게 칼이란 것도 잊지 말고."

불빛에 섬뜩하게 반사되는 칼날에 폰테인이 얼른 순한 양으로 돌변했다. 다시 조용해진 분위기 속에서 이모와 데스의 대화에 집중했다.

난 이모가 어떠한 주제로 손님의 밥맛을 떨어뜨릴지 들어야 했다. 비록 게이지만 데스는 잘생겼고 귀티 나고 부드러운 억양을 가졌다. 저런 남자가 얼마나 배가 고팠으면 혹은 얼마나 즉석음식에 질렸으면 우리와 같이 저녁을 먹겠다고 결정했을까?

"글래스고? 그건 스웨덴에 있는 거 아니우?"

이모의 물음에 데스가 고개를 저었다.

"스코틀랜드입니다."

"아, 그렇군. 스코틀랜드. 그러면 혹시 숀 코넬리는 아나? 그 사람도 스코틀랜드인일 텐데. 혹시 독일인인가?"

그러자 데스가 웃으며 대꾸했다.

"스코틀랜드인이 확실합니다. 하지만 만나본 적은 없습니다."

"못 만나봤다고? 스웨덴은 정말 작은 나라인데?"

"스코틀랜드요."

"아, 맞아. 스코틀랜드. 그런데 어쩌다가 이 나라까지 온 거유? 혹시 감자 때문인가?"

이모는 불쌍하다는 듯 데스의 손등을 토닥였다.

"감자……요?"

뜬금없는 이모의 감자 발언에 끈기 있게 이모와 대화를 이어가던 데스가 당황한 기색이 되었다.

"엄마, 감자 기근이 발생한 곳은 아일랜드예요. 스코틀랜드가 아니고."

재스퍼가 오븐의 문을 쾅 닫으며 끼어들었다.

"그리고 21세기가 아닌 1840년에 발생한 사건이죠."

나 또한 재스퍼를 거들어 별로 쓸모없는 지식 중 하나를 꺼냈다.

"아버지께선 엔지니어셨는데 그곳 일을 그만두고 여기서 새 직장을 구하셨습니다. 그래서 가족이 전부 이곳으로 건너왔죠."

이모의 횡설수설을 너그럽게 넘기며 데스가 미소 지었다.

"그럼 기차에서 일했수?"

이모가 또다시 밑도 끝도 없는 질문을 던졌다.

"기차요?"

"아버지가 엔지니어라고 하셨잖수."

"엄마, 그건 안내원이야."

참다못해 재스퍼가 다시 끼어들었다.

"아, 그렇군. 그럼 기차를 운전하셨수?"

"아니요. 대부분 차를 만지셨죠. 그리고 그냥 말을 낮추셔도 됩니다."

세상에, 이토록 어이없는 대화를 10분 이상 이어갈 수 있는 사람이 세상에 존재하다니!

데스의 머리 위에 천사의 광휘가 빛나는 듯한 환각까지 보일 지경이었다.

"그런가? 그럼 의사 양반도 날 도디 이모라고 불러주시구려. 그럼 데스 너는 언제부터 미국에서 살게 된 거니?"

시작은 존칭, 끝은 반말로 끝내며 이모가 데스에게 싱긋 웃어

보였다.

"아, 어디 보자, 한 이십…… 십구 년 전쯤인 것 같군요."

데스의 나이를 암산해보려 노력했다. 열일곱 더하기 열아홉은 어디 보자……. 스물, 아니지 열아홉 더하기 칠은 에…… 열다섯, 그리고 이십을 더하면.

"서른여섯이잖아, 이 멍청아!"

내 얼굴에 복잡한 머릿속이 다 드러났나 보다. 폰테인이 옆에서 실로 한심하다는 듯 속삭였다.

"그럼 계속 미시간에 산 거니?"

"아니요. 여기저기서 살았습니다. 하지만 십이 년 전에 일리노이에 정착했다가 다시 이사해 어머니와 동생은 아직도 시카고 근처에서 살고 있죠. 여기 오기 전까지는 저도 거기서 살았고요."

"그렇다면 벨하버에는 어떻게 오게 된 거니? 일 때문에?"

이모의 질문들은 굉장히 집요해서 금방이라도 노트를 꺼내 받아 적을 기세였다. 하지만 데스는 별 개의치 않는 것 같았다. 아마 응급실에서 오래 시간을 보내면서 노년의 어머니들을 상대하는 스킬을 익혔겠지.

"네, 맞습니다. 하지만 몇 달 있지는 않을 겁니다. 시카고로 돌아갈 거 같아요, 아니면 다른 곳에나."

"왜 다른 곳으로 가는 거지? 여기가 맘에 들지 않니?"

"어차피 풀만 선생님의 대리로 잠시 온 거지 정착은 아니니까요."

"대단하구나. 그럼 아버지는 어디에 계시누? 시카고에?"

데스가 고개를 저었다.

"아니요. 아버지는 제가 의대에 다닐 때 돌아가셨습니다."

"이런, 내가 실수했구나. 미안하다."

이모는 고개를 저으며 그의 손을 토닥거렸다.

"혹시 알코올중독이셨니?"

"이모!"

이모의 무례함에 숨이 턱 막혔다. 하지만 도리어 이모가 내게 언성을 높였다.

"왜? 스코틀랜드하면 술이잖아! 넌 스카치위스키도 모르니!"

더는 이 대화를 듣고 있을 자신이 없어 눈을 질끈 감고 돌아섰다. 리처드는 이모의 트레이드마크인 이런 식의 질문을 정말 싫어했다.

이 망신스러운 상황을 탈출하고픈 마음밖에 없는 내 귓가에 유쾌한 웃음소리가 들려왔다. 놀라서 고개를 돌리니 데스가 환하게 웃고 있었다. 뭐지, 저 사람? 안 썰렁해? 기분 안 나빠?

"제 생각에도 아버지께서 과하게 술을 좋아하시긴 했습니다. 하지만 술보단 담배가 더 큰 원인이었죠."

저녁은 아무런 문제없이 진행되었다. 데스는 이상할 정도로 우리 집 분위기에 잘 적응했다. 이모의 이상한 발음들이나 알 수 없는 화제에도 그는 개의치 않았다. 재스퍼의 음식솜씨를 칭찬하고 폰테인의 농담에도 웃었다.

이모의 질문들은 꾸준히 무례했다.

"몸매가 아주 좋은데 바지 사이즈는 어떻게 되지?"

"34인치 정도입니다."

"아아, 딱 좋군. 그럼 누드비치엔 가보았나? 이런 몸매를 가진 남자들은 한번쯤 그런 데 가서 시선을 받고 싶어 하잖아."

"가본 적은 없지만 재미있을 것 같긴 합니다."

"그러게. 재미있겠지. 가슴 빵빵한 아가씨들 보는 재미도 쏠쏠하고. 그런데 가슴 성형도 해봤나?"

"레지던트 시절에 한번 해본 적 있는데 저는 내과의사라 앞으론 할 기회가 없을 것 같습니다."

다행히 데스는 이모의 연이은 무례하고 짓궂은 질문 세례에도 평정을 잃지 않았다. 그러나 그들을 지켜보는 내 마음은 영 개운치 않았다. 계속 도를 넘는 이모의 질문을 듣고 있자니 이모가 알면서도 일부러 이러는 게 아닐까 하는 의문이 든 탓이었다. 이 남자가 얼마나 끈기 있고 예의 바른지를 테스트하는 그런 느낌이랄까? 돌이켜 생각해보면 이모는 리처드의 무례하고 남을 무시하는 태도를 정말로 싫어했다.

"혹시 애들은 없나?"

"아니요, 없습니다."

"결혼은 안 했어도 아이가 있는 경우도 있지 않아?"

데스가 어깨를 으쓱하며 아스파라거스를 깨물었다.

"제가 알기론 아직까지 없습니다."

"그래."

"세이디, 당신도 벨하버에 잠시 머무는 거라 하지 않았나요?"

데스가 이번에는 내 쪽으로 고개를 돌려 물었다. 음식이 앞 이

빨에 끼지 않았는지 걱정하며 고개를 끄덕였다.

"여름 동안만이죠. 아이들 학기가 시작되면 가을에 글렌빌로 돌아갈 예정이에요."

"전 학교에 가고 싶어요."

페이지가 포크에 닭가슴살을 꽂아 휘두르며 소리쳤다.

"몇 학년이 되는 거니?"

데스의 질문에 페이지는 똑바로 앉으며 대답했다.

"일학년이요. 루이스 부인이 선생님이 됐으면 좋겠어요."

"그분이 제일 좋니?"

페이지는 고개를 끄덕인 뒤 다음 말을 덧붙이기 전에 닭가슴살을 깨물었다.

"그리고 제일 예쁘고 똑똑해요."

데스가 웃었다.

"그런 것들은 정말 중요하지. 우리 어머니도 선생님이셨어. 그리고 내 동생도 마찬가지지. 정말 웃긴 건 내 동생은 정말 엄청난 문제아였다는 거야."

페이지의 눈이 화등잔만하게 커지고 조던 또한 음식을 천천히 씹기 시작했다.

"왜요? 어떻게 했는데요?"

페이지가 자세히 들으려 가까이 다가왔다.

그에 맞춰 데스도 페이지에게 몸을 숙였다.

"우리가 어렸을 때 학교 가기 전에 내 뒤에 와서 몰래 자기 향수를 뿌렸었거든."

데스가 뒤로 몸을 젖히며 우리 모두를 차례대로 쳐다보았다.

"꼭 학교 가기 바로 전에 뿌려대서 옷을 갈아입을 시간도 없었지. 그래서 하루 종일 어린 여자애들 냄새를 풍기며 지냈어."

그때가 생각났는지 데스의 얼굴이 붉어졌다.

"넌 상상도 못하겠지만 친구들이 끊임없이 날 놀려대곤 했지."

데스가 나를 돌아보며 이유를 설명했다.

"초등학교 때 내 별명은 계집애였거든."

웃어도 되는 건지 안 되는 건지 알 수가 없어 손으로 입을 가렸다. 데스가 팅커벨 화장지 냄새를 풍기는 게 상상이 가지 않았다. 난 충분히 가까운 거리에서 저 사람이 맛있는 향, 그러니까 시나몬이나 달빛 같은 냄새를 풍기는 걸 알았기 때문이다. 전혀 게이 같은 향수는 아니었다.

"그냥 당하기만 한 겁니까?"

재스퍼가 물었다. 복수를 향한 갈구는 우리 가족의 피에 진하게 흐른다.

"당연히 아니죠. 벼르고 벼르다 밤에 동생 방에 숨어들어서 잠든 동생의 앞머리를 확 잘라버렸습니다."

이제 모두가 크게 웃었다. 가슴 속에서 무언가 터져 나오는 느낌이었다.

"그런데 결과적으로 손해였습니다."

데스가 아이들에게 몸을 돌리며 덧붙였다.

"어머니가 굉장히 화를 내셨거든. 날 바로 이발소로 데리고 가서 머리를 밀어버리셨어. 그때부터 몇 개월 동안 동네에 유일한 열두 살짜리 꼬마 대머리로 살았어."

　식사가 끝난 후 데스는 재스퍼와 이야기를 나누며 함께 테이블을 청소했다. 이모는 데스와 함께한 저녁이 친구들과 포커를 치는 것보다 훨씬 좋았다며 푹신한 긴 의자에 클레오파트라처럼 누웠다. 나와 페이지도 이모 곁에 앉았다. 때마침 테이블 청소를 마친 데스가 주방에서 우리에게 소리쳤다.

　"베이커 부인, 내일 잠시 들러서 붕대를 갈아드릴까 하는데 괜찮을까요?"

　그 순간 폰테인이 나를 향해 엄지를 치켜세웠지만 난 돌아서버렸다.

5

아침에 일어나면서 오랫동안 느껴보지 못했던 개운함을 느꼈다. 햇살은 따뜻하고 새들은 노래 부른다. 그리고 나랑은 전혀 상관없는 섹시한 남자가 저녁을 먹고 갔다. 아무 의미도 없다는 것을 잘 알지만 새로운 관계는 언제나 재미있고 허리케인이 강 위를 지나며 어디로 번개를 내려칠지 지켜보는 것만큼 흥미로웠다.

아침 일과를 끝내고 페니에게 전화를 걸었다. 분명히 흥미로워할 거다.

"누구세요?"

기분 나빠하는 목소리가 들렸다. 잠을 깨웠나 보다.

"안녕. 화장실 갔다가 다시 전화해."

우린 합의하에 화장실에선 전화를 받지 않기로 했다. 어느 정도 서로를 존중해주는 면도 있지만 정확히는 페니가 전화를 받다가 새로 산 휴대폰을 변기에 떨어뜨린 후부터였다.

"화장실은 이미 다녀왔어, 그리고 아직 임신한 건 아니야."

페니가 한숨을 내쉬었다.

"알고 있어. 그런 게 가끔은 조금 오래 걸리기도 하더라고."

"나도 알아. 하지만 바로 생긴다면 더 재미있을 거야. 벌써 세 달째라고. 언니한테 말해주기 전에도 몇 달간 노력했었어."

"곧 좋은 소식이 생길 거야. 제프는 사이보그 정자를 가지고 있다고 하지 않았어?"

페니가 다시 한숨을 내쉬었다.

"사이보그 페니스겠지."

"아, 확실히 다른 거긴 하구나."

"이모의 괴상한 세상에서 사는 소감이 어때?"

페니는 절대 자기 연민에 빠지는 일이 없다. 그건 내 영역이다.

"어제 저녁에 누가 왔었는지 맞춰봐."

나는 어린 소녀였을 때처럼 등을 침대에 대고 벽에 발을 올렸다.

"모르겠는데, 리처드?"

"우웩. 아니야. 왜 그딴 생각을 하는 거야?"

"지금 내 머릿속은 추리가 잘 되는 상태가 아니야. 뜸 작작 들이고 그냥 말해."

"런닝맨."

"매일 바닷가를 달리는 잘생긴 남자?"

"맞아, 그 사람."

나는 페니에게 최대한 간략하게 어제 있었던 일을 설명해주었다.

"그러니까 그 런닝맨이 풀만 선생님 집에 살고 있다는 거지?"

"응. 그분들이 여행 간 사이에만 머물 거랬어. 두 달 정도 유럽을 여행하고 애리조나에 있는 딸집에 놀러간다고 하셨대. 그 남자는 풀만 선생님의 병원 대타야."

"풀만 선생님이 돌아오면 런닝맨은 어떻게 되는데?"

나는 머리에 대고 있던 베개를 다시 고쳐 베었다.

"몰라. 아마 시카고로 돌아가겠지."

"흠⋯⋯."

저 흠은 그냥 흠이 아니다. 분명 무슨 뜻이 숨겨져 있는 감탄사다.

"좀 아깝다. 언니한테 딱 좋은 남자 같은데. 언니는 지금 막 싱글시장에 나온 따끈따끈한 신상이잖아."

"이모랑 폰테인처럼 말하지 마. 그 남자가 귀여운 건 사실이지만 이상한 생각은 하지 말아줘."

"새벽이 엉덩이도 안 깠는데 전화해서 남자 얘기를 하는 건 내가 아니잖아."

"엉덩이는 무슨! 이 게으름뱅이야. 9시가 넘었어. 아기가 생기면 해가 뜨기도 전에 일어나야 할 거야. 말이 나온 김에 애들이 포크로 토스터를 찔러대고 있지 않나 확인해봐야겠어. 오늘은 꼭 물에 집어넣을 거야. 아직도 수영하는 걸 엄청 무서워하고 있거든. 이따가 전화할게. 알았지?"

"집에 있을 거니까 전화해. 난 요가를 하고 있든가 임신하는 상상이나 하고 있겠지. 그리고 잊어버리기 전에 말해주는 건데, 저번에 언니 집을 지날 때 보니까 풀들이 갈색으로 변하고 있었어.

엄청 이상했다고."

"그래? 저번 주에는 괜찮았었는데. 스프링클러가 또 고장이 났나봐. 이따가 시간나면 확인 좀 해줄래?"

"노력은 할게. 하지만 너무 고사양이잖아. 그 스프링클러를 조작하느니 폭탄을 해체하는 게 더 쉬울 거야. 그냥 리처드에게 물어보면 안 될까?"

내 속이 뒤틀리기 시작했다.

"그런 일로 전화했다간 내가 고장 냈다고 하면서 책임을 내게 다 물릴 거야. 하지도 않은 일로 리처드와 또 꼬이고 싶진 않아."

데스 때문에 조금 나아진 기분이 다시 나빠졌다. 전화를 끊으며 한숨을 내쉬었다. 나는 언제쯤이면 리처드와 완벽한 남남이 될 수 있을까?

"엄마, 너무 차가워!"

페이지가 꽥 소리를 질렀다.

"엄마, 파도가 너무 높아!"

"물은 발목까지밖에 안 오잖아. 그냥 발만 담가 봐. 엄마가 여기 있잖아."

바다에 온 지 벌써 한 시간이 지났는데 페이지와 조던은 물에 새끼발가락도 담그지 않고 있었다. 그리고 폰테인은 이모의 넓은 챙 모자를 쓴 채 라운지 의자에 앉아 나의 고군분투를 관망하고 있었다.

"파도가 너무 높아!"

조던이 폰테인의 뒤에 몸을 숨기고 소리쳤다.

"들어가기 싫어!"

"계속 그럴 거야? 당장 물에 안 들어오면 글렌빌로 돌아가버릴 거야!"

협박 아닌 협박에 페이지가 식겁하며 소리쳤다.

"안 돼, 엄마! 이모할머니가 보석 장식하는 거 알려준다고 했단 말이야!"

"나도 집으로는 안 갈 거야!"

조던의 입술도 불룩 튀어나왔다.

"그리고 수영도 안 할 거야. 재스퍼 삼촌만큼 크면 할 거야!"

결국 내가 지고 말았다. 이 좋은 날씨에 애들과 싸우고 싶진 않았다.

해변으로 건너와 폰테인 옆에 털썩 주저앉았다. 페이지는 조던에게 승리의 하이파이브를 날리고는 마른땅으로 건너가 버렸다.

"너도 어렸을 때는 수영을 안 했어, 기억 안 나?"

"알아. 그래서 지금부터 수영을 가르치는 거야, 물이 무섭지 않다는 걸 알려주고 싶어."

폰테인이 돌체앤가바나 선글라스를 고쳐 썼다.

"아, 너에 대해 보스에게 보고했어. 보스는 이 일이 요즘 고객들의 트렌드에 잘 맞을 거래. 그래서 널 만나 보았으면 한대."

너무나 갑작스러운 소식이었다. 놀란 나머지 벌떡 일어나는 통에 모래가 요란하게 튀어 폰테인에게 쏟아졌다. 이모의 챙 넓은 모자는 이를 대비한 예지력이었나 보다.

"안 돼. 난 아직 마음의 준비가 안 됐단 말이야."

"그냥 만나보고 무슨 말을 하는지만 들어봐. 내 보스는 일하기 편한 상사고 진짜 멋지다고. 너도 분명히 마음에 들 거야."

폰테인이 발로 다른 발에 묻은 모래를 털어냈다.

"너랑 같이 일할 수 있는 걸 보니 참을성이 대단한 사람인 건 분명한데 아직은 아닌 거 같아. 아직 준비도 안 되어 있고 내가 뭘 잘 하는지도 모르는걸. 게다가 내 집이나 이모 집이 아닌 다른 누군가를 위해 정리하는 건 좀 무섭단 말이야."

"무섭다고?"

폰테인이 선글라스를 콧등으로 내리고 안경테 위로 나를 쳐다 봤다.

"그 무섭다는 게 바닥이 안 보여서 수영 못하는 그런 류의 무서움이야? 이봐, 세이디. 용기를 좀 내봐. 가끔은 위험한 일도 해보라고."

뜨거운 바람에 모래가 날아와 나를 쏘아댔다. 꼭 폰테인의 말처럼.

"나도 모험을 해봤어. 너 때문에 머리 염색도 하고 머리도 잘랐어. 게다가 파란색 네일도 받았잖아. 이게 위험이 가득찬 모험이 아니면 뭔데?"

"언제까지 이렇게 움츠리고 살래? 그 망할 오입쟁이랑 헤어졌으면 새로 시작해야지."

"이제 몇 주밖에 안 됐어. 8년의 결혼생활이 그렇게 쉽게 털어지는 거면 나도 이러지 않아."

"서류에 사인한 게 몇 주지 사실상 헤어진 지 일 년이 지났잖

아. 도대체 뭘 기다리는 거야. 세이디, 정리정돈은 네가 정말 잘하는 것들 중 하나라고. 재능은 쓸 수 있을 때 써야 해. 게다가 글렌빌로 돌아가도 할 수 있는 일이기도 하잖아. 생각해봐. 보스와는 내일 저녁에 보기로 했어."

"폰테인! 왜 이렇게 몰아붙여! 난 아직 준비가 안 됐어!"

"너야말로 너 자신과 나를 믿어봐. 기회란 쉽게 오는 게 아니야."

사촌은 일어서서 내 어깨를 토닥였다. 그러고는 아이들에게 소리쳤다.

"페이지, 조던! 집에 가자. 엄마한테 오늘은 더는 수영 연습 안 해도 된다고 허락받았다."

그러자 아이들이 환호성을 지르며 폰테인에게 달려왔다. 그는 아이들을 데리고 떠났고, 난 홀로 바다를 쳐다보며 고민에 빠졌다.

고민을 거듭한 끝에 어떤 상황이든 지금보다 더 나빠질 것이 없다는 결론이 났다. 최악이라고 해봐야 라벨지에 써져 있는 폰트가 거슬리는 정도겠지. 이젠 정말로 내 인생을 위해 그리고 나 자신을 위해 무언가를 할 때가 된 것 같았다.

"엄마, 아빠한테 전화 왔어?"

페이지가 흐느적거리며 주방에 들어왔다. 조던은 주방에 앉아 개밥그릇에 아이스크림을 담아서 먹고 있었다. 이모는 개밥그릇에 음식을 넣어주는 것이 세상에서 제일 웃기다고 생각했다. 난 그저 그릇이 씻어놓은 것이기를 바랄 뿐이다.

"아직 전화 안 했어, 좀 있으면 연락 오겠지."

시계를 봤다. 꼭 리처드다운 행동이었다. 점심때 전화한다고 약속했지만 곧 저녁 먹을 시간이다. 양반은 못 되는지 때마침 전화벨이 울렸다.

"아빠인가 봐!"

페이지가 신이 나서 거실로 뛰어갔다. 거리가 떨어져 있어 통화 내용은 들을 수 없지만 한참을 재잘대는 걸 보니 제 아빠의 전화가 맞는 듯했다. 리처드에 대해서는 아예 신경 끄고 싶은 게 솔직한 심정이라 일부러 주의를 기울이지 않았는데 어느새 페이지가 전화기를 들고 내 옆에 와 있었다.

"왜 그러니, 페이지?"

"엄마랑 얘기하고 싶대요."

정자제공자 또는 전 남편이랑 전화통화를 하는 것은 이 똥 같은 하루에 마늘 프로스팅을 얹는 것과 같다. 그러나 애들 앞에서 싫은 티를 낼 수는 없는지라 전화를 받아들었다. 남은 한 손으로 아이의 등을 거실 쪽으로 밀었다. 아이는 의외로 순순히 자리를 비켜주었다.

"리처드, 당신 이게 뭐하는 짓이야!"

암사자처럼 으르렁거리며 전화를 받았다. 그런데 이상하게도 침묵만이 감돌았다.

"전화를 했으면 말을 해! 또 무슨 꿍꿍이야?"

물어뜯을 것 같이 쏘아붙이자 전화기 너머로 근사한 억양의 고상한 대꾸가 돌아왔다.

"죄송하지만 전 데스입니다."

순간 입 안이 바싹 말라버렸다. 페이지, 이 계집애가 데스의 옆에서 눈썹을 지나치게 깜박거릴 때부터 알아봐야 했는데.

"미안해요. 다른 사람인 줄 알았어요."

목에 뭐가 걸린 사람처럼 마른기침이 나왔다. 내 반응이 재밌는지 데스의 웃음소리가 전화기를 타고 전해졌다.

"이모님 상태가 어떤가 해서 전화 드렸습니다. 괜찮으시면 제가 잠시 들릴까 하는데 어떠실까요?"

이모의 상태는 과할 정도로 괜찮았다. 이모는 오후에 벌인 게임을 다섯 차례나 이겼고 태극권 수업을 땡땡이치고 해리 할아버지와 할리 데이비슨 오토바이를 타고 야외 데이트를 즐겼다.

"아니에요. 괜찮아요. 이모는 거의 나으셨거든요."

"아니야, 난 괜찮지 않아. 너무너무 아파!"

이모가 일광욕실에서 후다닥 달려나왔다.

"아아, 세이디! 너무나 아프구나. 계속 어지럽고 눈앞에 반점들이 떠다니는 것 같아. 이게 바로 데스가 말한 뇌진탕 같아."

"이모, 무슨 소릴 하시는 거예요? 방금 전까지만 해도 멀쩡하셨잖아요!"

"아니야, 아파. 난 지금 너무 아파! 데스, 듣고 있니? 이거 정말 뇌진탕인 것 같아!"

이모가 일부러 들으라는 듯 고래고래 소리치며 전화기를 덥석 붙들었다. 내가 빼앗기지 않으려 안간힘을 쓰자 이모는 눈에 불을 뿜었다. 한 마디 말도 없이 치열한 전화기 쟁탈전이 벌어졌고 승자는 이모였다. 이모가 잽싸게 내 손등을 꼬집자 이모의 역습에 당한 내 손은 전화기를 놓치고 말았다.

이모가 잽싸게 전화기를 집어 들었다. 의사가 필요한 사람치고는 지나치게 민첩하고 힘은 펄펄 넘쳐났다.

"데스, 실례가 안 된다면 우리 집에 잠시 들러주면 안 되겠니? 머리가 너무 어지러워. 정말 뇌진탕이면 어쩌나 걱정돼서 심장마비가 올 것 같구나."

"이모가 어지러운 이유는 방금 전까지 일광욕실에서 여배우 코스프레하며 마시던 마티니 때문이잖아요"라고 말하고 싶지만 여기서 더 망신을 사고 싶지 않아 그냥 참았다.

아무 말 없이 이층 내 방으로 올라가 침대에 얼굴을 묻었다. 남자와 어떡하든 엮이고 싶어 환장하는 이혼녀로 만들어버린 이모 때문에 너무나 창피해서 이 상태 그대로 어딘가로 쑥 빠져 사라지고 싶었다.

잠시 후 멋지게 머리를 손질한 폰테인이 방 안으로 고개를 디밀었다.

"여기서 뭐하고 자빠져 있는 거야? 맥나이트 기사님이 오신대잖아."

기사 같은 소리 하고 있네. 기사는 공주님하고나 어울려. 난 아니라고.

"여기서 그만 밍기적거리고 어서 화장하고 옷도 갈아입어. 쓸데없이 시간 보내지 말고."

폰테인이 내 발목을 잡고 침대에서 끌어내리기 시작했다. 다른 발로 폰테인을 걷어차며 저항했지만 남자의 완력을 당해내기엔 역부족이었다.

"그 남자는 이모를 보러 오는 거지 날 보러 오는 게 아니야. 제발 이러지 마! 날 이런 식으로 설레발치는 모자란 여자로 기어이 만들어야 너랑 이모 속이 시원해지겠어?"

폰테인이 내 발을 놔줬다.

"아아, 세이디. 네가 눈치 없는 줄은 내 익히 알았지만 이쯤 되면 병이다. 어젯밤에 데스가 널 계속 힐끔거리는 걸 전혀 눈치 못 챈 거야?"

"내가 눈치가 없는 게 아니라 네가 과잉 해석을 한 거야."

"아니야. 내가 남잔데 남자 속을 모를까. 어제 네 꼴이 어땠는지 알아? 엄마 피에 푹 젖은 거지 같은 셔츠를 걸치고 있는 걸로 모자라서 넋도 반쯤 나가 있었지. 그런 꼬락서니의 여자를 그런 눈빛으로 보는 남자가 그 대상에게 관심이 없다는 건 있을 수 없는 일이야. 그러니까 파티가 시작하기 전에 준비 좀 하자."

폰테인의 자신감 넘치는 발언에 슬쩍 구미가 당겼다. 그래, 폰테인이 비록 게이지만 남자인 건 분명하잖아? 남자 맘은 남자가 잘 알겠지.

"그 남자가 그런 눈으로 날 봤다고? 정말이야? 너 혹시 나를 부추길 생각으로 거짓말 하는 거 아니야?"

옷장을 열어젖혀 여기저기 뒤지는 폰테인에게 조심스럽게 물어보았다.

하지만 조금이나마 치고 올라온 내 자존심이 다시 팍 꺾였다.

폰테인이 순간 내 눈을 피하는 걸 알아챈 탓이었다. 아아, 그럼 그렇지. 내가 하마터면 저 게이에게 또 속을 뻔했다.

"이 망할 자식, 어디서 어설픈 속임수야!"

내 거친 언사에 그가 머쓱하게 웃으며 어깨를 으쓱했다.

"아니야! 내가 너한테 거짓말한 적 있어?"

"있어. 그것도 아주 많이."

"그래. 인정해. 하지만 지금은 거짓말 아니야. 그러니까 서둘러. 어제와 똑같은 꼬락서니를 또 하고 있을 순 없잖아. 허술해 보이는 것도 한두 번이 귀엽지 계속되면 그냥 멍청한 여자가 돼버린다고."

데스가 도착할 때쯤, 난 머리도 빗고, 이도 닦고, 파운데이션도 바르고 예쁜 드레스도 갖춰 입었다. 자동차 소리가 들리자 폰테인이 화장실 창문으로 밖을 내다봤다.

"BMW 오픈카야."

그래, 슈퍼모델을 태우려면 차도 빵빵해야겠지. 기적이라도 생길까 싶어서 거울을 봤지만 난 여전히 원래의 평범한 용모 그대로였다.

"이 정도면 괜찮네. 물론 더 다듬어야겠지만."

폰테인이 내 머리를 손질하며 흐뭇하게 웃었다.

"내 말이 맞지? 약간 어둡게 염색하니까 훨씬 나아 보이잖아. 내 충고를 다신 무시하지 마."

"너야말로 오버하지 마. 그냥 평범한 정도에서 아주 조금 나아졌을 뿐이야."

"아니야. 완전 신비롭고 이국적이야."

저도 모르게 코웃음이 나왔다. 이국적이고 신비로운 게 다 얼어 죽었나 보다.

"코웃음은 매력적이지 않아. 그러니 데스 앞에선 하지 마라."

폰테인이 화장실에 나만 남겨두고 떠나자 잠시 고민했다. 분명 데스는 잘생기고 매력적이다. 그럼에도 나는 데스를 향한 내 감정을 여자가 잘난 남자에게 품는 호기심과 호감 이상으로 발전시키고 싶지 않다. 8년이란 시간 동안 뼈저리게 낸 수업료를 생각해서라도 정신줄을 놓아선 안 된다. 물론 리처드 같은 썩을 놈과 데스를 비교한다는 것 자체가 미안하긴 해도 데스 역시 남자다.

심호흡을 하고 문을 여는데 아래층에서 특유의 억양이 섞인 데스의 목소리가 들려왔다. 또 주책없게 가슴이 뛰었다. 정신 차리자, 세이디. 정신 차려.

"베이커 부인, 좀 어떠신가요? 아직도 어지러우신가요?"

"이젠 좋아졌어. 이 정도까지 친해졌는데 이젠 슬슬 베이커 부인 말고 이모라고 불러주렴."

또 이모의 오버가 시작되었다.

"예, 그러겠습니다. 금방은 힘들 것 같지만요."

데스는 변함없이 이모의 무례함을 능숙하게 받아주고 있었다.

이모는 금빛 나는 빨간색 로브를 입고 우아하게 누워 있었다. 월터 삼촌이 만리장성 선물가게에서 사오신 16번째 결혼기념일 선물이었다. 데스는 이모의 팔을 잡은 채 옆에 앉아 있다가 나를 올려다보았다. 혹여 배가 나와 보이진 않을까 싶어 힘껏 힘을 주고 살짝 미소 지었다.

"어? 안녕하세요."

마치 이 모든 게 우연인 양 가증 떠는 내 자신 때문에 속이 영 거북했다. 폰테인이 헛기침을 하며 돌아섰다.

"안녕하세요. 세이디, 오늘 예뻐 보이네요."

데스의 의례적인 인사를 이모는 지나치게 진지하게 받아들인 듯했다. 이대로 나두면 이모는 우리 앞을 빙빙 돌며 물개 박수라도 칠 것 같았다.

"고마워요."

최대한 시크하게 대답을 돌리려 했지만 내 목소리는 떨리고 있었다. 그 자리에 주저앉을 것 같은 긴장감을 깨준 건 고맙게도 내 아들이었다. 조던이 뛰어와 내 허리를 꽉 감싸안았다.

"엄마, 오늘 정말 예뻐!"

난 아들의 머리를 만지며 속삭였다.

"그냥 원피스야, 조던. 엄마가 맨날 입는 거."

"맨날? 이상하다, 오늘 처음 본 옷인데?"

아, 망했다.

"사탕 줄까, 조던?"

다행히 폰테인이 나서서 내게서 조던을 떼어냈다. 데스의 눈치를 살짝 살피려던 순간 데스가 이모를 향해 돌아섰다. 그래서 그가 날 비웃는 표정인지는 미처 확인하지 못했다.

"그럼, 경과를 한번 볼까요?"

데스가 이모의 붕대를 벗기자 데스의 곁으로 슬금슬금 다가간 페이지가 데스의 어깨에 손을 올렸다.

"우와, 꿰맨 거 이상해."

그러자 데스가 미소를 지으며 페이지를 돌아보았다.

"많이 이상하니?"

"예, 꼭 프랑켄슈타인 같아요. 물론 이모할머니가 초록색은 아니지만요."

"페이지 물러서렴. 선생님께 방해돼."

딸의 옷을 뒤로 슬쩍 잡아당기자 페이지가 입을 삐죽거렸다. 그러자 데스가 손을 뻗어 내 팔목을 잡았다. 짜르르 전기가 통하는 느낌에 화들짝 놀라자 그가 손을 놓았다. 그 손짓이 어찌나 자연스러운지 내가 괜한 오버를 한 것처럼 느껴질 정도였다.

"괜찮습니다. 전 페이지의 도움이 필요해요."

데스가 입꼬리를 올리며 내 딸을 향해 미소를 날렸다.

"페이지, 아저씨 가방을 열어보면 사각형에 흰색 천 같은 게 있을 거야. 그것 좀 가져다주겠니?"

"예, 아저씨!"

데스가 이번에는 멀찌감치 떨어져 서 있는 조던에게 시선을 던졌다. 그가 친밀한 미소를 지으며 조던과 눈을 맞췄다.

"조던, 너도 아저씨 좀 도와줄래? 누나와 네가 같이 도와주면 아저씨가 한결 수월하게 이모할머니를 치료할 수 있을 것 같아."

조던이 동그랗게 눈을 뜨며 데스와 나를 번갈아 보았다.

'그래도 돼요?'라는 눈빛에 나는 잠시 망설였지만 어쩔 수 없이 고개를 끄덕여 허락했다. 다 큰 어른이, 그것도 의사가 환자를 치료하는 대단한 일에 자신의 도움을 요청했다는 설렘에 반짝이는 아이의 간절한 눈빛을 차마 무시할 수 없었다.

"전 뭘 할까요?"

조던이 데스에게 조르르 달려와 눈을 빛냈다. 그러자 데스가 웃으며 아이의 머리를 쓰다듬었다. 놀랍게도 조던은 꼬리를 흔드는 강아지마냥 배시시 웃으며 데스의 손길을 기꺼이 받아들였다.

"아저씨가 이모할머니의 붕대를 벗기고 상처에 약을 바를 거야. 그때 내 옆에서 도와주면 돼."

"아저씨, 가져왔어요. 이거 맞죠?"

페이지가 가방을 뒤져서 찾아낸 하얀색 거즈를 데스에게 주었다.

"대단하구나. 아저씨 가방이 진짜 복잡한데 이렇게 금방 찾아오다니."

데스의 칭찬에 페이지의 얼굴이 화사하게 피어났다. 그 후로 두 아이는 데스의 옆에 껌딱지처럼 붙어 그가 이모의 상처에 약을 바르고 새로운 붕대를 감는 것을 하나도 빠짐없이 지켜보았다.

❧   ❧   ❧

"20분 정도밖에 머물지 않았어."

나는 와인을 마시며 페니에게 전화를 걸었다. 그리고 데스에 대해 길고 긴 보고를 했다.

"그래, 너무 빨리 가버렸는데? 혹시 데이트가 있는 건 아닐까?"

페니가 아깝다는 듯 혀를 끌끌 찼다.

"그럴지도 모르지. 어쨌든 그 남자는 할 일이 있다고 했어."

"이왕 왔으니 저녁이라도 먹고 가라고 하지 그랬어. 데이트가 없다면 먹고 갈 테니 바로 알 수 있잖아."

"재스퍼도 집에 없었어."

"언니가 하면 되잖아."

"난 요리하는 방법도 다 까먹었어. 게다가 너무 티나잖아. 하여간 계속 머무르지 않은 게 다행이지. 그리고 좀 이상한 일이 생겼어."

"리처드의 콧구멍 크기만큼이나 이상한 일이면 말해줘."

"그런 거 아니야. 그리고 리처드 콧구멍이 그 정도로 크지는 않아."

"아니, 커. 어쨌든 뭐가 이상한데?"

"조던이 좀 변했어."

"조던이?"

"응. 페니 너도 알지? 이혼 후에 조던이 어리광도 심해지고 부끄럼도 심하게 타게 된 거. 그런데 그 애가 그 남자에게 자기 장난감 트럭을 보여주지 뭐야? 나한테도 안 보여주려고 하는 건데."

"그래? 대단한 남자네? 우리 도도한 조카도 함락시키다니."

'조카도'라는 페니의 말 속에 뼈가 느껴졌다. 페니는 데스가 함락시킨 대상에 분명 나를 포함시키고 있었다.

"어쨌든 좀 놀랐어. 페이지야 애초에 그 남자에게 넘어갔지만 조던은 그런 성격이 아니니까."

"음 내 생각엔, 개들이 개를 좋아하는 사람을 알아차리는 거와 마찬가지 아닐까?"

"얘가 비유를 해도!"

"원래 개랑 애들이 타인이 자신에게 보여주는 감정에 예민하게 반응하잖아. 저 싫어하는 사람은 귀신같이 알아차리고 말이야. 게 다가 그 사람은 의사잖아. 주로 환자를 상대하니 어떻게 응대하면 좋은지도 잘 아는 거지."

왜 진작 그런 생각을 못했나 싶으면서도 살짝 실망스러운 건 사 실이었다. 그가 아이들에게 보인 태도는 나에게 온 운명적 행운이 아니라 그저 매너의 문제였을 뿐이었다. 하여간 좋은 남자들이 이 래서 오해를 사는 거다.

폰테인의 보스와 미팅을 하기 위해 메리골드 거리에 있는 근사한 레스토랑으로 질질 끌려갈 때까지만 해도 나는 정말 겁에 질려 있었다. 내가 지닌 정리 재능이 과연 타인의 돈을 받을 만한 가치가 있는 것인지, 그리고 내가 잘 해낼 수 있을 것인지에 대한 확신이 아직도 서지 않은 탓이었다.

하지만 레스토랑 입구에 들어선 우리와 눈이 마주치자 의자에서 일어난 아름다운 금발에 근사한 푸른 눈의 남자를 보는 순간 내 긴장은 거짓말처럼 풀렸다.

"카일, 이쪽은 세이디야. 세이디? 이쪽은 내 보스 카일 씨야."

"만나서 반가워요. 폰테인에게서 이야기 많이 들었어요."

"염려 마. 무조건 좋은 쪽으로만 이야기했어."

폰테인이 우리 사이에 끼어들어 어김없이 장난을 쳤다.

"자, 앉으시죠."

카일이 아주 멋들어지고 세련된 포즈로 내 의자를 빼내주었다. 나 또한 최대한 숙녀처럼 앉으며 폰테인을 살짝 흘겨보았다. 정리 전문가니 뭐니 해괴한 소리를 늘어놓을 때 눈치챘어야 했다. 이건 폰테인과 이모의 거대한 여름프로젝트의 일환일 뿐이었다. 이 멋진 남자를 내게 붙여주려는.

어떻게 이런 식으로 날 속일 수 있나 싶었지만 아주 싫지는 않았다. 그는 정말 멋있는 남자였으니까.

"세이디, 자기소개를 좀 해주시죠."

카일이 앞으로 몸을 숙이며 나와 시선을 맞췄다. 뚫어져라 쳐다보는 그의 눈동자는 정말 멋졌다. 결혼까지 결심하게 만든 리처드도 이 정도로 맘에 드는 얼굴은 아니었다.

주문한 음식이 나오길 기다리며 카일은 여러 가지 질문을 던졌다. 반 정도만이 일에 관해서였다. 처음엔 일로 만나는 것처럼 접근하여 날 부담스럽게 하지 않으려는 의도일 것이다. 하지만 난 폰테인과 카일의 수작에 넘어가주기로 했다. 사촌이 이렇게까지 날 위해 노력하는데 완고하게 거절하는 것도 예의가 아니니까. 게다가 이렇게 섹시하고 멋있는 남자와 데이트할 기회가 어디 흔하겠는가.

나는 점심 내내 카일의 호감을 사려고 노력했다. 폰테인이 한 번씩 테이블 밑으로 꼬집으면 들이대는 것을 조금씩 멈추면서.

좋아하는 영화들이나 가고 싶었던 곳 등, 정리하는 것에 대해서도 이야기하고 어떻게 내 재능이 그의 디자인 회사를 도와줄 수 있는지에 관해 대화했다.

"물론 실력은 봐야겠지만 머릿속에 적합한 프로젝트가 떠오르는군요."

카일이 말했다.

"제 친구 하나가 이번에 이사를 했습니다. 구조 변경은 필요 없는데 짐을 정리할 필요가 있죠."

카일이 웃으며 폰테인 쪽으로 고개를 돌렸다.

"폰테인, 오웬과 패트릭 기억하지?"

폰테인이 고개를 끄덕이며 한쪽 눈썹을 치켜들었다.

"패트릭? 보스의 전 룸메이트요?"

"맞아. 우리가 같이 살 때만 해도 더블침대 하나랑 이불 하나였지만 지금은 그때보다 짐이 한 열 배는 늘어났을 거야."

카일과 폰테인이 껄껄 웃음을 터뜨렸다. 나도 분위기를 맞추기 위해 함께 웃어주었다. 하지만 뭔가 뒤통수에서 쌔한 느낌이 치고 올라왔다. 순간적으로 웃음을 멈춘 채 두 남자를 번갈아 살폈다.

게이인 폰테인, 그리고 카일과 더블침대를 같이 쓴 패트릭. 이 관계를 이성적으로 연결해본 결과 깨달았다. 내가 엄청나게 큰 착각을 해버렸다는 걸.

떡 줄 사람은 생각도 않고 있는데 헛물부터 켠 내가 너무 창피해서 쥐구멍에라도 머리를 박고 싶은 심정이었지만 애써 평정을 유지했다. 그리고 원래부터 알았다는 듯이 행동하기 시작했다.

그 후로 식사는 몽롱하게 지나가버렸고 대화의 마지막에는 카일의 전 남자친구와 전 남자친구의 새로운 남자친구까지 고객으로 소개받았다.

"그러니까 네가 면접을 보면서 폰테인의 보스이자 게이인 남자에게 들이댔다, 이거지?"

내가 고개를 끄덕이자 재스퍼는 데굴데굴 굴러다니며 배를 잡고 웃었다.

"하하하! 와, 미치겠다. 최근 일 년 사이에 이렇게 재밌는 사건은 처음이야. 세이디, 너 진짜 눈치 없다. 폰테인의 성향을 뻔히 알면서 어떻게 폰테인이 너한테 남자를 소개해줄 거란 망상을 할 수 있지?"

내 치부를 마구 들추며 비웃는 재스퍼를 진심 저 모래밭에 묻어버리고 싶었지만 그럴 수가 없었다. 그의 말은 구구절절 옳았다.

"엄마! 이거 정말 연 맞아? 안 날잖아!"

조던이 연을 바닥에 질질 끌며 헐레벌떡 뛰어왔다.

"설명서에 쓰인 대로 해봤어?"

"응, 그런데 잘 안 돼."

"더 노력해봐. 연은 바람을 타고 날 수 있게 만들어진 거야."

"잘 안 된다니까!"

"좀 더 노력해보고 정 안 되면 엄마와 삼촌에게 말해. 도와줄게."

"알겠어!"

조던이 다시 해변 쪽으로 뛰어갔다. 아들의 뒷모습을 보는 내 입가에 자연스레 미소가 떠올랐다. 처음 이곳에 왔을 때에 비해 조던은 분명 달라졌다. 훨씬 밝아지고 사람을 대하는 것도 자연스러워졌다. 내 이혼으로 입었을 상처가 오래 갈까 봐 걱정이 많았는데 예상보다 빨리 안정되고 있는 것 같아 기뻤다.

"어쨌든 남자와 아예 담을 쌓을 결심은 아닌가 보네. 게이한테
도 그렇게 들이댄 걸 보면."

"그러게."

재스퍼의 말에 순순히 수긍했다.

"난 네가 그 의사양반이랑 썸을 탈 줄 알았는데 의외의 전개야."

"나와 데스?"

"그래. 솔직히 데스도 여자들이 좋아하는 타입 아닌가?"

재스퍼의 말에 순간 요상하게 가슴이 찌르르 쑤셔왔다. 이상하
다. 내가 왜 이러지?

"뭐 그렇긴 하지."

애써 아무렇지도 않은 척 말했지만 내 머릿속은 순식간에 복잡
하게 꼬여갔다. 그러게 왜 그랬을까? 카일과 데스, 둘 다 잘생기
고 매력적이다. 그런데 왜 카일에겐 부담 없이 들이댈 수 있었고
데스에겐 그러지 못한 거지?

"이제 이 이야긴 그만 하고 다른 이야기 좀 해. 너도 여자친구
있다며?"

내 스스로도 정리가 안 되는 고민에 머리가 터지기 싫어 얼른
화제를 바꿨다. 그러자 재스퍼가 반색했다

"곧 소개시켜줄게. 지금은 출장을 떠나 있어."

"얼마나 사귄 건대?"

"이번 팔월에 일 년이 될 거야."

재스퍼가 어울리지 않게 비치타월을 배배 꼬았다. 그리고 한껏
목소리를 낮춰 속삭였다.

"난 베스에게 청혼할 거야."

재스퍼의 행복한 얼굴과는 달리 내 얼굴은 싸늘하게 식어버렸다. 기뻐해줘야 했지만 그럴 수 없었다.

"재스퍼, 그럼 레스토랑을 사는 건 어쩌고?"

재스퍼가 얼굴을 찌푸리며 따졌다.

"그거랑 이거랑 무슨 상관인데?"

"상관은 없어. 하지만 결혼하려면 돈이 많이 들어. 반지와 집도 비싸. 결혼 후 어디서 살 건지 생각은 해봤어?"

"세이디, 난 네가 기뻐해줄 줄 알았는데……. 이게 뭐야."

"기뻐. 진심이야. 하지만 결혼은 현실이라고."

"처음부터 제대로 된 사람이랑 하면 결혼은 행복한 거야. 바람이나 펴대는 쓰레기랑은 다르다고. 네 결혼이 파탄났다고 나까지 그럴 거라 생각하는 거야?"

"재스퍼, 정말 미안해. 그런 식으로 말하려던 건 아니었어."

내 사과는 이미 너무 늦어버렸다. 재스퍼가 거칠게 타월을 집어 던지며 몸을 일으키더니 거친 걸음으로 집을 향해 걸어갔다.

멀어지는 사촌의 등을 보며 진심으로 후회했다. 그의 말이 맞다. 내 결혼이 엉망이었다고 결혼 자체에 회의적이 되어서는 안 되는 거였다. 울적한 기분에 절로 한숨이 나왔다.

아이들을 데리고 집으로 돌아가야겠다 싶어 두리번거리며 아이들을 찾다가 순간적으로 몸이 뻣뻣하게 굳고 말았다. 조던과 페이지, 그리고 해변만이 존재해야 할 풍경에 또 다른 사람이 더해진 탓이었다.

조던의 곁에서 연 줄을 당기고 돌리고 끌어당기는 데스의 모습을 보건데 그는 조던에게 연을 조종하는 기술을 알려주고 있는 듯했다. 그리고 그런 그들의 옆에서는 한껏 신이 난 페이지가 펄쩍펄쩍 뛰고 있었다.

"안녕하세요."

아이들과 어울려 즐겁게 웃고 있는 데스에게 인사를 건넸다. 본의 아니게 데스에게 아이들을 맡겨놓은 상황을 계속 두고 볼 수만은 없었다.

"연을 잘 다루시네요."

데스의 손끝에서 훨훨 날고 있는 연을 올려다보며 말했다.

"제가 이런 쪽으론 꽤 잘 다루죠."

데스가 잘 다룬다는 범주 안에 나도 포함되어 있나 하는 생각이 잠시 들었지만 이내 그 망상을 접었다. 게이가 나와 썸을 타고 싶은 거라고 착각한 후부터는 난 내 촉을 믿지 않기로 했다.

"엄마, 데스 아저씨가 엄마가 허락하면 물에 들어가도 된데."

조던이 내 팔목을 잡아 흔들어 내 망상을 박살냈다.

"뭐? 물에 들어간다고? 네가?"

"응!"

이 아이가 과연 내 아들이 맞나 싶어 몇 번이고 내 아들의 밝은 금발이 염색이 아닌지 확인했다.

"파도가 무서워서 싫다고 할 땐 언제고?"

그러자 조던이 어른 남자처럼 어깨를 쭉 폈다.

"안 무서워!"

"나도 같이 들어갈래. 나도 수영 배우고 싶어."

황당하게도 페이지까지 동참했다.

내 눈이 데스의 복근에서 조던의 얼굴로 급히 돌아갔다.

"페이지, 너도?"

"괜찮을까요? 제가 안전하게 보살피겠습니다."

데스가 얼떨떨한 얼굴로 아이들을 번갈아 보는 내게 양해를 구해왔다. 다시 고개를 들어 데스의 손에 혹시 요술피리가 들려 있지는 않은지 확인했다. 대체 이 남자의 정체가 뭐기에 이렇게 아이들을 잘 꼬드기는 걸까? 엄마인 내가 한 달 내내 설득했어도 안되던 일을 한 방에 해내다니.

"감사하지만 그건 안 돼요. 아이들이 아직 수영을 못 하거든요."

"얕은 데서 천천히 배우면 될 겁니다. 제가 가르쳐도 되고요."

내 허락이 떨어지기 무섭게 조던과 페이지가 데스의 손을 한쪽씩 잡고 해변으로 달려갔다.

"준비됐니?"

바다에 먼저 들어간 데스가 조던에게 손을 내밀었다. 막상 파도를 보니 무서웠던지 조던이 뒷짐을 진 채 옴찔거렸다.

"괜찮아, 조던. 파도는 널 삼키지 않아. 오히려 널 아주 재미있게 흔들어줄 거야. 아저씨가 말했지? 파도와 친해지면 할 수 있는 근사한 일들이 정말 많다고. 넌 영화 속 서퍼들이 근사해 보인다고 했지. 그것도 수영을 할 줄 알아야 탈 수 있는 거야."

그러자 조던이 입술을 꽉 다문 채 팔을 번쩍 들었다. 데스가 그 기회를 놓치지 않고 조던을 번쩍 안아들더니 성큼성큼 파도를 헤치고 나아갔다.

"엄마, 우리도 가! 빨리!"

페이지가 내 옷자락을 잡아당기며 채근했다. 그래서 나도 얼른 페이지를 안고 데스의 뒤를 따라 바다로 들어갔다. 저 앞에 데스의 건강한 등과 그의 어깨에 턱을 대고 안겨 있는 조던의 얼굴이 보였다. 놀랍게도 조던은 입이 찢어져라 웃으며 제 발치에서 부서지는 파도에 맞서 발장구를 치고 있었다.

얼마 되지 않아 아이들은 오리새끼들처럼 물 속으로 잠수하며 물에 대한 두려움을 전부 잊어버렸다. 지난 몇 주간 꼬드기고, 협박하고, 협상하고 뇌물까지 바친 내 노력은 허무하게 사라졌지만 어쨌든 원하는 결과는 끌어냈다. 이쯤 되면 모두가 해피엔딩이었다.

"고마워요."

왠지 데스의 얼굴을 마주하기 민망하여 앞을 보고 말했다.

"뭐가요?"

"아이들에게 수영 가르쳐주신 거요. 지난 몇 주간 계속 실패했거든요. 이런 식으로 해결될지 몰랐어요."

"괜히 멋대로 나선 것은 아닌지 걱정이었는데……."

데스가 말끝을 흐렸다. 그의 표정을 보고 싶지만 꾹 참고 계속 앞만 보았다.

"아니에요. 진심으로 고맙게 생각해요. 그리고 우리 애들이 폐를 끼친 것도 죄송하고요."

허리께에서 찰랑거리던 물살이 방향을 트는 듯한 느낌이 들었다. 그와 동시에 데스가 내 앞으로 몸을 옮겨와 섰다. 그가 살짝 몸을 숙여 눈을 맞춰왔다. 처음 본 순간부터 참 아름답다고 생각했던 초록빛 눈을 마주한 순간 내 안에 무엇인가가 덜컥 소리를 내며 떨어졌다.

"제가 아이들을 좋아합니다."

"예?"

"제가 좋아해서 그러는 거니 폐가 아니라는 겁니다."

먹은 것도 없는데 목이 턱 막혀왔다. 데스의 말에 어떤 대답도 돌려주지 못하고 어버버하고 있는 나를 데스가 물끄러미 바라보았다. 그리고 난 그 시선에 붙들린 듯 옴짝달싹 못하고 그의 초록빛 눈에 비친 내 모습만 응시할 뿐이었다.

"시계가 망가진 것 같군요. 방수가 안 되는 거였나 봅니다."

그제야 정신이 들어 얼른 시계를 확인해보았다. 데스의 말대로 시계 안은 물로 가득 차서 작은 바늘이 틱틱거리며 같은 자리만 맴돌고 있었다.

"아, 그러네요. 깜박했어요. 데스 씨 시계는요? 괜찮나요?"

"제 건 방수죠!"

그가 장난스레 웃으며 시계를 들어보였다. 시간을 확인한 그가 고개를 흔들었다.

"아, 이런! 병원에 늦었네요. 전 이만 가보겠습니다. 다음에 뵙죠."

데스가 모래밭 쪽으로 성큼성큼 걸어 나가다 갑자기 내 쪽을 획 돌아보았다. 그가 물장구치는 아이들과 나를 번갈아 보더니 살짝 미간을 찡그렸다.

"혼자서 괜찮겠어요?"

"예? 뭐가요?"

파도치는 바닷물에 몸을 담근 채 나는 고개를 갸웃거렸다. 데스가 대관절 무슨 소리를 하는지 알 수가 없었다.

"혼자서 애 둘을 보는 건 힘들 것 같은데……."

뭐야, 그런 거였어? 겨우 그런 거 가지고 무슨 표정이 저렇게 진지하담.

"괜찮아요. 지금껏도 혼자 봤는걸요. 우리 걱정 말고 어서 병원에 가보세요."

"예. 그럼 다음에 뵙죠."

데스가 머쓱하니 웃더니 목례를 건네며 떠나갔다. 그리고 나는 그런 그의 뒷모습이 아주 작은 점이 될 때까지 멍하니 바라보았다.

그가 내 시야에서 완전히 사라지고 나서야 난 아주 중요한 사실 두 가지를 깨달았다. 하나는 리처드는 지금껏 단 한 번도 아이들 돌보는 걸 도와준 적도, 도와주겠다고 한 적도 없었다는 것이었고, 또 하나는 카일과 새로운 관계를 맺는 것에는 별 두려움이 없었던 내가 왜 유독 저 남자와는 꼬이고 싶지 않았는지였다.

저 남자가 지닌 장점과 진지함은 너무나 위험하다. 나쁜 남자에게 오지게 덴 나 같은 여자에게는 더욱.

7

"세이디, 이모가 널 위해 서프라이즈를 준비했단다~!"

이모가 언제나처럼 요란한 치장을 하고 거실로 들어왔다.

"아이들에게 책 읽어주고 있어요. 죄송하지만 그 서프라이즈를 좀 미루거나 안 하면 안 될까요?"

방금 읽기를 끝낸 책장을 넘기며 건성으로 대답했다. 이모의 서프라이즈는 대부분 약초로 만들어진 물건으로, 뭔가가 썩어가는 냄새로 이루어진 것들이라 딱히 기대가 되지 않은 탓이었다. 게다가 지금은 아이들에게 책을 읽어주는 중요한 시간이었다. 내가 정리 다음으로 잘하는 것은 책 읽어주기다.

"안 돼. 마담 마가렛이 널 봐주기로 했단 말이다. 이건 정말로 흔치 않은 기회야."

이모는 내가 로또라도 당첨된 것처럼 축하해주었다. 그것도 진심으로!

"이모가 말씀하시는 마담 마가렛이 혹시 재스퍼가 말하는 그 사기꾼이에요?"

"재스퍼의 헛소리는 신경 쓰지 마. 마담 마가렛은 정말 대단한 사람이야."

"이모, 저한테 필요한 건 회계사지 영매나 점쟁이가 아니에요."

"회계사는 그냥 장부나 둘러볼 뿐이잖니. 하지만 마담 마가렛은 더 높은 목표를 향해 나갈 수 있게 인도해준단다."

난 오프라 잡지에 실린 심리게임도 풀지 못하는 사람이다. 그런 내게 더 높은 목표 따위가 왜 필요한 건지 도무지 알 수가 없다.

"이모, 진짜 궁금해서 물어보는데, 그런 미신을 정말 믿으시는 거예요?"

"마담 마가렛은 우리 안의 부정적인 에너지를 몰아내고 긍정적인 생각을 채우도록 도와주는 사람이야. 지금 너처럼 부정적인 생각으로 가득 찬 사람에게는 의사나 회계사보다 훨씬 유익한 사람이지."

긍정의 에너지라. 오프라 쇼에 소개된 《시크릿》이라는 책에 줄 창 나오던 말 아닌가? 그 여자도 《시크릿》을 읽었나 보군.

"한 시간 내로 만나러 갈 거니까 준비하렴."

"아이들은 어쩌고요?"

"아니타 파커 집에 내려두고 가면 된단다. 이미 물어봤어."

나는 정말로 마담 마가렛과 만나고 싶지 않았다. 그 사람이 정말 사기꾼이라서 나에 대한 헛소리만 줄줄 늘어놓은 후 이모에게

복채를 뜯어가는 것도 싫지만, 정말 신통한 사람이라서 8년 동안 내가 겪었던 외로움과 공허, 상처를 줄줄 들춰내기라도 한다면 더 싫을 것 같기에.

이모는 한 번 한다면 하는 사람이고, 난 아이를 둘이나 달고 와서 이모에게 얹혀살고 있는 백수 이혼녀다. 그래서 이모가 거실로 들어와 나를 찾은 지 정확히 한 시간 뒤 나는 마담 마가렛의 방 안 접는 의자 위에 앉아 있었다.

마담 마가렛의 방 안에는 미스터리한 싸구려 장식들과 먼지가 가득 낀 유리병들이 두서없이 놓여 있었고 라벤더향과 고양이 냄새가 공기 중에 떠돌고 있었다. 이모 집 못지않게 정리욕을 자극하는 방이었다. 이 난장판에서는 단 1초도 있기 싫은데 여자까지 사이코 집시처럼 하고 나오면 이모의 체면이고 뭐고 당장 일어나 나갈 작정이었다.

그때 마담 마가렛이 들어왔다. 다행히 그녀는 집시 두건 따위는 쓰고 있지 않았고 귀까지 뚫을 듯한 길고 짙은 아이라인도 그리지 않았으며 아프리카 추장을 연상시키는 크고 번들거리는 링 귀걸이 같은 것도 끼고 있지 않았다.

"안녕, 나는 매기라고 해요."

"안녕하세요."

건성으로 인사를 나누는 한편 팔짱을 끼고 다리도 꼬았다. 진짜 용한 점쟁이라면 내 이름 정도는 맞춰야 할 것 같아 일부러 내 소개를 하지 않았다.

"긴장 풀어요, 세이디. 여긴 당신을 잡아먹는 곳이 아니에요."

그래, 이름을 맞추는 걸 보니 아주 엉터리는 아닌가 보네. 그녀가 내 표정을 보더니 그녀 앞에 놓인 수첩을 톡톡 두드렸다.

"여기 당신 이름이 있어요."

그럼 그렇지. 역시 사기꾼이야.

"좋아요. 그럼 이제 당신에 대해 알아볼까요?"

마담 마가렛이 화려하게 꾸며진 타로 카드 꾸러미를 나에게 건네주었다.

"이 카드를 섞어서 제게 다시 주면 돼요. 간단하죠?"

어차피 속는 거 그냥 장단이나 맞춰주자 싶었다. 그래서 타로 카드를 건성으로 섞은 다음 다시 건넸다. 마가렛이 카드 꾸러미에서 몇 개를 뽑아서 이런저런 패턴으로 놓은 뒤 하나하나 뒤집기 시작했다. 마지막으로 '죽음'이라는 글자가 적힌 카드까지 뒤집자 그녀가 잠시 침묵했다.

아무 말 없는 점쟁이와 왠지 최소 몇 년은 재수 옴붙게 만들 것 같은 '죽음'이 적힌 카드를 보고 있자니 닭살이 올라왔다. 얼마나 내 인생이 깜깜하면 뭐라 말도 못하는 걸까?

"균형이 많이 어그러졌군요."

마가렛이 담담하게 말했다.

"이건 타워카드예요. 오랫동안 믿어왔던 신념이 도전을 받는 상황이란 뜻이죠. 당신의 삶에는 앞으로 큰 변화가 닥칠 거예요. 그 변화를 순조롭게 받아들이려면 몇 가지 문제들이나 그 무엇인가를 없애버려야 해결이 될 겁니다. 사람이든 물건이든, 정신적으로

든 감정적으로든 말이죠. 혹시 근래에 끝내버린 관계가 있나요? 아니면 끝내려고 한다거나?"

이모가 이 여자에게 내 이혼에 대해 말해준 게 분명했다. 그래서 살짝 고개만 끄덕일 뿐 다른 말은 하지 않았다.

"당신의 선택은 옳았어요. 당신이 끝낸 그것은 그저 빠르게 왔다가 사라진 존재일 뿐이거든요. 하지만 유감스럽게도 완전히 끝내지는 못했네요. 이 관계를 정리하려면 당신의 노력이 더 필요해요. 그래야 더 좋은 곳으로 향할 수 있거든요. 이 은둔자 카드는 지혜를 의미하죠. 당신은 지혜를 가지고 있지만 믿지 않고 있어요. 일상생활에서 눈을 떼고 자기 내면을 들여다보세요. 거기서 문제가 시작됐으니 거기서 문제를 해결해야 한답니다."

그녀의 말에 나도 모르게 고개가 끄덕여졌다. 그러니까 내 문제의 시작은 리처드고 끝도 리처드라는 거지? 뭐, 그건 어느 정도 맞는 것 같군. 하지만 이혼녀에게 전남편이란 그런 존재고, 내 배경에 대해 알고 있으면 누구나 할 수 있는 이야기였다. 역시 사기꾼이 틀림없다.

"그리고 이 여섯 개의 컵 카드."

그녀가 다른 카드를 가리켰다.

"이 카드는 감정이 새롭게 변화되는 시기를 가리키기도 해요. 온전한 자유를 얻으며 현재의 여정을 더욱더 깊게 생각하게 될 거예요."

이쯤 되니 살짝 하품까지 나오려 했다. 이 사기꾼은 이모가 나에 대해 나불댄 걸 다시 앵무새처럼 말하고 있을 뿐이었다.

"이건 에이스 펜타클인데 건강을 나타내요. 바로 옆에 별을 가진 카드는 열정, 희망 그리고 통찰력이죠. 당신 인생을 바꿔줄 누군가를 찾아봐요."

아아, 왜 이 말이 안 나오나 했다. 이 또한 이모의 여름프로젝트의 일부라는 게 더욱 확실해졌다.

"전 새로운 관계 같은 건 갖고 싶지 않아요."

일부러 뾰족하게 대답했다. 하지만 그녀는 인자하게 웃었다.

"다른 사람들은 이런 기회를 놓치지 않으려 해요. 기회가 찾아온다면 바로 알아볼 수 있을 거예요."

점쟁이면 점쟁이답게 굴 것이지 왜 중매쟁이 노릇까지 하려드냐고 따지고 싶었다. 하지만 나이 든 어른에게 무례하고 싶지 않아 꾹 참았다. 어차피 이 흑막의 주동자는 이모이고, 이 사기꾼은 단지 이모의 사주를 받았을 뿐이다.

"자, 이 세 개의 컵은 아주 즐거운 나날들을 보내게 될 거라고 말하고 있고요."

당연하지. 이 지루하고 짜증나는 시간이 끝나는 즉시 바에 가서 보드카를 진탕 마실 작정이니까.

"이쪽에는 칼을 든 기사와 칼의 왕이 있어요. 이건 둘 다 남자를 뜻해요. 둘은 과거와 현재를 말하죠. 둘 다 매력이 넘치고 굉장히 뛰어나고 말도 잘하지만 한쪽은 당신에게 바람이 불 듯 훅 날아왔다 사라져버렸어요. 금방 심심해지는 사람이었죠."

번드르르한 낯짝에 입만 동동 뜬 사람이란 거지? 그럼 리처드네.

"하지만 다른 쪽은 믿음과 책임감을 상징해요. 직업도 전문적이군요."

이건 분명 데스다. 이모답지 않게 꽤 치밀한 각본이었다. 이모와 이 사기꾼이 아는 사이라는 걸 몰랐다면 분명 나도 속아 넘어가 내 통장과 영혼을 이 사기꾼에게 맡겼을지도 모르겠다.

"운명의 바퀴 카드는 당신의 운이 바뀔 거라고 말하고 있어요. 새로운 단계가 시작되겠지만 운명과 숙명이 앞으로의 일에 아주 작은 컨트롤만을 허락해줄 거고요. 그쪽이야 자신 스스로 하고 싶어 하겠지만 불가능할 거예요. 하지만 최선의 방법은 그냥 이끌리는 대로 가는 거니까 이를 명심하세요. 거부하려 하지 말고 그쪽을 아껴주는 사람들을 믿어요. 혼자서 모든 것을 할 수는 없어요."

'개소리 하지 말아요'라고 속으로만 소리치며 나는 뚱한 표정을 지었다. 혼자서도 충분하다. 지금까지도 그래왔고 앞으로도 그럴 수 있다. 리처드는 남편의 모습을 한 실물 크기의 스탠딩 패널, 딱 그 정도의 도움밖에는 안 되는 작자였다. 그런 놈 하나 내 옆에서 없어진다고 굳이 그 자리에 새로운 패널을 세울 필요는 없다.

"하지만 다 좋게 끝나게 될 거예요. 자, 여기 두 개의 컵이 보이죠? 이건 새로운 사랑의 시작을 뜻해요. 그런데 사랑이란 원래 비싼 대가를 원하죠. 희생이 없으면 실현도 안 되거든요."

그 말만은 맞네. 그래서 더는 사랑 따위 필요 없다는 거라고. 이 사기꾼 아줌마야!

아아, 정말 보드카가 간절해지는 순간이다.

"세이디, 넌 의도적으로 폰테인이 그 집에 살고 있다는 걸 숨겼어. 내가 모를 거라고 생각한 거야?"

주차장에 리처드의 듣기 싫은 목소리가 고래고래 울려 퍼졌다. 그는 주차장으로 내 차가 들어오는 순간부터 미친개처럼 날뛰기 시작했다. 저 미친개에게 물리는 건 나로 족하다 싶어 아이들은 차 안에 두고 내린 뒤 20분 내내 난 그에게 시달리고 있었다.

"목소리 줄여! 굳이 말해야 할 이유가 없어서 안 했을 뿐이야. 그리고 당신이 무슨 상관인데? 폰테인이 있는 게 뭐 어때서?"

"어때서라니? 난 내 아들이 밖에서 무엇을 하고 돌아다니는지도 모르는 쓰레기한테 영향을 받는 게 싫다고."

"사내자식들이 창녀들이랑 샹들리에 매달려 노는 건 괜찮고 폰테인이 자기가 사랑하는 남자와 건전한 연애를 하는 건 쓰레기라고? 그런 생각을 가진 너야말로 진정한 쓰레기야."

옆을 지나던 커플이 내 말을 듣고 걸음을 멈췄다. 두 사람의 못마땅한 눈빛이 리처드를 향하자, 리처드는 당황한 얼굴로 내 팔을 잡아끌었다.

"젠장, 목소리 줄여. 누가 들으면 오해하잖아."

"무슨 오해? 당신이 저질 오입쟁이라는 거? 아니면 성소수자를 쓰레기 취급하는 상식 밖의 인간이라는 거?"

"그만해, 세이디. 내가 정말 화내기 전에."

"당신이야말로 그만해. 내가 당신네 그 잘난 채널세븐 앞에서 당신의 이런 저질 사고방식을 까발리기 전에."

"아무튼 난 절대로 내 아이들을 그런 환경에 둘 수 없어. 그러니까 남자 좋아하는 그 사촌을 쫓아내든가 아니면 글렌빌로 기어

들어와. 방 5개짜리 집을 두고 당신네 미친 이모 집에서 사는 건 정말 한심하지 않아? 날 화나게 하고 싶은 거라면 이제 충분하잖아. 잔말 말고 얼른 돌아와."

내 입에서 또 무슨 말이 나올지 두려웠는지 리처드는 페이지와 조던에게 눈길 한번 주지 않은 채 자기 차로 뛰어 들어갔다. 나 또한 차에 올라 운전대를 잡았지만 손이 너무 떨려 도무지 운전을 할 수가 없었다.

"엄마, 아빠가 왜 저렇게 소리 지르는 거예요?"

페이지가 물었다. 아이의 불안한 눈빛에 죄책감이 밀려들고 새삼 리처드가 미웠다. 이혼으로도 충분히 상처받은 아이들에게 이기적인 어른들이 소금을 뿌려대고 있었다.

"아빠는 그냥 일이 잘 안 풀려서 그런 것뿐이야. 너희들에게 화난 것은 더욱 아니고."

언제나처럼 리처드에 관해선 관대하게 거짓말할 수밖에 없었다. 어쨌든 리처드는 아이들의 아빠이고, 아빠로써는 아주 막장 쓰레기는 아니다. 리처드의 본질은 아이들이 자라 사리분별이 정확해지면 자연히 알게 될 것이니 굳이 나서서 아빠의 허물을 들출 필요는 없다. 그러니 그때까지라도 나는 아이들이 더는 상처받지 않게 아빠에 대한 환상을 지켜줄 의무가 있다.

벨하버에 도착한 후에도 계속 손이 떨렸다. 리처드의 말 따위를 폰테인에게 전할 생각은 전혀 없지만 뭔가 대책은 필요했다. 리처드가 폰테인을 약점으로 잡아 무슨 이상한 음모를 꾸밀지 모르는 일이었다.

지끈거리는 머리도 식힐 겸 아이들과 개를 데리고 바닷가로 내려갔다. 조던과 페이지가 모래밭에 자리를 잡고 플라스틱 장난감 바구니를 모래 위에 쏟았다. 그리고 열심히 땅을 파기 시작했다.

"무슨 구멍을 그렇게 크게 파니?"

내가 소설을 펴며 묻자 조던이 어깨를 쭉 펴며 대답했다.

"땅을 파서 중국까지 갈 거야."

"중국까지?"

"응, 어차피 지구는 둥그니까."

"조던, 지구가 둥근 건 맞는데 여긴 미시간이야. 여기서 땅을 파면 아마 오스트레일리아에 도착할걸."

"정말? 중국이 아니야?"

조던의 옆에서 열심히 땅을 파던 페이지가 눈을 휘둥그레 떴다.

"그럼 결국 판다를 못 본다는 거잖아."

조던이 망연자실하며 삽을 떨어뜨렸다.

"코알라와 캥거루도 판다 못지않게 귀여울 거야."

머리 위로 들려온 익숙한 목소리에 아이들이 일제히 고개를 들었다.

"어, 데스 아저씨!"

"안녕하세요, 아저씨!"

"그동안 잘 지냈어?"

데스가 아이들과 반갑게 인사를 나누며 내 쪽을 보았다.

"세이디, 오랜만입니다. 요새는 좀 어떤가요?"

"괜찮아요. 그쪽은요?"

"예, 변함없습니다. 병원에 나가고, 시간 되면 조깅하고."

"아저씨, 저 수영복 새로 샀어요, 예쁘지 않아요? 노란색 꽃도 달려 있어요. 봐요!"

우리의 평온한 대화에 페이지가 난입했다. 그러자 데스가 환하게 웃으며 고개를 끄덕였다.

"정말 예쁘구나. 그런데 우리 아름다운 인어 아가씨의 수영 실력은 많이 늘었나?"

"물론이죠! 전 인어잖아요."

페이지가 으스대자 조던이 끼어들었다.

"아저씨, 나도 이제 잘해요."

"당연하지. 누가 가르친 수제자인데."

데스가 조던에게 엄지손가락을 척 들어보였다.

잠시 후 데스는 오스트레일리아로 가게 되면 어떤 모험을 하는 게 좋을지 아이들과 진지하게 토론하기 시작했다. 그 세 사람을 바라보며 저도 모르게 무방비한 모나리자의 미소를 짓고 있는데 갑자기 데스가 나를 돌아보았다.

아이들과 놀아주고 있는 가정적인 남편을 자랑스럽게 쳐다보는 거라고 오해받기 딱 좋은 내 미소를 지우고 싶었지만 이미 늦었다. 결국 웃는 것도 찡그린 것도 아닌 괴상한 표정을 한 채 나는 얼어붙고 말았다.

그가 두 아이의 머리를 쓰다듬어주고는 내 쪽으로 다가와 털썩 주저앉았다.

"아까보단 기분이 좀 나아졌나 보네요. 웃기도 하고."

데스가 차분히 내 눈을 마주보며 말했다.

"내가요?"

"예, 아까까지만 해도 당신 정말 무서웠습니다. 세상을 다 발라 버릴 것 같은 표정을 하고 있었죠. 이렇게!"

그가 자신의 관자놀이를 당기며 아까의 내 표정을 재현했다. 이런, 젠장. 내가 저렇게 못생긴 얼굴을 하고 있었다는 거야? 리처드가 나에게 정말 엄청난 쓰레기를 투척하고 간 게 맞긴 한가 보다.

"실례가 되지 않는다면 무슨 일로 그렇게 기분이 상했는지 물어도 됩니까?"

아무래도 이 남자는 정신과 의사도 겸하고 있는 게 틀림없다. 저런 눈빛과 마주하고 있는데 어떤 환자가 속내를 안 털어놓겠어.

"전남편과 싸웠어요. 너무나 어이없는 일로 말이죠."

"어이없는 일요?"

"예. 리처드는……. 아, 리처드가 전남편이에요. 어쨌든 그 사람은 나와 아이들이 벨하버에 머무는 걸 끔찍하게 싫어하고 있어요. 폰테인이 조던에게 게이 성향을 옮길 거라는 거죠."

그러자 데스가 고개를 돌려 터널 파는 걸 그만두고 상상 속의 적을 때리듯 허공을 발로 차고 주먹질하는 조던을 바라보았다. 조던은 누가 봐도 전형적인 남자아이였다.

그가 다시 고개를 돌리더니 피식 웃음을 터뜨렸다. 그가 무엇을 상상하는지 나도 알 것 같아 함께 웃고 말았다.

"전염병의 의미를 잘 모르는 사람인가 보군요."

"그것만 모르면 차라리 다행이죠. 리처드는 자기가 그렇게 천시하는 게이가 지난 한달 동안 아이들과 놀아준 시간이 자기가 오년 동안 아이들과 놀아준 시간보다 훨씬 많다는 것조차 모르고 있어요. 아빠 노릇 제대로 못한 건 모르고 아들이 게이 병이 옮을지나 걱정하고 있으니 정말로 한심해요."

그러자 데스가 천천히 고개를 끄덕였다.

"불행한 사람이군요."

"예?"

"자신이 가진 게 얼마나 근사한 것인지 몰랐으니까요. 어떤 사람은 너무나 가지고 싶어도 못 가지는 건데 말이죠."

"당신이 리처드보다 못 가진 게 있나요? 그게 도대체 뭔가요?"

"전 분명 어떤 사람이라고 했는데······."

데스가 곤란한 듯 말끝을 흐렸다. 에고고, 또 입방정을 떨었다. 하지만 이미 엎질러진 물이었다. 내가 멍청한 표정으로 어버버거리자 그가 웃음을 터뜨렸다.

"농담이니 그런 표정 하지 마십시오. 당신 말대로 그 어떤 사람은 저 맞아요. 그리고 제가 절대 가질 수 없었던 건······."

데스가 아이들을 한번 돌아본 후 다시 고개를 내 쪽으로 돌렸다.

"사랑스러운 천사들, 그리고 그 천사들과 함께하는 시간······."

입은 분명 웃고 있는데 그의 초록빛 눈은 다른 말을 하고 있었다.

"아이들을 많이 좋아하나 봐요?"

"그러면 결혼을 해서 아이를 가지면 되잖아요"라는 끝말은 차마 하지 못했다. 아무래도 해서는 안 될 말 같다는 예감이 든 탓이었다.

"'그럼 결혼하면 되잖아'라고 방금 속으로 말했죠?"

와아, 글렌빌의 진정한 점쟁이가 여기에 있네. 마담 마가렛보다 나은걸.

데스가 지금 내 속엣말까지 맞추면 기꺼이 내 통장과 영혼을 송두리째 바치리라. 난 이 순간 정말로 진지하게 결심했다.

"이미 한번 했습니다. 그리고 잘 안 되었고요."

"미……, 미안해요."

"아닙니다. 당신이 미안할 이유는 없죠."

데스가 다시 유쾌하게 웃었다.

"그……, 그러니까 나 때문에 대화가 이런 쪽으로 흐른 것 같아서. 그게…… 어쨌든……에…… 또…… 미안하다는 거고."

또 내 횡설수설이 시작되었다. 그가 내 옆에 놓인 와인을 힐끗 보았다.

"한 잔 주시겠습니까? 목이 좀 타네요."

"예, 얼마든지."

서둘러 그에게 와인을 따라주자, 그는 아무 말 없이 받더니 반쯤 비운 후에야 다시 입을 열었다.

"오래 전의 일입니다. 우린 둘 다 너무 어렸고 이기적이기까지 했습니다. 잘 될 수 없는 사이였죠."

불편한 침묵이 잠시 이어졌다. 그 침묵을 깬 건 데스였다.

"제가 괜한 이야기를 해서 당신 마음만 심란하게 만들었네요. 죄송합니다."

데스는 무슨 말을 더 할 것처럼 아주 천천히 일어났지만 결국 이렇게만 말했다.

"나중에 뵙겠습니다."

잔을 돌려준 후 천천히 발길을 돌려 멀어져가는 데스의 뒷모습을 물끄러미 바라보며 난 마음속에 적어 넣었다.

데스에게는 결혼에 대해서 다시 묻지 말 것. 왜냐하면 그를 슬프게 만들고 저렇게 떠나가게 하니까.

　　❦　❦　❦

새로 산 가죽 가방을 어깨에 메고 최대한 프로페셔널 정리전문가처럼 미소를 지어 보였다. 카일이 옳았다. 그의 전 남자친구인 패트릭과 패트릭의 새로운 남자친구 오웬의 새로운 보금자리는 정리가 필요했다. 그들의 집은 벨하버에서 가장 오랜 역사를 자랑하는 곳이라 아름답게 세공된 나무 기둥과 비싼 베란다로 온 집이 둘러쳐져 있고, 줄을 내리면 물이 내려가는 변기까지 있었다.

"'난 지금 끔찍한 악몽 속을 걷고 있어'라는 표정이군요. 그렇게 이 집이 엉망인가요?"

집 안을 안내해주던 패트릭이 웃으며 말을 걸어왔다. 그렇게 티가 났나 싶어 애써 웃어 보였지만 더 이상한 표정만 나온 것 같았다.

"아름다운 집인 건 확실해요."

패트릭의 눈치는 지극히 정상이라 영혼 없는 대답을 금방 알아챘다.

"아름답기만 하다는 거네요?"

"흐음, 패트릭. 그러니까…… 제 말은."

"세이디, 솔직하게 당신 생각을 이야기해줘요. 어차피 난 정리
는 문외한이라 전문가의 정확한 소견이 필요하니까요."

"그러니까 패트릭, 이 집은 분명 아름다워요. 사랑하는 사람과
의 새로운 시작을 위한 더할 나위 없는 선택이죠. 하지만 문제는
이 집이 너무 오래되었다는 거예요. 이 집이 지어질 당시에는 필
요 없었던 공간들이 현대를 사는 우리에게는 필요해졌거든요. 가
령 드레스룸으로 쓸 만한 큰 방과 효율적인 수납을 가능케 하는
벽장 같은 거요. 그런데 이 집에는 작은 방이 너무 많고 벽장은 아
예 없어요. 그러니 조금만 정리를 소홀히 해도 집 안 전체가 어수
선하게 보일 거예요."

"짐을 넣어둘 방이 이렇게 많은데도 정리가 잘 안 되는 게 그래
서였군요."

패트릭이 이제야 답을 찾은 듯 고개를 끄덕였다. 사실 패트릭과
오웬은 카일에게 날 소개받을 때만 해도 심드렁한 반응이었다. 그
들은 불같은 사랑에 빠져 하루빨리 함께 살 수 있기를 학수고대
하고 있었기에 그들이 내게 원한 역할은 빨리 이 집에 들어가 살
수 있게 그들의 이삿짐을 서둘러 풀어 제 자리에 놓아줄 잡부였다.

"세이디, 당신의 의견을 듣고 싶군요. 이 분야의 전문가는 당신
이니까요."

내 의견을 듣고 싶다는 패트릭의 말은 진심인 듯했다. 첫 고객

에게 인정받았다는 생각에 진심으로 기뻤다.

"그럼 리모델링할 곳이 어디어디인지 알려주시겠어요? 효율적으로 수납할 수 있는 공간을 확보해서 구조 변경에 반영하면 좋을 듯해요."

우리는 그날 내내 집 안 곳곳을 다니며 패트릭와 오웬이 원하는 리모델링에 관해서 얘기했다. 수많은 사진과 많은 의견을 받아 적은 후 일주일내로 연락하겠다고 약속했다. 그는 다음번에 올 때는 꼭 라벨접착기를 가져와 화장실걸이에 그와 그녀 라벨을 붙여달라는 부탁도 덧붙였다.

8

전화벨이 울렸다. 별 생각 없이 받으려던 순간 페이지가 전화기를 낚아챘다.

"안녕하세요. 도디 베이커 여사 집입니다."

어제 본 드라마의 사모님 흉내를 내며 전화 받던 페이지는 잠시 상대의 말을 듣는가 싶더니 까르르 웃음을 터뜨렸다.

"에이, 아니야. 공주는 전화 같은 거 안 받는단 말이에요. 전 페이지예요."

그래, 내 딸아. 공주가 이 지구상에 드글거리며 살던 시대에는 전화 같은 게 없었을 테니 아마 받을 일도 없었을 거야. 그런데 누구랑 통화를 하기에 공주 타령이래?

어차피 페이지가 전화를 받았으니 되었다 싶어 지나가려 했다. 그런데 페이지가 내 스커트를 덥석 붙들었다.

"엄마, 데스 아저씨가 바꿔달래."

"응?"

"엄마한테 할 이야기가 있다는데."

무슨 일이지? 싫기도 하고 좋기도 한 미묘한 기분으로 전화를 넘겨받았다.

"아, 다행이다. 다행히 계셨네요. 안 계시면 어쩌나 걱정했습니다."

"무슨 일이세요?"

전화기에 입을 바짝 댄 채 목소리를 한껏 낮췄다. 부엌에서 오트밀을 젓고 있던 이모가 어느새 입구까지 나와 귀를 기울이는 모습을 보았기 때문이었다.

"방해해서 미안하지만 지금 상황이 좀 애매해서요. 한 가지만 부탁드려도 되겠습니까?"

"예, 말씀하세요."

"열 시에 택배를 받아야 하는데 갑자기 병원에서 전화가 와서 나가봐야 할 것 같습니다. 제 대신 택배 좀 받아주시면 안 되겠습니까?"

"예, 그럴게요."

전화기 너머로 안도의 한숨이 들려왔다.

"감사합니다. 혹시 언제쯤 와주실 수 있습니까?"

"지금 당장 가능해요. 지금 갈까요?"

"가능하시면요. 아침부터 귀찮게 해서 죄송합니다."

"예, 그럼 오 분 안에 갈게요."

전화가 끊어지기 무섭게 이모가 손뼉을 쳤다. 나는 손을 들어 이모를 조용히 시켰다.

"이모, 괜한 오해로 일을 크게 만들지 마세요. 이웃끼리 택배를 받아주는 건 아주 평범한 일상사라고요."

"세이디, 알버타 슈미트는 데스가 사는 풀만 선생님 네 바로 옆집이야. 가까운 옆집을 놔두고 굳이 너한테 전화를 했는데 이게 어떻게 평범한 일상사니?"

"그거야 우리가 그 사람에게 신세를 많이 졌으니까요. 그 정도쯤은 부탁해도 된다고 생각한 거 아닐까요? 그리고 솔직히 나라도 알버타 씨에게 그런 부탁하기 싫어요. 그분한텐 오래된 치즈 냄새가 난단 말이에요."

"뭐, 그렇긴 하지."

이모도 이 점에 대해선 딱히 부정하지 않았다.

"와주셔서 정말 고맙습니다. 택배를 받으신 다음엔 문만 잠그고 가시면 됩니다. 저쪽에 커피도 있으니 기다리면서 드시고요."

데스는 한손으로 테이블을 가리키며 다른 손으론 열쇠를 들었다.

"혹시 열 시까지 택배가 오지 않으면 그냥 돌아가십시오. 괜히 시간 낭비하지 말고요."

"괜찮아요. 이모가 아이들을 보고 있으니까요."

출근하는 남자와 그를 배웅하는 오래된 커플들처럼 문 앞에서 잠시 대화를 나눈 후 데스는 미소를 지으며 오픈카에 올라타 바람처럼 병원으로 향했다.

그가 떠난 지 얼마 되지 않아 택배기사가 왔다. 그는 커다란 봉투와 클립보드를 들고 있었다.

"안녕하세요. 데르몬도 맥나우트 씨, 택배입니다."

"데스몬드 맥나이트 아닌가요?"

내 물음에 그가 코끝에서 안경을 치켜 올렸다.

"음, 비슷하네요."

그가 건네주는 클립보드와 펜으로 인수 사인을 한 다음 다시 돌려주었다.

"감사합니다, 맥나이트 부인."

택배기사가 인사를 건네고는 주차해놓은 트럭 쪽으로 걸어갔다. 아직 이혼서류의 잉크도 덜 마른 나에게 부인이라니. 껄끄러운 호칭이다. 그나마 한 가지 위안이라면 터너 부인보단 맥나이트 부인 쪽이 발음상 더 듣기 좋다는 것이다.

내 인생의 미스터리 중 하나는 아이들을 목욕시키면 언제나 내가 더 젖어 있다는 것이다. 이 미스터리는 오늘도 예외가 없었다. 어서 아이들을 재우고 쉬고 싶은데 아래층이 시끌벅적했다. 이모도, 재스퍼도, 폰테인도 다 각자의 스케줄이 있다고 들었는데 왜 아직까지 이리도 시끄러운지 모르겠다. 이래서는 내가 원하는 시간에 애들을 재우긴 힘들 듯했다.

"엄마, 내려가서 이모할머니께 밤 인사해도 돼?"

"알았어. 하지만 빨리 끝내야 돼."

내 말이 끝나기 무섭게 페이지가 날쌔게 침대에서 뛰어내렸다.

"나도 나도! 나도 인사할 거야!"

겨우 침대에 눕히는 단계까지 성공했던 조던까지 페이지를 따라 뛰어내렸다. 아직은 자기 싫은 영악한 것들의 속임수에 넘어간 걸 깨달은 순간 나도 아이들의 뒤를 쫓았다.

"페이지, 조던! 그냥 돌아와! 침대로—."

"도로 들어가지 못해!"라는 끝말은 나올 기회를 잃고 말았다. 발에 남은 물기 때문에 미끄러져 계단 밑까지 굴러 떨어졌기 때문이다.

작은 새들이 머리에서 빙글빙글 도는 환각에 시달리고 있을 때 정체 모를 억센 팔이 내 등을 받쳐왔다. 간신히 치뜬 내 시선 속으로 아름다운 초록빛 눈이 들어왔다.

"세이디……."

이건 환각이다. 이런 일은 있을 수 없다.

"괜찮습니까? 내가 보여요?"

환각 주제에 근사한 억양까지 똑같다. 환각 속에서라도 그의 팔에 안겨 있는 상황이 부담스러워 그를 밀어냈다.

"외상은 없는 것 같지만 그래도 움직이지 말아요. 잠깐 내가 살필 수 있게……."

환각 주제에 꽤나 의사처럼 이야기한다 싶은데 갑자기 재스퍼가 내 앞으로 얼굴을 쑥 들이밀었다. 반쯤 감겨 있던 눈이 그제야 번쩍 떠졌다. 지금 날 받쳐 안고 있는 남자는 환각이 아닌 실체였다.

"괜……괜찮아요. 그냥 넘어진 것뿐이에요."

황급히 몸을 일으켜 데스의 품에서 벗어났다. 그리고 그의 눈을 감히 쳐다보지도 못한 채 고개를 푹 숙였다. 아픈 것도 아픈 거지만 창피한 마음이 더 컸다.

"진짜 괜찮습니까? 일어설 수 있겠어요?"

"예. 괜찮다니까요."

말은 그렇게 해도 도무지 허리에 힘이 들어가지 않았다. 반도 못 일어나고 무릎이 푹 꺾이며 중심을 잃었다.

"세이디, 조심해요!"

잽싸게 두 팔을 번쩍 벌리는 데스의 품에 이번에도 푹 안기고 말았다.

그의 어깨에 턱을 기댄 채 이 상황을 어떻게 해결하면 좋은가를 고민하는데 때마침 폰테인과 눈이 마주쳤다. 순간 그가 양손 엄지를 척 들어올렸다.

"멋있어, 근사해! 아주 자연스러워!"라고 입 모양으로만 말하는 폰테인을 향해 내가 지을 수 있는 가장 사나운 표정으로 노려보았다.

당장 찾을 수 있는 가장 불투명한 티셔츠를 입고 다시 내려오니 다들 데크에 모여 술을 마시고 있었다. 데스는 난간에 기댄 채 한 손에 맥주를 들고 있었고 폰테인과 카일이 그 옆에 서 있었다. 재스퍼의 옆에 있는 아름다운 금발 아가씨는 베스임이 분명했다. 얼굴을 붉히고 있는 통통한 남자는 도디 이모의 데이트 상대 같았다. 이건 또 무슨 분위기인 걸까? 아까 다들 커플끼리 외출하기로 한 거 아니었어?

"오, 세이디. 아픈 데는 없니?"

이모가 손뼉을 치며 나를 맞이했다.

"해리, 이쪽은 내 조카 세이디야. 세이디, 이쪽은 해리 라이트 씨지."

남자는 물고 있던 이쑤시개를 반대쪽으로 옮기며 말했다.

"반갑다. 난 해리 라이트라고 하지."

남자는 두툼한 손으로 악수를 청했다.

"만나서 반가워요, 라이트 씨."

해리가 날 빤히 쳐다보았다.

"이혼했다면서?"

별 수 없이 고개를 끄덕였다.

"네. 뭐……. 그렇죠."

"내가 듣기론 아주 옳은 결정을 했더군."

완벽하게 남인 사람들 앞에서 실패한 결혼을 얘기하는 건 결코 유쾌한 일이 아니다. 가뜩이나 카일과 베스, 그리고 데스까지 있는 자리에서는 더욱 아니라고 생각했다. 어쩔 수 없이 폰테인을 돌아보며 눈빛으로 도움을 요청했다.

"음, 어, 세이디, 이 바지를 입으니 내 엉덩이가 바비 인형의 남자친구인 켄 엉덩이처럼 보이지 않아?"

폰테인에게 순발력을 요구한 내가 바보였다. 그러나 그래도 생각만큼 최악은 아니었다. 최소한 카일만은 폰테인의 엉덩이에 집중했으니 말이다. 재스퍼가 한 발자국 더 앞으로 나오더니 여자친구의 손을 잡아끌었다.

"세이디, 이쪽은 베스야."

정말 고마워, 이게 진짜 도움이지.

"베스! 만나게 돼서 정말 반가워요. 재스퍼가 진짜 좋은 분이라고 여러 번 자랑했었어요."

난 아주 기뻐서 돌고래 소리를 내며 베스를 포옹했다. 재스퍼가 결혼에 대해 얘기했을 때 미안했던 일이 있기에 더욱더 세게 안았다.

"만나서 반가워요. 아이들이 정말 귀여워요."

"고마워요. 얘들아, 이제 잘 시간이야!"

이모의 앞치마 뒤에 숨은 아이들에게 소리쳤다. 그러자 아이들이 자기들을 감춰줄 마술망토나 되듯 이모의 치마를 휘감았다.

"애들은 내가 재우마. 해리, 괜찮다면 여기서 술 한 잔 하면서 기다릴래요?"

이모가 물었다. 그가 거의 빈 잔을 손에 들고 말했다.

"누가 이 잔을 채워주면 생각해보지."

"데스? 맥주 한 잔 어때?"

폰테인이 데스에게 친근하게 다가가 물었다. 데스가 "좋지" 하며 빈 잔을 받아들었다. 몰랐는데 남자들끼린 벌써 어느 정도 친목을 다졌나 보다.

페이지가 쪼르르 달려와 데스의 다리에 매달렸다.

"데스 아저씨, 잠이 안 오는데 저도 여기 있으면 안 돼요?"

"물론 나야 공주님께서 한 자리에 계셔주시면 영광이지. 하지만 공주님의 미모 비결 중 하나는 일찍 자고 일찍 일어나는 거야. 바른 수면 습관은 피부에 영향을 주거든."

"아, 그렇죠. 제가 깜박했네요. 그럼 아저씨, 전 이제 들어가서 잘게요. 아저씨도 안녕히 주무세요."

익히 그 사실을 알고 있었던 듯 허세를 부리며 페이지가 데스에게 밤인사를 건넸다.

"잘 자, 공주님."

데스가 웃으며 페이지의 머리를 쓰다듬자 페이지 뒤에서 순서를 기다리고 있던 조던이 데스의 앞으로 다가왔다.

"아저씨……."

"응, 조던?"

"여기요……. 만약 아저씨가 좋다면 이거 가지고 놀아도 돼요."

조던이 데스에게 수줍게 액션 피겨를 건넨 순간 심장이 쿵 내려앉았다. 조던에게 액션 피겨는 그 누구도 손댈 수 없는 성역이며 심지어는 나조차도 못 건드리게 하는 소중한 물건이었다. 저 아이가 데스에게 친근감을 품고 있다는 건 익히 알았지만 이건 내가 예상한 이상으로 감정이 나아가 있었다.

나는 조던이 데스에게 친한 옆집 아저씨 이상의 감정을 가지게 된 게 아닌가 두려워졌다. 내가 다치는 건 상관없지만 내 아들의 마음은 완전 다른 문제기 때문이다.

순간 데스와 눈이 마주쳤다. 그가 두려움에 질린 내 눈을, 그리고 망울망울한 내 아들을 잠시 번갈아 살폈다.

"고마워, 친구. 정말 근사하구나. 조심해서 가지고 놀게. 정말 영광이다."

조던이 사뭇 기쁜 듯 웃는 얼굴로 고개를 끄덕였다. 그리고 그런 조던을 보는 데스의 얼굴은 실로 진지했다.

폰테인이 데크로 건너와서 술을 나눠주기 시작했다. 내겐 그리 위험해 보이지 않는 핑크색 음료를 건네주었다. 하지만 이미 많이 당해본 나는 이 술에 보드카가 섞여 있는 걸 알고 있었다. 와인은 병째로 마셔도 멀쩡하지만 보드카는 두 잔만 마셔도 바닥에 뻗는 나이니 폰테인은 내가 취한 후에 일어날 일을 기대하고 있는 거다.

모두들 데크에 자리잡고 앉았다. 카일과 폰테인은 버드 씨를 사이에 두고 앉았고 재스퍼와 베스는 다른 쪽에 앉았다. 다들 자리를 잡고 앉아버려 남은 자리는 굽힘 나무로 만든 2인용 의자뿐이다. 그리고 서 있는 사람은 나와 데스 단 둘뿐이었다. 다들 앉아 있는데 서 있기도 그렇고 도로 들어가기도 민망한 상황에 당황한 나와 달리 데스는 아무렇지도 않게 굽힘 나무 의자로 가 앉았다.

"계속 그렇게 서 있지 말고 여기에 앉으시죠. 빈자리가 여기뿐입니다."

이러지도 저러지도 못한 채 잠시 주저했다. 하지만 데스의 태도나 너무나 담백해서 그 옆에 앉지 않겠다고 거부하면 그게 더 웃기는 상황이 될 것 같았다. 어쩔 수 없이 그의 곁에 가서 앉았다.

"오늘 아침 번거롭게 해드려 죄송했습니다. 그리고 감사하고요."

"아니요, 고작 택배 하나 받는 거였는데요 뭐."

"고작 그거 하나가 아니던데요?"

"예?"

"들어오는 입구에 있던 테이블을 옮겨주셨더군요."

헉, 어떻게 그걸 알았지? 정말…… 조금 아아주 조금 자리를 이동시켰을 뿐인데.

"죄……죄송해요."

하여간 이 저주받은 정리벽을 어쩌면 좋을까. 남의 집 물건을 그런 식으로 함부로 옮기면 안 되는 거였다.

"사과를 받으려고 한 말 아닙니다. 전 분명 감사하다고 말씀드렸어요."

"정……말요?"

"예, 테이블 배치를 아주 살짝 바꿨을 뿐인데 집 입구가 훨씬 안락한 느낌으로 바뀌었더군요. 폰테인의 말론 당신은 정리전문가라던데 그래서 센스가 좋은가 보네요."

"아니에요. 전문가는 무슨! 폰테인이 과장한 거예요. 그리고 이일을 시작한 지도 별로 안 되었고요."

알코올 탓인지 이런 작은 칭찬에도 얼굴이 화끈거렸다. 얼른 앞으로 시선을 돌리고 다시 술을 한 모금 마셨다.

해가 저물자 마법과도 같은 금빛으로 해변이 물들기 시작했다. 물가에서 올라온 시원한 바람이 뜨거운 데크를 식히면서 들리는 파도 소리는 마치 최면을 거는 것 같았다. 결국 폰테인의 칵테일이 효과를 발휘했는지 데크에 모인 모든 사람들이 마음을 열기 시작했다. 아이들을 재운 뒤 돌아온 이모는 나와 데스, 폰테인, 카일, 재스퍼와 베스를 남겨둔 채 해리 씨와 데이트를 나갔다.

"그냥 피자나 시켜서 여기서 노는 건 어때?"

재스퍼가 베스에게 말했다.

"그 영화 보러 가고 싶으면 가도 되고."

그러자 베스가 머리를 흔들었다.

"지금은 여기가 좋아. 그냥 여기 있자."

"어떻게 생각해요. 카일? 가지 말고 그냥 여기 있는 건?"

폰테인이 묻자 카일이 손에 든 빈 잔을 빙그르르 돌렸다.

"이 맛있는 녀석을 계속 만들어준다면."

"물론이죠."

"그럼 당연히 있어야지."

그렇게 결정이 났다. 우리는 피자를 시켰고 계속 술을 마셨다. 베스는 재미있고 따뜻한 여자로 재스퍼의 퉁명스러움을 중화시켜줄 수 있는 완벽한 상대였다. 그리고 카일과 폰테인은 보스와 직원이라기보단 연인처럼 보였다. 여기서 어색한 사람은 굽힘 나무 의자에 나란히 앉아 있는 나와 데스뿐이었다.

"우리 '나는 단 한번도' 게임이나 할까?"

재스퍼가 제의했다.

"할래, 할래! 그 게임 재밌어!"

폰테인이 열렬히 박수를 치며 호응했다. 베스와 카일도 고개를 끄덕였다. 재스퍼가 멀뚱한 얼굴의 데스에게 시선을 주었다.

"이봐, 데스. 반응이 왜 이리 껄적지근해? 이 게임 별로야?"

"아니, 그런 건 아니고. 사실 이게 무슨 게임인지 몰라서."

데스가 머쓱하게 웃었다.

"뭐야? 정말 한 번도 해본 적 없어? 대학을 다니긴 한 거야?"

뭐 게임 하나 모른다고 그런 말까지 하나 몰라. 그럴 수도 있지.

속으로 데스의 편을 들며 몰래 그리고 아주 잠깐 재스퍼를 노려보았다.

"그러게. 내가 다니던 학교에서도 이걸 했는데 내가 몰랐던 걸지도."

"무슨 대학에서 이런 게임도 안 한데? 어디 나왔는데?"

재스퍼가 실로 한심하다는 듯 물었다.

"그냥 매사추세츠에 있는 대학이야."

"매사추세츠? 거기에 무슨 대학이 있더라?"

잠시 머리를 긁적이던 재스퍼의 눈이 잠시 커졌다가 제자리로 돌아왔다. 가만히 듣고 있던 폰테인이 거들었다.

"설마 하버드?"

그러자 데스가 머리를 긁적이며 대답했다.

"……응."

"그럼 의대는 어디로 다닌 거야?"

폰테인은 놓치지 않고 궁금한 것들을 물어대기 시작했다.

"그것도 하버드. 겨우 쫓겨나지 않을 정도로만 버텼어. 그래서 그건 어떻게 하는 게임인데?"

나는 나도 모르게 데스와 리처드를 비교하고 있는 나를 깨달았다. 물론 학력이 그 사람의 전부는 아니겠지만 리처드라면 쉬지 않고 하버드 출신이라는 걸 자랑해댔을 것이다.

"간단해. '난 단 한 번도'라는 말로 시작하며 뒤에 문장을 덧붙이는 거야. 그걸 해본 사람은 술을 마시는 거고."

"알겠어. 술 마시기 게임이군."

"하버드에는 술 마시기 게임 같은 건 없었어?"

"그럴 리가. 이거저거 다 있었지. 어쨌든 대강 알겠으니 시작해."

아무래도 별의별 말이 다 나올 것 같은 예감이 들었다. 애들이 들으면 안 되겠다 싶어 제대로 자고 있는지 확인할 생각으로 방으로 돌아갔다.

아이들이 깊이 잠든 걸 확인하고 돌아오자 분위기가 한껏 무르익어 있었다.

"난 한 번도 구글에서 내 이름을 쳐본 적이 없어."

카일의 '난 한번도'에 재스퍼와 카일, 폰테인이 술잔을 비웠다.

"그런데 카일, 왜 구글에 자기 이름을 쳐본 거죠?"

베스는 아직 이해를 못한 듯 물었다.

"그냥 재미로요. 미시건에만 카일 테너가 한 네 명 정도 있더라고요."

"그래도 당신 같은 사람은 단 하나도 없을 거야."

폰테인이 카일의 허벅지를 토닥였다. 뭐지, 저 분위기는? 정말 저 둘이 보스와 직원 사이 맞아?

"난 한 번도 사람을 꿰매본 적이 없어."

누가 봐도 데스를 타깃으로 재스퍼가 저격했다.

"너무하는걸. 이건 좀 불공평한데."

데스가 불평하면서도 말끔히 술잔을 비웠다.

"난 단 한 번도 물건을 훔쳐본 적이 없어."

베스의 말에 베스를 제외한 모두가 술잔을 비웠다.

"단 한 번도 뭘 훔쳐본 적이 없다고? 정말이야? 사탕 한 알도?"

"예, 단 한번도요. 죄책감 때문에 못 살 거 같아요."

그러자 재스퍼가 베스에게 기댔다.

"하지만 내 마음을 훔친걸."

"으으으윽, 오글거려!"

누가 먼저랄 것도 없이 커플을 제외한 모든 이들이 몸서리를 쳤다. 그리고 내 차례가 왔다.

"난 단 한 번도 반대편 차선에서 운전해본 적이 없어."

폰테인이 "장난하냐?"라는 눈빛으로 나를 노려보았다. 하지만 깔끔하게 그를 무시했다. 게임은 핑계일 뿐, 재스퍼, 베스, 폰테인의 공동 타깃은 나와 데스였다. 우리를 술이 떡이 되게 취하게 만드는 게 그들의 음모이고, 그리고 이 음모의 최종목표는 떡이 되어 취한 나와 데스가 사고를 치는 것이다.

"난 단 한 번도 여자에게 키스해본 적이 없어."

폰테인의 말에 베스와 폰테인을 제외한 모든 이가 마셨다. 베스가 눈이 동그래져서 내게 물었다.

"세이디, 여자랑 키스해봤어요?"

"딸도 여자니까."

재스퍼의 말에 베스가 고개를 끄덕이더니 잔을 들어 마셨다.

"웃기시네! 네가 여자랑 키스한 적이 없다고!"

문득 머릿속을 스치는 기억에 폰테인을 향해 소리쳤다.

"델로레스 디포레스트랑 키스했잖아! 내가 똑똑히 기억하고 있는데 여자랑 키스한 적이 없다고?"

그 순간 데스가 배를 잡고 웃었다.

"델로레스 디포레스트? 무슨 여자 이름이 그래?"

"인정! 나도 마실게. 여자랑 키스해본 게 너무 오래돼서 그만 깜박했다."

폰테인이 깨끗하게 인정하며 벌주를 마셨다.

게임은 계속 이어졌다. 그리고 얄미운 사촌들과 베스의 공세 또한 계속 이어졌다. 데스는 계속 그들에게 휘말려 술잔을 비웠고, 나도 어느 순간부터는 체념에 빠졌다.

"아무래도 이 게임의 이름은 '난 한 번도'가 아니라 새로 온 사람 취하게 만들기 같군."

이제야 알았어요? 데스 당신은 지금 저 악마들의 검은 손에 걸려든 거라고요.

알코올이 머리카락 끝까지 들어찬 듯한 데스의 얼굴을 안쓰럽게 바라보며 속으로만 속삭였다.

9

어젯밤의 음주 여파에서 벗어나지 못한 채 해변의 비치타월 위에 길게 뻗어 있던 시야 멀리로 데스가 보였다. 정말 대단한 정신력인걸. 아무리 그래도 오늘 같은 날 조깅을 하는 건가? 하지만 자세히 살펴보니 오늘의 데스는 어제의 데스와 좀 많이 달랐다. 뛴다기보단 흐느적거리며 달려오던 그가 날 발견하더니 흠칫 놀라며 못 본 척 황급히 지나가려 했다.

"저어……."

나도 여자로써의 자존심이 있는데 날 외면하는 남자에게 아는 척 하고 싶겠냐만은 이번만은 어쩔 수 없었다. 그는 오늘 정말 이상했다. 걸음걸이도 이상하고, 날 피하는 것도 이상하고, 가장 이상한 건 햇볕도 따갑지 않은데 선글라스를 끼고 있다는 것이다.

"데스, 잠깐만요! 나 세이디에요!"

황급히 그를 부르자 그가 한숨을 쉬며 멈춰 섰다. 평소와는 많이 다르지만 그가 좋은 남자라는 사실만은 변하지 않은 듯했다.

"저어, 데스. 괜찮아요?"

"아, 예."

괜찮긴 개뿔. 분명 뭔가가 있었다. 잠시 후 그 뭔가를 발견한 내 입에서 절로 헉 소리가 나왔다. 선글라스 바깥으로 검은 멍이 번져 있는 걸 발견한 탓이었다. 세상에, 얼마나 크게 멍이 났으면 선글라스로도 다 안 가려지는 거지?

"데스, 눈이 왜 그래요? 좀 봐요! 많이 다쳤어요?"

"괜찮습니다. 작은 사고가 좀 있었어요. 어제 술이 좀 과해서……."

"작은 사고 같지 않은데요? 멍이 많이 들었잖아요. 미안해요. 우리가 어제 괜한 짓을 해서……."

내 이럴 줄 알았지. 망할 폰테인, 여자한테 키스나 당해버려라!

"아닙니다. 이건 제가 부주의한 탓입니다. 이 일로 당신이 미안해할 필요 없어요."

"그런데 어쩌다가 눈이 그렇게 된 거예요?"

내 물음에 데스의 얼굴에 난감함이 점점 커져갔다.

"아, 그게 말입니다. 어제 꽤 술에 취해서 들어가는 통에 불을 켜질 않았어요. 그래서 입구에 고양이가 있는 걸 알아차리지 못했고, 고양이에 발이 걸려 바닥에 넘어졌습니다. 그게 다예요."

하버드에선 거짓말을 능숙하게 하는 법을 가르쳐주지 않나 보다. 그의 눈이 이 꼬락서니가 된 이유를 난 완벽하게 파악했다. 그의 택배를 대신 받으러 간 날 집 구조를 이미 다 보았기에.

그가 다친 이유는 전적으로 내 탓이다. 하여간 이놈의 정리벽과 오지랖은 병이다. 아주 심각한 병. 차라리 나가 죽어라. 세이디 터너!

"잘못했어요."

데스의 발치에 납작 엎드리는 심정으로 사과했다. 그러자 그가 더욱 당황했다.

"아닙니다. 술 때문이라고 말씀드렸지 않습니까."

"테이블 때문인 거 다 아니까 그러지 말아요."

아무 대꾸도 못하는 데스의 반응은 내 추리가 정확했다는 증거이다. 그러니까 데스는 어젯밤 거나하게 취해서 집으로 들어갔고, 불 없는 깜깜한 방으로 들어서다 고양이에게 발이 걸려 넘어졌다. 그리고 원래는 그 자리에 없었지만 내가 좋은 위치랍시고 옮겨놓은 테이블에 눈을 정통으로 박은 것이다. 이것이 바로 어젯밤 음주 충돌의 전모이고, 내가 그곳으로 테이블을 옮겨놓지 않았다면 데스가 이렇게 다칠 일은 없었을 것이다.

"어떻게 알았어요? 꼭 현장을 목격이나 한 것처럼."

데스가 자기 방에 몰카라도 달아났나 하는 표정을 지었다.

"바닥에 넘어진다고 눈에 멍이 들 리 없죠. 차라리 코가 깨지면 깨졌지."

"그렇군요. 아아, 이럴 줄 알았으면 괜히 조깅을……."

데스가 관자놀이를 문지르며 투덜거렸다. 그런데 방금 데스가 뭐라고 했더라. '괜히'라고?

"데스……."

"예?"

"혹시 아까 그래서 날 모른 척 하고 지나가려고 한 거예요? 나 때문에 다친 걸 알면 내가 미안해할까 봐?"

비록 대답은 돌아오지 않았지만 그의 표정이 모든 걸 말하고 있었다. 미안해서 더는 어떤 말도 못한 채 머뭇거리자 데스가 웃음을 터뜨렸다.

"그러게요. 설마 당신이 해변에 나와 있을 줄은 몰랐습니다. 나 못지않게 당신도 많이 마셔서……."

"제가 숙취에 해롱거리며 쭉 뻗어 있을 거라 생각한 거네요?"

"당신이야말로 괜찮나요?"

"머리가 아프고 속이 쓰리긴 해도 당신 정도는 아닐걸요. 나는 그래도 간간히 넘어갈 수 있는 질문이 있었지만 당신은 하나도 그냥 넘어간 게 없었잖아요."

"어쨌든 당신 사촌들과 그 여자친구 분이 작정하고 내게 술을 먹인 게 확실한 것 같군요. 왠지 그럴 것 같긴 했는데."

"다들 데스에게 악감정이 있어서 그런 건 아니에요."

"그 정도는 저도 압니다. 괜한 유난 떨어서 분위기 망치기도 싫었고요."

"폰테인에게 손해배상 청구를 하세요. 재스퍼는 어차피 털어봤자 개털이니 소용없어요."

솔직히 반은 진심이었다. 그러나 데스는 전혀 뜻밖의 말을 했다.

"폰테인에게 손해배상 청구를 하라고요? 술을 먹인 건 당신 사촌들이지만 내가 다친 건 당신 때문인데요?"

아, 그런 겁니까?

나도 모르게 데스의 말투를 흉내 내며 고개를 끄덕였다. 그래, 그의 말이 백 번 지당하다. 내가 쓸데없는 오지랖을 떨어 테이블을 옮겨놓지 않았다면 오늘의 비극은 일어나지 않았을 거다.

집이라도 팔 각오로 얌전히 그의 처분을 기다리고 있는데 그의 입에서 전혀 뜻밖의 말이 나왔다.

"진짜 미안하면 내일 저녁이나 같이 하시죠."

설마 농담이겠지? 저녁 한 끼로 퉁치라고?

몸을 떠돌던 알코올이 몽땅 머리로 쏠린 듯 머리가 어질어질해지며 아파오기 시작했다.

"알겠어요. 제가 사죠. 왠지 당신이 한참 밑지는 거래 같긴 하지만요."

애써 밝게 대꾸하자 데스가 다시 정색을 했다.

"그게 무슨 말이죠? 왜 당신이 삽니까?"

"예?"

뭐지, 이 분위기는?

"내가 데이트를 신청했는데 내가 사는 게 맞죠."

"진짜 미안하면 저녁이나 하자면서요?"

"진짜 미안하면 나랑 데이트 해달라는 뜻이었죠. 남자랑 저녁 먹으러 간다는 건 대부분 데이트를 연상하지 않습니까?"

"남자랑 저녁 먹는다고 다 데이트는 아니에요."

난 게이 남자랑도 식사를 했다고요. 그것도 소개팅이라 믿고! 라는 항변은 속으로만 했다.

"좋아요. 그럼 오해의 여지가 있던 제 말을 수정하겠습니다. 진짜 미안하면 저랑 데이트 해주시죠?"

난 희망과 패닉에 동시에 빠졌다. 데이트라니. 데이트를 하자니. 수없이 많은 거절방법들이 내 머릿속을 헤매며 위험사인을 보내고 있었다.

"전 여기서 여름만 보낼 거예요. 그런데도 나와 데이트를 하겠다고요?"

나름 최선의 거절을 했다 여겼지만 데스에게는 통하지 않았다.

"저녁식사는 몇 시간 정도밖에 안 걸립니다. 글렌빌로 돌아갈 시간은 충분할걸요?"

두 시간 동안 벨하버 부티크를 뒤집고 다니는 폰테인의 뒤를 나는 정신을 외출보낸 상태로 졸졸졸 따라다녔다.

"데스가 좋아할 거야!"

그의 선언과 함께 난 가슴이 훤히 드러나고 심하게 면적이 좁은 빨간 드레스와 함께 피팅룸으로 떠밀려들어갔다. 게다가 같이 골라준 하이힐 샌들에 라인스톤이 박혀 있는 신발은 내 발조차 발가벗고 있다고 생각하게 만들었다.

"이건 누가 봐도 '난 당신에게 들이대고 있어요' 콘셉트인데?"

내 말에 폰테인이 고개를 저었다.

"절대 그럴 리 없어. 오히려 이 드레스를 보고 어떻게 벗겨버릴까만 생각할걸."

데스가 이 드레스를 벗기고 싶어 할 거라고? 데이트 신청 한 번

한 거 가지고 너무 비약이 심한걸. 그 순간 마지막으로 했던 지독한 소개팅이 떠올랐다. 역시 안 되겠다. 내 불행한 경험치에 데스를 포함시키고 싶지 않다.

"이 신발은 너무 비싸. 나도 신발 있어."

"네 옷장 안에 있는 하얀 샌들 말하는 거야? 개 같은 소리하고 있네. 그 넝마들은 전부 동네 극장에 기부해버릴 거야. 그리고 다음 목적지는 빅토리아 시크릿이야!"

데스가 데리러 오는 시간에 맞춰 준비를 하고 거울 앞에 섰다.

이번에 산 드레스나 신발 그리고 안쪽에 입은 실크들은 전혀 마음에 들지 않았다. 가슴 쪽을 살짝 올리자 드레스가 더 짧아졌다. 좋지 않아. 이런 샌들은 너무해. 운으로 백마 탄 왕자님과의 데이트권을 얻은 신데렐라의 못생긴 이복자매들처럼 샌들은 나의 가여운 발가락을 꼬집어대고 있었다. 만약에 왕자님이 나타나서 이렇게 물어보면 어떡하지?

"잠깐. 그쪽을 데리러 온 게 아니고 예쁜 사람을 데리러 온 건데 어디에 있지?"

슬슬 호흡이 거칠어지기 시작했다.

"폰테인, 나 갈아입을래. 그냥 까만색 바지를 입으면 안 될까?"

"정신 차려. 이 여자야!"

그가 야단쳤다.

"엄마랑 공예 전시회에 놀러가는 게 아니야. 이건 데이트라고! 따귀를 갈겨버리기 전에 정신 차려. 내가 진짜 그럴 수 있다는 거 알지?"

그가 그렇게 할 수 있다는 건 알고 있다. 그가 무척 아끼던 딸기 키위향 때비누 마지막 조각을 내가 다 써버렸을 때처럼 말이다.

"하여간 왜 이렇게 걱정을 사서 하는 거야? 상대는 데스잖아. 데스는 좋은 남자라고."

크게 숨을 내쉬려고 했지만 그럴 수 없었다. 드레스가 너무 끼어 터질 것만 같았다.

"알아. 그래서 더 문제야."

아랫입술을 깨물며 거의 속삭임 수준으로 조용히 말했다.

"폰테인, 만약에 그 남자가 진짜로 좋아지면 어떡하지?"

폰테인이 내 팔을 토닥거렸다.

"그러면 그냥 푹 빠져버려. 고를 수 있는 다른 길은 너무 재미없어. 그리고 네가 너무 초조해하니까 나까지 긴장되잖아. 그냥 마음 편히 먹어."

폰테인은 아래로 내려갔고 나는 내 자신을 추스르며 방에 앉아 있었다. 할 수 있어! 당연히 할 수 있지. 이번 데이트는 지난번의 마지막 소개팅처럼 재미없고 저급한 부류가 아니니까.

데스가 도착한 것 같아서 아래층으로 내려가니 아이들과 이모가 주방에 앉아 있었다. 폰테인은 문을 열어 데스를 안으로 들였다. 슈트를 차려 입은 완벽한 데스가 보였다. 하루 종일 시달린 후 줄근한 의사 가운, 새로울 것이 없는 조깅복, 혹은 무릎 위로 오는 반바지 차림의 데스만 보다가 칼같이 다린 슈트 차림의 데스를 보니 정말 그와 데이트를 나간다는 실감이 들었다.

"안녕하세요."

어색열매를 잔뜩 먹은 듯한 내 인사에 데스가 시선을 맞춰왔다. 폰테인의 들이대 콘셉트를 그가 알아차릴까 조마조마했다. 하지만 다행히도 그의 잘생긴 입매가 근사한 미소를 그렸다.

"오늘 정말 예쁘군요. 뭐, 원래도 당신은 예뻤지만……."

아무리 첫 데이트라지만 데스의 매너가 좀 과한 듯했다. 내가 원래 예뻤다고? 아직 이삿짐도 못 푼 당신 집으로 피투성이 셔츠를 입고 뛰어든 미친 여자가 바로 나였다고요!

"고마워요. 그쪽도요."

"오!"

폰테인은 자신의 손을 입으로 가져간 채 감탄을 뱉어냈다. 그리고는 이모의 말투를 그대로 흉내냈다.

"자, 어서들 가보렴. 여기는 아무 걱정하지 말고"

❦ ❦ ❦

데스는 칙과 픽쳐 레스크의 코너에 주차했다. 이곳은 벨하버의 진기한 명물 중 하나로, 주변에는 역사 깊은 건물들이 즐비했다.

데스가 먼저 그의 BMW에서 내리더니 차문을 열어주었다. 이모 집에서 나를 차에 태웠을 때와 마찬가지로. 이게 당연한 남자의 매너라 여길 이도 있겠지만 나는 아니었다. 리처드는 한 번도 차문을 열어준 적이 없었다. 심지어는 내가 차 안에서 산통을 겪

고 있을 때조차도 내 양수가 고급 시트를 적실까 봐 안절부절못
했다.

"자!"

데스가 차 안의 내게 손을 내밀었다. 내가 잠시 머뭇거리자 그
가 부드럽게 웃었다.

"힐이 근사하긴 한데 차에서 내리려면 좀 불편할 것 같군요. 그
러니 내 손을 잡고 내리는 게 좋을 겁니다."

폰테인이 왜 이런 신발을 부득불 신겼는지 이제야 이해가 갔다.
천……천잰데?

데스의 손은 조심스러웠지만 단단했으며 기분 좋은 압박감도 전
해졌다. 게다가 레스토랑으로 걸어가는 내내 손을 놓지 않았다. 나
는 소녀감성을 억누르며 손을 앞뒤로 흔들지 않으려고 노력했다.
리처드는 손잡는 것도 싫어했다. 그는 사람들이 손을 잡아서 가까
워지는 게 싫다고 했었다. 아, 이젠 리처드 생각은 그만해야지.

"초밥 좋아합니까?"

데스가 돌로 만들어진 용이 앞문을 지키고 있는 일식당을 가리
켰다.

"저랑 같이 일하는 친구 중 한 명이 이곳이 괜찮다고 했는데 당
신은 어떨지 모르겠군요."

"전 좋아요."

데스가 여전히 내 손을 잡은 채 식당 안으로 들어갔다. 우아한
분위기의 식당 중앙에는 돌로 장식된 화려한 분수대가 있었고 벽
에는 강이 보이는 커다란 창문들이 달려 있었다. 매우 아름다웠으

며 고요하고도 화려했다.

"좋은 밤입니다. 저는 손님을 담당하게 될 서버입니다. 엘리자라고 불러주세요."

"창가 옆으로 부탁합니다."

잔뜩 쫄은 나와 달리 데스는 제 집에나 온 듯 평온하게 요청했다.

"물론이죠. 혹시 예약은 하셨나요?"

"네. 맥나이트로 두 명입니다."

"아, 여기 있군요. 이쪽입니다."

그녀가 우리를 아늑한 테이블로 이끌었다. 데스가 의자를 빼서 내게 권했다. 이 남자는 우아한 억양만큼이나 매너가 몸에 배어 있는 듯했다. 이런 근사한 남자가 왜 내게 데이트를 신청했는지 이상할 정도로.

잠시 후 웨이트리스가 나타나 가죽커버로 된 메뉴판을 건네주었다. 그녀의 머리는 갈대처럼 아름다웠고, 가슴은 중력의 영향도 받지 않았으며 허리는 성냥처럼 가늘었다. 도대체 이 레스토랑은 직원을 어디서 뽑기에 전부 란제리 모델 같은 걸까? 멀쩡한 남자라면 누구나 이런 여자에게 눈길이 가겠지.

"세이디……."

날 부르는 데스의 목소리에 문득 정신이 들었다. 웨이트리스에게 고정되어 있던 시선을 데스에게 돌리니 그가 마치 처음부터 내게만 시선을 고정하고 있었다는 듯 내 눈을 보았다.

"강요하는 것 같아 좀 싫지만 어쩔 수 없이 이건 빚 탕감이라는 걸 당신에게 상기시켜야 할 것 같습니다."

그렇지. 이건 빚 탕감이다. 데이트가 아니라. 내가 괜한 헛꿈을 꾸지 않게 못 박아주는 데스가 나름 고마우려고 했다. 다음에 이어진 그의 말만 아니었다면 말이다.

　"그러니까 내게 집중해줄래요? 날 앞에 두고 웨이트리스만 보는 데이트 상대를 지켜보는 기분이 가히 좋지는 않습니다."

　"예쁘잖아요. 글래머고. 여자인 내 눈에도 예쁜데 남자들은 오죽할까요. 대부분의 남자들은 저런 여자를 좋아하잖아요."

　"눈이 즐거울 수는 있겠지만 모든 남자들이 저런 타입을 좋아하는 건 아닙니다."

　그런 건가? 모든 남자가 좋아하는 건 아니라고? 아무래도 리처드가 내 판단 기준을 참으로 저질스럽게 낮춰 놓았나 보다.

　리처드는 수시로 웨이트리스들에게 들이댔다. 그 점을 지적할라치면 그런 게 더 좋은 서비스를 받는 방법이라며 말도 안 되는 멍멍이 소리를 해댔다. 그리고 난 단 한 번도 그에게 그 좋은 서비스라는 게 어떠한 서비스를 말하는지 용기내어 물어보지 못했다.

　"어쨌든 지금부터라도 내게 집중해줘요. 나는 이 빚을 확실히 받아낼 생각입니다."

　"알겠어요. 오늘 저녁은 성심을 다해 빚 탕감에 힘쓸 거예요. 그러려고 왔고요."

　내 말에 데스의 시선이 내 붉은 드레스를 훑었다. 그 순간 그의 입술 끝이 야릇하게 올라갔다. 어, 저 남자 저런 표정도 지을 줄 아네? 게다가…… 저 표정이 죽여주게 멋있다.

　"미리 이야기해두지만 이번 한 번으로 퉁칠 생각은 아예 하지도 마십시오. 아무리 당신 드레스가 근사해도 내 부상은 꽤 심각해서 1회성 데이트로는 탕감이 불가능합니다."

테스가 장난기 어린 표정을 지으며 아직도 멍이 남아 있는 그의 눈에 손가락을 가져다댔다. 하지만 나는 그 시점부터 그의 장난을 받아줄 기분이 싹 사라졌다.

"전 이번 데이트로 끝인 줄 알았어요."

"그럴 리가요. 난 당신이 생각하는 것보다 훨씬 더 계산이 철저한 사람입니다."

"그럼 몇 번이나 더 당신과 데이트를 해야 하죠?"

"아직 내 부상에 대한 완벽한 처방전이 안 나왔습니다. 하지만 이게 끝이 아니란 것만은 확실하죠. 난 당신과 계속 데이트를 할 거고, 오늘의 데이트는 그 시작일 뿐입니다."

참으로 묘한 기분이었다. 테스는 나와 또 데이트를 하고 싶어 하고 있다. 그런 그의 행동이 싫으냐고 묻는다면 내 대답은 당연히 '아니다'이다. 그는 정중하고, 잘생겼고, 웨이트리스에게 들이대지도 않는다. 이런 남자가 데이트를 하자는 데 싫다면 그게 더 이상한 거 아니겠는가. 그럼에도 내 맘 속은 설렘과 불안이 마구 뒤엉켰다. 과연 이 남자와 계속 이런 관계를 이어가도 될까? 이 남자의 본 모습이 과연 지금까지 내가 본 그 모습 그대로인 건 맞을까? 이 남자 또한 제2의 리처드로 변해가지는 않을까?

내 상념을 알 리 없는 데스가 와인리스트를 펼치며 물었다.

"레드 아니면 화이트?"

나에게 묻는 건가? 리처드는 언제나 자기가 마시고 싶은 걸로 주문해버렸는데. 이런 제기랄! 오늘밤은 굿을 해서라도 리처드를 머리에서 제거해버리고 말겠어.

"전 와인을 잘 몰라요. 그냥 당신이 골라주면 안 될까요?"

"그럼 이건 어때요?"

데스가 꽤나 비싼 와인을 가리켰다. 난 이런 비싼 와인도 싸구려 와인처럼 단번에 마셔버릴 수 있는 사람이었다. 나 같은 와인 무식쟁이에게 이런 고급진 와인이 가당키나 하나 싶었지만 차마 싼 걸 주문하라는 말은 할 수 없었다. 내 입맛이 싸구려라고 데스에게까지 내 입맛을 강요할 수는 없는 노릇 아닌가.

데스가 와인을 주문하고 난 메뉴판을 보기 시작했다. 캘리포니아 롤을 빼고는 대부분 암호 같아서 뭘 시켜야 할지 도무지 알 수가 없었다.

"어떤 게 좋습니까?"

데스가 묻자 난 거짓말을 했다.

"제가 보기엔 다 좋아 보이네요."

와인이 도착하자 데스가 잔을 들어 음미하는 반면 난 재빨리 한 모금 마셔버렸다.

"이런 세상에. 미안해요."

재빨리 그의 잔에 건배를 했다.

"무엇을 위해 할까요?"

데스가 사용할 단어를 생각하듯이 잠시 멈추었다.

"새로운 친구를 위하여."

친구라는 데스의 표현에 실망하는 나 자신에게 더 실망하며 와

인을 한 모금 더 삼켰다. 그리고는 억지로 웃으며 그와 잔을 마주
쳤다.

"물론이죠. 새로운 친구를 위하여."

생각 없이 하는 이런 저런 일상적 대화가 오고갔다. 예를 들면
레스토랑이 얼마나 예쁜지, 날씨가 얼마나 좋은가 하는 것들이었
고 그리 나쁘지 않았다. 이 정도는 나도 할 수 있다.

하지만 다시 메뉴판을 들여다보는 동안 잠시의 심적 평화가 깨
지고 말았다. 사실 난 문어를 아주 싫어한다. 그런데 이런 암호 같
은 메뉴 중에 만약 문어가 있다면? 그리고 내가 모르고 시킨 메뉴
의 메인이 문어라면? 생각만 해도 끔찍했다. 어쩔 수 없다. 자백
만이 살 길이다.

"저어, 고백할 게 있어요."

"뭐죠?"

"저 사실 한 번도 초밥을 먹어본 적 없어요."

"초밥을 한 번도 먹어본 적이 없다고요?"

"네. 단 한 번도 말이죠."

"그게 어떻게 가능하죠? 날 걸 안 좋아하십니까?"

"리처드는 생선을 싫어했어요. 밥도 아시아 사람들도 싫어했죠.
멕시코 사람들도 아시아 사람처럼 생겼으면 싫어했어요."

"전염병의 개념도 모르는 걸로 모자라 인종차별까지 한단 말인
가요? 그렇게 최악의 옵션을 줄줄이 달고 사는 사람이 있다는 것
자체가 신기하군요."

그가 메뉴판을 덮었다.

"다른 곳으로 가는 게 좋겠습니다. 제가 큰 실수를 했군요."

"아니에요. 밥이나 생선 모두 좋아해요. 솔직히 어떤 것을 주문해야 할지 감이 안 와서 그래요."

"혹시 못 먹는 것은 있습니까?"

"문어만 아니면……."

다 큰 어른이 편식하는 모양새인 게 창피해서 저도 모르게 데스의 시선을 피했다.

"그럼 이걸 시키면 되겠군요. 참치, 새우, 광어……. 흐음. 문어는 없습니다. 그리고 곁들이는 술로는 사케가 어떨까요?"

"예, 좋아요. 그걸로 할게요."

메뉴가 결정되자 데스는 웨이트리스를 불러 주문을 했다. 그리고 나는 알았다. 나와 식사를 함께하는 남자가 군이 웨이트리스에게 들이대지 않아도 우리는 충분히 좋은 서비스를 제공받을 수 있다는 것을. 망할 리처드, 정말 진심으로 너를 죽여버리고 싶어.

테이블은 서서히 주문한 음식들로 채워졌고 우린 이야기를 나누며 사케와 초밥을 즐겼다. 오늘 밤은 내가 생각했던 것보다 훨씬 더 완벽했고, 데스는 내가 원래부터 매력 있고 아름다운 여자인 것처럼 느끼게 해주고 있었다.

"데스는 여자 형제가 셋이라고 했죠? 그분들은 뭘 하세요?"

데이트에 가서 나불나불 애들 이야기나 꺼내는 바보 같은 짓은 절대 해선 안 된다는 폰테인의 충고를 떠올리며 그에 대해 아는 아주 하찮은 정보를 풀어놓았다. 아무래도 이 주제가 다른 것들보다 훨씬 안전하고 좋을 것 같았다.

"다들 비슷합니다. 누나 보니는 소아과 의사고 바로 아래 여동생인 샤넌은 선생님, 그리고 막내 로빈은 박물관 큐레이터죠. 남자 형제는 없습니다."

"한 집 안에 의사가 둘이나 되다니, 든든하겠네요."

"부모님이나 친척들에겐 그럴 수도 있지만 저는 힘들었습니다. 보니와 저는 어렸을 때부터 일종의 경쟁 관계였어요. 보니가 하버드에 들어가면 나도 하버드, 보니가 의대로 가면, 나도 의대. 매번 이런 식이었죠. 처절한 경쟁이 낳은 결과라고 할 수 있지요."

"말은 경쟁이라고 하지만 두 사람 굉장히 친해 보이는데요?"

"어쨌든 가족이고 형제니까요."

데스는 씹는 걸 끝내고 대꾸했다. 리처드는 언제나 입안이 가득한 채 말했지만 데스는 그러지 않았다. 이 또한 신선한 충격이었다.

"가족들끼리 친한 것 같은데 자주 만나나 봐요?"

"원래는 그랬는데 일 때문에 지난 몇 년간 이사를 많이 다녀서 자주 못 만났습니다. 말하고 나니 다들 보고 싶어지네요."

"지금 하고 있는 대리 의사 일 때문에요?"

"솔직히 말하자면, 이혼 후에 어디로 가야 할지 몰라서 갈팡질팡하고 있었습니다. 시카고가 고향이지만 내겐 휴식이 필요했어요."

충분히 공감 가는 말이었다. 내가 끄덕이는 사이, 데스가 다시 잔을 채워주었다.

"그 시기에 여기저기서 스카우트 제의가 들어왔습니다. 그러던

중에 친구가 마음에 드는 곳이 나타날 때까지 대리 의사를 한번 해보라고 조언해주었습니다. 그때만 해도 반신반의했는데 지금은 그 말 듣기를 잘 한 것 같아요."

"이곳이 마음에 드나 보네요. 다행이네요."

데스가 수수께끼 같은 미소를 지으며 답하기 전에 와인을 살짝 마셨다.

"아주 매력적입니다. 계속 알아보고 싶을 만큼."

그 순간 나는 사레들린 기침을 연달아 토해냈다.

대화는 다른 주제들로 넘어갔다. 데스에게 전문적으로 정리하는 일을 시작했다고 하자 그는 예의바르게 흥미롭다는 듯 들어주었다. 대화 중 데스의 젓가락 스킬을 따라 해보려 했지만 너무 어려웠다. 접시 위에서 젓가락으로 초밥을 이리저리로 밀어댈 뿐이었다. 그래서 데스가 쳐다보지 않을 때 재빨리 손가락으로 초밥을 집어 입안에 넣었다. 사케 잔은 전혀 문제가 없었다. 젓가락에 비해 너무 쉬워서 계속 마실 수밖에 없었다.

상처가 까맣게 멍든 자국 때문에 데스는 더욱 더 튀어보였다. 멍 자국은 데스를 진짜 사람처럼 보이게 만들었다. 그는 더 이상 아름답고 반짝거리며 바닷가에서 내 옆을 뛰어다니는 이름 없는 사람이 아니었다. 난 분명 이 사람에게 무섭게 끌리고 있었다.

하지만 끌리는 마음만큼이나 불안감이 엄습했다. 왜냐하면 난 더 이상 누군가를 좋아해서는 안 되기 때문이었다. 절대적으로 불합리했으며 논리적이지 못하고 지혜롭지도 못한 행동이며, 무엇보다도 내 계획에는 없던 일이었다.

나는 마지막 남은 사케를 단번에 비워버렸다. 혼란스러웠다. 이 혼서류에 도장을 찍은 후 더 이상은 혼란이 없을 줄 알았다. 그런데 아무래도 내가 잘못 생각한 모양이다.

"세이디, 나는……."

데스가 뭔가 중요한 걸 말하고 싶은 듯 말끝을 흐리며 내게 몸을 기울여왔다. 듣고 싶은 마음 반, 듣기 싫은 마음 반으로 말없이 그의 말을 기다리고 있는데 갑자기 데스가 움찔 놀라며 자세를 바로 했다. 그의 시선이 향한 곳을 바라보자 어떤 여자가 서 있었다. 그녀는 키가 크고 밝은 금발이었으며 섹시한 입술로 유혹적인 미소를 짓고 있었다.

"데스, 대체 어디에 꽁꽁 숨어 있나 했더니 여기서 만나네요? 그리고 눈은 또 왜 그래요?"

여자가 데스에게 바싹 다가오더니 그의 귀 옆에 입을 맞췄다. 그러자 데스가 그녀를 살짝 밀어냈다.

"숨어 있던 것은 아닙니다. 다만 전화할 시간이 없었을 뿐."

"그랬었군요. 하지만 그 제안은 오래 끌 수 없어요."

예고 없이 던져진 차가운 현실은 날 상상할 수 없이 불쾌하게 만들었다. 그리고 리처드와 데스를 비교하지 않으려 애썼지만 결국은 리처드와 있을 때를 떠올리게 하는 똑같은 상황이 벌어지고 말았다. 여자의 몸짓은 둘이 연인 관계였다고 주장하는 것 같았고, 만약 아니라면 그걸 원하고 있었다. 여자는 눈이 돌아갈 정도로 아름다웠다. 그에 비해 나는 두 아이의 엄마에다, 제왕절개 수

술자국에 240파운드의 전남편이 등에 매달려 있었다. 나는 절대로 저 여자를 이길 수 없다. 아니, 저 여자는 애초에 나를 경쟁상대로도 여기지 않았을 것이다.

"그런데 동행 분은 누구시죠?"

그녀가 곱게 매니큐어로 손질한 손을 내밀었다.

"안녕하세요. 저는 라일리 서머즈라고 해요."

"서머즈 씨, 이쪽은 제 이웃입니다. 보다시피 저녁을 막 끝내던 중이니 이만 자리 좀 비켜주십시오. 그 일은 나중에 얘기하는 게 좋겠습니다."

나를 이웃이라고 소개하는 데스 앞에서 절망 비슷한 걸 느꼈다. 그는 분명히 나에게 데이트를 하자고 했다. 하지만 저 미녀에겐 이웃이라고 소개하고 있다. 이로써 데스가 나한테 마음이 있는 게 아니란 사실이 확실해졌다. 이 남자의 진지하고 아름다운 초록빛 눈동자에 빠져 헛물을 켠 내가 바보였을 뿐.

순간 내 자신이 너무 한심해서 지금껏 마신 사케와 와인이 역류할 것만 같았다.

"방해해서 미안하지만 꼭 전화 주세요. 우리 이야긴 아직 마무리 안 된 거 당신도 알죠?"

데스가 고개를 끄덕였다.

"알고 있습니다. 전화 드리죠."

라일리는 뱀처럼 사라져버렸다. 저 여자, 드레스 안에 아무것도 안 입었다.

"미안합니다. 우리 어디까지 얘기했습니까?"

"내가 하찮은 당신 이웃이라는 데까지요"라는 말을 이글거리는 눈빛으로 대신했다.

"세이디, 혹시 화났습니까?"

"내가요? 아닌데요."

"그래요? 내가 보기엔 꼭 화난 것 같은데."

사실 나는 화를 내서는 안 된다. 내는 게 오히려 이상한 거다. 데스는 나를 가볍게 본 게 아니었다. 이 지루한 시골 구석에서 잠시 놀 여자를 구한 것은 더더욱 아니었다. 그는 그저 내가 불쌍했을 뿐이다. 미친 여자 같은 이모와 같이 사는 불쌍한 이혼녀에게 즐거운 추억을 만들어주고 싶었을 것이다. 그는 좋은 남자지만, 그의 다정함은 지금 이 순간 나를 더없이 비참하게 만들고 있었다.

"데스, 세이디, 안녕?"

머리 위로 재스퍼의 목소리가 들렸다. 멀리에서 들리는 거 같았는데 어느새 우리 옆에 서 있었다. 그래, 저 오지라퍼들이 웬일로 얌전한가 했지. 폰테인은 샹들리에 위에 숨어 있어? 이모는 혹시 이 테이블 아래에 숨어 있는 건 아니고?

눈알이 빠질 듯 아프다 싶더니 양쪽 뺨에 뜨끈한 무엇인가가 느껴졌다.

"세이디, 너 울어?"

재스퍼가 놀라 소리친 순간 난 모든 제어를 놓아버렸다. 내 두 뺨이 눈물임이 확실한 물기로 흥건히 젖어들었다.

"데스, 너 세이디에게 도대체 무슨 짓을 한 거야? 왜 세이디가 울고 있냐고!"

재스퍼가 당장이라도 데스의 멱살을 잡을 기세로 소리쳤다. 그러자 데스는 말없이 일어나 내 의자를 뒤로 뺐다. 그리고 내 어깨를 잡아서 끌어올렸다.

"갑시다, 세이디."

"데스, 내 말에 대답해. 세이디가 왜 우냐니까? 대답 안 해?"

재스퍼가 데스의 어깨를 거칠게 잡았다. 그러자 식당 안 모든 사람들의 시선이 우리에게 집중되었다.

수군거림과 호기심 어린 시선들과 망할 재스퍼! 다들 왜 이러냐고! 데스는 죄가 없어. 이건 다 헛물켠 멍청한 네 이혼녀 사촌 탓이라고.

"재스퍼, 내 어깨에서 손 떼. 세이디가 술이 약한 것 같으니 세이디를 집에 데려가서 좀 쉬게 하는 게 우선이야. 자세한 건 나중에 이야기하는 게 좋을 것 같군."

데스의 목소리가 어찌나 싸늘한지 모골이 송연할 지경이었다. 이로써 확실해졌다. 데스와의 인연은 정말 여기서 끝이다. 데이트를 온 한 쌍 중 여자는 울고 그 여자의 남자 사촌은 갑자기 나타나 상대 남자에게 멱살잡이라도 할 듯 행패 부리며 소리를 질러댄다.

이 현장을 목격한 많은 이들이 각자가 상상할 수 있는 모든 가설을 안주 삼아 떠들어댈 것이다. 그들이 어떤 결론을 내리던 데스에게 망신살이 뻗칠 것은 분명한 사실이었다. 내가 데스라면 나는 세이디 터너를 절대 용서하지 못할 것이다. 만정이 떨어져 그림자도 보기 싫을 것이다.

폰테인이 골라준 이 망할 샌들은 착화감이 그야말로 거지같았다. 한 걸음 한 걸음 뗄 때마다 발이 너무 아팠다. 다리를 얻은 대신 걸을 때마다 발바닥을 칼로 찔리는 듯한 고통을 받은 인어공주가 된 기분이랄까? 그래서 주정뱅이만이 가능한 객기를 부렸다. 쓸모없는 신발을 벗어 던지고 맨 발로 걷기 시작했다.

하지만 잠시 후 고통은 사라졌다. 등 뒤로 날 안아 올린 데스 덕분이었다.

"이거 놔요!"

술에 절어 쩍쩍 갈라지는 목소리가 내 것이라는 사실에 더욱 서러워졌다. 허공에 뜬 발을 마구 버둥거렸다. 망할, 이 와중에도 이 남자의 큰 키를 매력으로 느끼는 내가 싫다.

"나 갈 거야. 집으로 갈 거라고!"

버둥거릴 힘까지 빠지자 나는 다시 훌쩍거리기 시작했다.

"데려다 드리겠습니다. 그러니 진정해요."

"나…… 혼자 갈 거야. 혼자서도 갈 수 있어."

"그건 무립니다. 많이 취했어요."

"나 안 취했어! 흐윽…… 안 취했다고."

내가 다시 버둥거리자 그가 날 안은 팔에 더욱 힘을 주었다.

"제발 부탁이에요……."

축 늘어진 내 몸만큼이나 내 목소리도 힘없이 늘어져 있었다.

"그냥…… 날 보내줘요. 난 그냥 이웃이잖아요. 이웃한테 이런 예의 차릴 필요 없다고요……."

"싫은데요."

등 뒤에서 울리는 데스의 속삭임이 마치 "오늘의 개망신, 반드시 피의 복수로 되돌려주지!"로 들렸다면 내가 너무 과민한 걸까?

"이웃이니까 더더욱 당신을 이렇게는 못 놔두겠네요, 세이디."

데스는 나를 강제로 차에 태워, 곧바로 이모 집까지 직진했다. 그가 차를 세우기 무섭게 나는 문을 열어젖혔다. 옷단이 발에 걸려 꾸깃꾸깃 구겨 쥐고는 비틀비틀 차에서 내렸다. 이 망할 드레스. 내일 술이 깨면 확 불살라버릴 거야!

데스가 운전석 문을 여는 소리가 나자 마음이 더 급해졌다. 허겁지겁 문 쪽으로 걸음을 옮겼다. 더 이상 추한 꼴을 보였다가는 이 동네에서 얼굴을 들고 살 수 없을 듯했다.

"세이디!"

데스가 뒤에서 불렀지만 못 들은 척했다.

"그래도 신발은 가지고 가야죠."

놀라 아래를 보니 시커멓게 변한 내 꼴불견 맨발이 보였다. 어쩔 수 없이 뒤를 돌아보니 데스가 트리 장식인 양 내 샌들을 손가락에 걸고 달랑달랑 흔들고 있었다. 젠장, 차에 놓고 내렸나 보다. 저 망할 샌들을 다시는 신을 생각이 없지만 그래도 오늘 산 새 신발이었다. 최소한 저건 도디 이모가 살사 추러 갈 때는 유용할 것이다.

차마 떨어지지 않는 발을 떼서 데스의 앞에 멈춰 섰다. 얼른 손을 뻗어 내 샌들을 낚아채려 했다. 하지만 그러지 못했다. 데스가 재빨리 뒤로 물러선 탓이었다. 샌들을 낚아채려면 나도 그가 물러선 만큼 다가가야 했지만 그러기는 싫었다. 그래서 팔만 더 길게 뻗었다. 하지만 그가 또 물러서는 통에 내 손가락 끝은 안타깝게도 샌들의 큐빅 장식만 툭 건드렸을 뿐이다.

장난치지 말라고 버럭 소리치고 싶었지만 지금껏 내가 벌인 추태를 생각하면 도무지 그럴 용기가 나지 않았다. 어쩔 수 없이 더 길게 팔을 뻗자 그가 또 한 걸음 뒤로 물러섰다. 결국 나는 중심을 잃으며, 팔을 뻗은 그 자세 그대로 하체만 무너지면서 바닥에 야무지게 무릎을 찧고 말았다.

"하읍!"

무릎이 봉창 나는 것 같은 통증에 절로 비명이 나왔다. 데스가 좋은 남자라고 한 거 오늘부로 취소다. 좋은 남자는 절대 예쁜 신발로 여자를 꼬드기지 않아.

"많이 아파요?"

"그럼 안 아파요?"

확 짜증을 내며 고개를 들었다. 그런데 이상하게 데스의 아름다운 초록빛 눈이 내 시선과 나란히 보였다. 그의 키가 나보다 훨씬 큰데 이게 무슨 영문인가 싶어 아래위로 훑어보았다. 알고 보니 어린 사내아이가 재밌는 구경이라도 만난 듯 그가 무릎을 접은 채 쪼그리고 앉아 나를 응시하고 있었다.

데스가 느리게— 아마 내 눈에만 그렇게 보였을지도 모른다— 손을 들어 꼴사납게 젖은 내 뺨에 손을 가져다댔다. 그리고 마치 우는 아이를 달래듯 다정하게 쓰다듬었다.

"난 말이에요, 세이디. 좀 많이 재미없는 사람이에요. 쓸데없이 진지하고요. 날 아는 사람들은 모두 나를 그렇게 여겼고, 나도 내가 실제로 그렇다고 생각했어요."

당신, 그런 꼴로 앉아, 그런 손짓으로 날 만지면서, 왜 이런 말을 하는 거야? 이런 상황에서 웬 고해성사냐고! 그리고 난 신부님도 아니야. 애 둘 딸린 신부 봤어?

"그런데 이상해요. 당신과 있으면 자꾸 장난을 치고 싶어져. 난 유치원 여자 동급생의 치마도 들춰본 적 없는 데 말이에요."

그랬겠지. 내가 좀 많이 만만하거든. 요즘 세상에 보기 드문…….

데스가 먼저 일어서더니 내 겨드랑이에 손을 넣어 쑥 일으켜 세웠다. 그리고는 내 어깨를 잡아 돌려 앞문 쪽을 향하게 만들었다.

"그럼 잘 자요, 세이디."

10

녹슨 바늘로 뇌를 찌르는 듯한 극심한 두통을 느끼며 일어났다. 몸을 뒤집자 울렁거리는 속과 함께 어젯밤의 수치스러웠던 행동들이 머릿속을 잠식해왔다. 떠올리는 것만으로도 온몸에 소름이 쭉쭉 돋았다. 머리에 족제비를 올려놓은 채 나체로 호키포키 춤을 추는 유투브 비디오가 어제 내가 부린 추태보단 훨씬 덜 부끄러울 것 같았다. 데스는 분명 날 사이코라고 생각할 거다.

창문 밖으로 보이는 파란색 하늘과 밝은 햇살이 날 놀리고 있었다. 살기가 치밀 정도로 좋은 날씨였다. 새삼 밀려드는 서러움과 부끄러움에 울기 시작했다. 어제와 같은 오늘이 너무나 싫고 혼자 있기도 싫지만 바꿀 용기도 내지 못하는 나는 더 끔찍했다.

"엄마?"

페이지가 화장실 문을 열고 빠끔히 쳐다보기에 얼른 눈물을 닦아냈다. 이러지 말자. 난 혼자가 아니다. 내겐 페이지와 조던이 있다.

"들어와, 우리 아기."

힘없이 손을 흔들자 페이지가 날쌔게 내 품으로 뛰어들었다.

"데스 아저씨랑 재밌게 놀았어?"

"물론이지"

꼭 필요하지 않다면 어떤 진실은 감추는 편이 낫다. 조금 더 아기처럼, 공주님처럼 순진했으면 좋겠다.

"아저씨랑 뭐 했어?"

"레스토랑에서 저녁 먹었어."

"마카로니랑 치즈 먹었어?"

"아니, 생선."

"윽, 생선은 싫어. 디저트로는 아이스크림?"

"아니."

"흠."

딸이 날 말끄러미 보았다.

"엄마 눈 완전 뚱뚱해."

그러니까 페이지의 말은 내 눈이 꼴사납게 부어 있다는 거지?

"그냥 피곤해서."

"왜 피곤해? 아침인데?"

내 눈이 부은 이유를 딸에게 어떻게 설명해야 할까? 그건 네 아빠가 끔찍한 남자라 앞으로의 내 인생까지 망쳐버린 개자식이라는 게 새삼 떠올라서? 아니면 평생 동안 솔로로 돌진하는 총알 열차를 탄 상태가 너무 암담해서? 아니면 남자는 여자를 보고 아주 좋아하는 척을 해도 언제나 그의 눈은 다른 여자를 보고 있다는 진실을 새삼 깨달아서? 이 모든 게 사실임에도 딸에게 해줄 수 있는 답이 없다는 현실이 날 또 서글프게 만들었다.

"조던은 어디에 있니?"

"아랫층에서 폰테인 삼촌이 요가 하는 걸 보고 있어."

"아, 요가. 알았어. 하여간 옷 갈아입고 나갈게. 내려가 있어, 금방 따라갈게."

난 이불을 차버리고 깊게 숨을 내쉬었다.

"수영하러 가도 돼요?"

"생각 좀 해보자. 오늘 날씨도 별로고."

"말이 다르잖아! 데스 아저씨는 오늘이 수영하기 딱 좋은 날이라고 했는걸."

순간 울렁거림이 입으로 넘어올 뻔했다.

"데스가? 언제 그런 말을 했는데?"

"오늘 아침."

"오늘 아침에 데스랑 이야기했단 말이야?"

뇌 속의 뉴런들이 사방으로 튀어대기 시작했다. 이러면 논리적인 사고를 할 수가 없다.

"데크에서 아침 먹을 때 조깅하는 아저씨랑 만났어."

딸이 꿈틀대며 내 품에서 벗어났다.

"데스 아저씨가 뭐라고…… 했어?"

불안한 예감이 구토가 되어 돌아올 것 같았다.

"'안녕, 페이지. 안녕, 조던.'이라고 했어. 그리고 폰테인 삼촌에게도 '좋은 아침, 폰테인?'이라고 했고."

"그게 다야?"

이상하다. 그걸로 끝났을 리 없는데.

"나머지는 삼촌하고만 얘기해서 몰라. 둘이 막 웃길래 무슨 이야기 하냐고 했더니 어른들의 대화라고 하던데."

내 딸의 말로 추론해보건데, 폰테인까지 어젯밤 내가 저지른 추태를 알게 되었다는 거군. 그래, 차라리 잘 됐다. 내 입으로 그 말을 하느니 차라리 데스의 입으로 전해지는 게 낫지.

"데스 아저씨는 아직도 아래에 있어?"

페이지가 고개를 저으며 문 밖으로 나갔다.

"아니. 갔어."

일광욕실에서 웅성대는 소리가 들려왔다. 그들에게 들키지 않으려 발끝을 세우고 조심조심 내려갔다. 누가 보기 전에 두통약과 커피를 챙기면 조용히 방으로 돌아가 쉴 수 있을 것이다. 하지만 엄지발가락이 주방 바닥에 닿기 무섭게 폰테인이 연예인이라도 본 듯 나를 덮쳤다.

"어이, 거기 아가씨! 어제저녁 데이트는 어땠어?"

"망할! 알면서 왜 물어! 신종 고문법도 아니고."

태연하려 애쓰며 커피 잔을 쥐었다.

"그게 무슨 소리야? 고문이라니? 누가 누굴?"

"시치미 떼지 마! 내 추태를 다 들었으면서 계속 이러기야."

폰테인의 찡그린 이마가 더 높게 올라갔다.

"뭘 알고 있다는 거야? 어떻게 된 건데?"

커피포트를 제자리에 놓고 커피를 한 모금 마셨다. 뜨거운 커피가 목을 태우며 내려갔지만 건조함은 여전했다. 나는 충혈된 눈으로 폰테인을 쳐다봤다.

"데스랑 아까 이야기했다며. 그럼 다 알고 있을 거 아니야."

"무슨 소리야? 데스는 아무 말도 안 했어."

"데스가 진짜 아무 말도 안 했어?"

뭐지, 이건? 리처드는 언제나 내 실수를 크게 떠벌리고 다니며 나를 우습게 만들곤 했는데.

"데스는 그냥 좋은 시간을 보냈다고 말했다고. 대체 이게 무슨 일이야?"

"울었어."

"뭐라고?"

"어린애처럼 울었다고."

사실대로 말하는 게 좋을 것 같았다.

"왜? 왜 그런 건데?"

"그냥 30퍼센트는 좀 많이 마신 사케 탓, 나머지 70퍼센트는 때마침 데스에게 아는 척을 한 예쁜 여자한테 날 그냥 이웃이라고 소개한 탓? 그래, 아마 그런 것 같아."

그 순간 우리의 머리 위로 쿵쾅거리는 소리가 들려왔다. 재스퍼가 계단을 두 개씩 내려오고 있었다. 내 추태를 맨 정신으로 본 목격자의 등장에 등골이 서늘했다.

"다들 말도 마. 어제 세이디 저 녀석 아주 장난이 아니었어. 내가 봤어! 다 봤다고!"

이제 어제 저녁 내 추태에 대한 완벽한 부검이 가능해졌다.

재스퍼가 이모의 볼에 뽀뽀하고 폰테인의 귀를 튕긴 뒤 나를 보며 인상을 찌푸렸다. 그리고는 자신의 컵에 커피를 따랐다. 폰테인은 팔꿈치를 테이블 위에 올려놓고 손가락을 꼬았다.

"좋아, 그러니까 어젯밤의 전모를 들어보자고. 재스퍼, 말해! 세이디가 정말 울었어?"

"응, 아주 미친년처럼."

"그 정도까지는 아니었어."

억울한 마음에 얼른 항변했다.

"사람이 그렇게 추하게 울 수 있다니. 정말 상상 그 이상이었어. 숨이 깔딱깔딱 넘어가는 걸로 모자라 딸꾹질까지 했어. 완전 실성한 사람처럼."

내가 정말 그랬다고? 그럼 데스 눈에도 내가 실성한 년으로 보였겠네?

"더 최악인 건…… 세이디가 테이블보에 코를 닦았어."

헉, 그거 냅킨이 아니었어?

"설마, 아무리 취했어도 사람이라면 테이블보와 냅킨을 구별 못할 리 없잖아?"

폰테인이 믿어지지 않는다는 듯 고개를 저었다.

"내 말이! 원래 난 데스가 세이디를 울린 줄 알았거든. 그래서 데스를 칠 뻔했다고. 그런데 세이디 앞에 놓인 바닥난 술병과 세이디가 테이블 보에 코를 닦는 걸 본 순간 깨달았지. 데스가 주정뱅이를 상대하느라 아주 진을 쭉 빼고 있었다는 걸. 세이디가 테이블보를 당기는 와중에도 데스는 반대쪽에서 잔이 넘어지지 않게 잡고 있었어. 테이블 위의 접시랑 그릇, 그리고 잔들이 다 쏟아졌다고 생각해봐. 생각만 해도 끔찍하지 않아? 나라면 만정이 떨어졌을 텐데 데스는 세이디를 집에 데려다주기까지 했어. 이거야말로 천사의 강림이지."

말도 안 돼. 이보다 더 쪽팔릴 수가 있다니. 그런 건 하나도 기억이 안 난다. 하얗게 질려버린 나를 도디 이모가 꼭 껴안아주었다.

"걱정하지 마라, 얘야. 그럴 수도 있지. 데스는 이해할 거야."

그럴 리가요. 내가 데스라도 나 같은 여자는 사절이에요.

"그래, 세이디. 힘내. 오늘 아침에도 데스가 왔다갔는걸. 정말 너한테 만정이 떨어졌다면 굳이 우리 집에 들렀겠어? 그리고 사람에 따라서는 테이블보에 코를 닦는 것도 귀여워 보일 수 있어."

실낱같은 희망의 눈길로 폰테인을 바라보는데 재스퍼가 끼어들어 산통을 깼다.

"그건 아니지. 제정신이라면 그걸 어떻게 귀엽다고 생각하냐? 사촌인 내가 봐도 역겹던데."

"그런데 왜 울었던 거니?"

이모가 내 등을 어루만지며 물어왔다.

"비참해서요."

"어떤 점이?"

"그 여자에게 날 이웃이라고 소개했어요. 데이트 하자고 데리고 가놓고선……."

"그럼 네가 이웃이지 뭔데? 그게 어떻게 울 이유가 돼?"

재스퍼가 어이없다는 듯 혀를 끌끌 찼다.

"그러니까! 난 그 사람에겐 그저 한 끼 식사로 위로를 건네주고 픈 불쌍한 이혼녀일 뿐이었다고. 난 그것도 모르고 데이트랍시 고 들떴고. 그런 내가 너무 비참해서 눈물이 나는 걸 나더러 어 쩌라고!"

나는 다시 훌쩍거리기 시작했다. 폰테인은 사뭇 딱하다는 표정 을 지었고, 재스퍼는 한심하다는 듯 고개를 저었다. 그리고 이모 는 다시 내 등을 토닥여주었다.

❧ ❧ ❧

"폰테인, 이거 안 보여? 여기에 이렇게 적혀 있잖아. 여기는 유 기농 달걀을 넣어두는 곳이야. 머스터드소스를 넣어두는 장소는 이 아래라고."

내가 라벨지가 부착된 선반을 두드리자 폰테인은 가운뎃손가락 으로 코를 긁었다.

"세이디, 혹시 강박장애라는 게 무슨 뜻인 줄 알고 있어?"

"날 강박장애로 몰고 싶은 모양인데 꿈 깨. 이 집을 정리해보라 고 한 건 바로 너야."

"그때만 해도 이런 지뢰밭을 만들 줄 몰랐지."

"닥치고 머스터드소스를 제자리에 넣어둬. 그럼 아무도 다치지 않을 거야."

"좋아. 네 말에 따를 테니 너도 데스에게 전화해."

"그거랑 이거랑 무슨 상관인데?"

"이렇게라도 안 하면 넌 영원히 데스를 안 볼 기세니까."

"이 참에 인연이 끊기면 더 잘 된 거지. 그 남자를 볼 때마다 내가 부린 추태가 떠오를 테니 말이야. 게다가 그런 추태를 보인 여자를 다시 만나고 싶어 할 남자는 없어. 지금껏 그 남자가 내게 연락하지 않는 게 그 명백한 증거지. 그 남자는 나와의 저녁식사를 통해 큰 깨달음을 얻었을 거야. 스트레스가 차곡차곡 쌓여 있는 이혼녀에게 함부로 술을 권해서는 안 된다! 십중팔구 망신살이 뻗치리라!"

폰테인이 피클 병을 두유 옆에 올려놓았다. 망할 사촌 새끼 같으니라고. 저건 분명 의도다. 피클 병 옆에 두유가 있어서는 안 되는 내 정리 원칙을 일부러 위배하여 날 이 공간에 계속 머무르게 하려는.

그냥 무시하고 이 자리를 뜨고 싶지만 내 몸은 누구가가 잡아당긴 듯 피클 병 앞으로 다가가 다시 선반 위로 올려놓았다.

"물론 그날 밤 네가 좀 진상을 부리긴 했지만, 지금 데스의 심리 상태는 어디까지나 네 추측일 뿐이잖아. 알고 보면 데스는 네 눈치 보느라 연락을 못하는 것일 수도 있어."

"아이고, 퍽이나 그러겠다."

어찌나 가당찮은지 대답해줄 기력도 안 생겼다. 그래서 이왕 피클 병을 얹은 김에 사촌들이 어질러놓은 선반 정리를 시작했다.

"널 이웃이라고 소개한 것도 그래. 그건 그 여자에게서 널 보호

하려고 한 걸 수도 있잖아."

"왜 그 여자에게서 날 보호해? 말이나 되는 소리를 해."

"세상에 별별 사람이 얼마나 많은데. 알고 보면 그 여자는 데스를 쫓아다니는 스토커인 거야. 데스는 그 여자를 피해 여기까지 도망쳐온 거고. 그런데 우연찮게 여기서 널 만나 운명적인 사랑에 빠져버린 거지. 그날도 너에게 사랑 고백을 하려고 했는데 그 스토커가 데스를 찾아낸 거야. 너무 놀란 데스는 그 여자가 밤에 칼 들고 널 쫓아오면 어쩌나 싶어 어쩔 수 없이 너와의 관계를 부정한 거야. 찢어질 것 같은 가슴을 부여잡고 말이지."

폰테인이 마치 셰익스피어 극 무대에 선 비극배우 같은 손짓으로 셔츠 앞자락을 부여잡았다. 웬만하면 좋은 말을 해주고 싶지만 그야말로 발 연기 작렬이었다. 폰테인이 배우가 아닌 인테리어 디자이너의 길을 걷는 게 실로 천만다행이었다.

"그러니까 전화해."

"싫어!"

더는 폰테인의 성화를 듣지 않으려 양쪽 귀를 막았다.

"전화하라니까!"

그때 부엌으로 페이지가 뛰어 들어왔다.

"아빠한테 전화하는 거야? 내일 아빠 보러 가는 날이잖아?"

그제야 나는 내일이 아이들과 리처드가 정기적으로 만나는 날이라는 걸 기억해냈다.

폰테인의 입도 막을 겸 얼른 그에게 전화했다.

"여보세요?"

리처드가 느긋하게 전화를 받았다.

"나 세이디야. 아이들을 데리고 가는 것에 대해 확인 좀 받으려고. 내일 시간 어때?"

나는 최대한 짧고 굵게 통화를 끝낼 생각이었다. 통화가 2분 이상을 넘어서면 십중팔구 싸우기 때문이었다.

"응, 나도 전화하려고 했는데 당신이 먼저 했네."

전화기 너머 리처드의 목소리가 나긋나긋한 게 맘에 걸렸다.

난 다음번에 나올 말을 대비했다. 또 쓸데없는 변명이나 해대면서 취소할 게 분명했다. 저번에는 신장을 기부한다고 했었고 그전에는 상사가 그를 바베이도스로 보내준다고 했었다.

"그리고 저번 폰테인의 일 사과할게."

분명 내 귀로 듣고도 리처드가 하는 말이 믿어지지 않았다. 설마 리처드의 목소리로 내가 듣고 싶은 말을 해주는 장난감이라도 새로 나왔나?

"혹시 테러리스트가 머리에 총이라도 겨누고 있어? 왜 갑자기 안 하던 짓을 해?"

"아니, 딱히 그런 건 아니고 내 영혼의 목표를 찾아 여행을 하는 중이거든. 당신이랑 맨날 싸우는 것도 지겹고. 어차피 당신은 거기서 고작 몇 개월 머물 뿐이잖아. 그러니까 괜찮겠지. 내가 좀 예민했어."

뭐지, 이 인간? 불치병 판정이라도 받았나?

"리처드, 당신 괜찮아? 평소와는 너무 다르잖아!"

"요즘 심리 상담을 받고 있다고 이야기했잖아. 그녀에게 이런 저런 좋은 이야기를 듣고 있지. 당신은 나를 좀 자랑스러워해도 괜찮아."

역시 상담하는 년하고 잤구나. 확신이 들었지만 나는 아무렇지도 않았다. 리처드가 그 여자와 자든 말든 나와는 상관없다. 그를 좀 더 나은 남자로 만들어줄 수 있다면야. 그리고 리처드는 이제 나와 인연이 끝난 사람이다.

"그러니까 이번엔 내가 가서 아이들을 데려갈게. 점심때쯤 벨하버에 갈까 하는데 당신은 어때? 동생 집에 가서 며칠 지낼 거거든. 이번에는 조금 더 아이들과 시간을 보내고 싶어. 그러려고 휴가도 며칠 모아뒀고."

"좋아. 아이들도 당신을 보고 싶어 해, 그러니 둘 다 당신하고 더 오래 있기를 원할 거야. 진짜 와서 데려갈 거야?"

"응, 문제없어. 어차피 가는 길이었으니까. 하지만 동생 보트에 탈 수도 있으니까 이것저것 많이 챙겨줘."

"알았어. 물론이지."

이제는 아이들의 안전도 생각하는 건가? 나는 창밖으로 혹시 돼지들이 날아다니는 건 아닌지 확인했다.

"고마워, 세이디. 이해해줘서 정말 고맙게 생각하고 있어. 체트와 그 집 애들도 같이 있을 거야. 가서 캠핑하면서 낚시도 할 계획이야. 옛날에 우리가 가족이었을 때처럼 말이야. 엄청 기대하고 있어."

리처드는 다음날 정말로 아이들을 데리러 왔다.

"저 인간이 갑자기 왜 저러는 걸까요?"

저 멀리 작은 점으로 변해가는 리처드의 차를 등지고 돌아서서 이모에게 물었다.

그러자 이모가 천천히 고개를 저었다.

"아가, 사람은 마음먹기에 따라 얼마든지 바뀔 수 있단다. 그래도 저놈은 절대 변하지 않을 거라고 생각했는데 좀 놀랍긴 하구나."

아랫입술을 씹으며 거실로 들어갔다. 수많은 불길한 상상이 머릿속을 스쳐지나갔다. 리처드가 애들을 납치해서 국경을 넘을지도 몰라. 아니야, 아이들을 둘이나 뒷좌석에 놓고는 여자를 꼬시기 힘드니까 그건 아니겠다. 게다가 캐나다 사람들을 싫어하니까 국경 너머로 도망갈 리 없지.

복잡한 심사를 감추기 위해 먼지떨이를 집어 들어 손목에 부드럽게 스냅을 넣으며 장식물의 먼지를 털기 시작했다. 먼지가 하나씩 떨어질 때마다 내 맘 속의 먼지도 떨어져나가는 듯한 쾌감이 밀려왔다.

"그 사탄의 자식은 사라졌어?"

폰테인이 데크로 들어오며 물었다.

"아마도……."

"방금 전에 카일이랑 통화했어. 오웬이랑 패트릭의 집들이에 갔는데 네 칭찬을 입이 마르게 했다더라. 그래서 걔네 친구들도 너에게 일을 맡기고 싶어 해."

"정말?"

"더 대단한 건 그중 몇 명은 집 안을 다시 꾸미고 싶대. 리모델링과 정리를 동시에 할 거래. 갑자기 일거리가 밀려드는 통에 카일은 아주 신이 났어."

분명 좋은 소식이었다. 하지만 이 또한 너무 급작스러웠다. 나는 이제 겨우 한 고객의 오더를 마쳤을 뿐이다. 제대로 이 일을 하려면 갖춰두어야 할 것 또한 많다. 그리고 무엇보다도 난 이곳에서 고작 몇 개월 머무를 뿐이다. 계속 이곳에서 일을 맡으면 분명 떠날 때 문제가 생길 것이다.

"세이디, 우리 아예 동업을 하자. 이 일은 충분히 전망이 있어."

그러자 이모까지 우리 대화에 끼어들었다.

"어머, 동업이라니! 정말 좋은 생각이야. 이참에 아예 이곳에 정착하면 되겠구나."

너무 앞서가는 이모의 말에 당황한 나머지 먼지떨이를 쥔 손에 질끈 힘이 들어갔다.

"뭐라고요? 이모. 잠시만요. 난 아직 동업도 이곳에서의 정착도 고려한 적 없어요. 그리고 이건 쉽게 결정할 수 있는 문제가 아니라고요."

"뭐가 어렵니? 여기라면 아이들은 걸어서 학교를 갈 수도 있어. 내 정원의 끝에서 학교까지 한 번에 걸어갈 수 있는 길이 나 있거든. 스테인드글라스 수업을 같이 다니는 그 학교 교장선생님하고도 이미 얘기해봤단다. 그리고 너흰 나와 같이 살면 되잖니? 폰테인은 자기 집으로 돌아갈 테고 재스퍼는 언제나 베스네 집에 있을 거야. 그러니까 방은 충분히 많단다. 오, 세이디, 난 네가 여기 와서 살았으면 정말 좋겠구나."

너무 어처구니가 없어서 실소만 나왔다.

"이모, 그건 안 될 일이에요."

"왜 안 되는데?"

폰테인과 이모가 이구동성으로 외쳤다.

"얘야, 난 네가 여기서 즐거워하는 걸로 생각했는데 아니었니? 여기에 있는 게 거기보다 행복하지 않니? 난 그렇게 보이는데?"

"당연히 여기가 더 좋긴 해요. 하지만 그건 어디까지나 휴가의 개념이잖아요. 생활과 휴가는 달라요. 제 집은 글렌빌이에요."

"거기 집이 엄청 크다는 거 빼곤 뭐가 있니?"

"페니와 엄마가 있고 친구들도 다 있어요. 하지만 이곳에선 내가 아는 사람이라고는 이모와 폰테인, 재스퍼뿐이라고요."

그 말이 나오자 갑자기 생각이 났다. 그 친구라는 사람들 중 그 누구도 나에게 전화를 한 사람이 없다는 걸. 아이들을 리처드에게 데려다줄 때 연락을 해도 그들은 모두 바쁘다는 말만 했다. 나 설마 왕따가 된 건가?

"페니는 언제나 여행을 다니고 네 엄마는 늘 자기 일로 바쁘다며?"

페니가 자주 여행을 다니는 건 사실이다. 하지만 페니는 금방 임신할 것이고 난 그 옆에 있어주고 싶다.

"그래요. 그렇다고 치고 리처드는요? 아이들을 데리러 계속 왔다 갔다 해야 할 거예요. 그건 너무 힘들 거예요."

"회사 이름은 스태쉬- 인- 패션이 좋을 것 같아. 정말 사랑스럽지 않아?"

폰테인이 소리 높여 외쳤다.

"글렌빌은 네 과거라고. 그곳이 네 미래가 되어야 할 이유는 없잖니? 내 생각엔 벨하버가 네 미래 같구나. 가서 마담 마가렛을 만나 보자꾸나. 어떻게 할지 도와줄 거야."

이모의 제안이 끌리지 않는 건 아니었다. 하지만 내 상황을 객관적으로 파악해보았을 때 벨하버로 이사 오는 건 아무래도 무리였다.

"아니요. 이모. 그 사람이 제가 어디서 살아야 하는지 말해줄 필요는 없어요. 그리고 폰테인, 네 제안은 한두 번 정도는 재미있고 즐거울지 몰라도 그 이후론 생각을 해봐야겠어."

11

벨하버에서 아예 산다고? 말도 안 되는 생각이다. 이런 잡생각은 머릿속에서 빨리 지워버려야 한다.

바닷가에서의 고독은 흔들리는 마음을 정리해줄 수 있을 것 같았는데 막상 그렇지도 않았다. 내가 파란색 줄이 그어진 비치타월을 모래 위에 깔기도 전에 이모와 폰테인이 나타났다. 그들은 데크 계단을 쿵쾅쿵쾅거리면서 비치의자와 아이스박스, 그리고 파라솔을 가지고 나타났다. 이모는 햇살이 강할 때만 쓰는 빨간색 모자와 데이지 꽃이 그려진 수영복을 입고 있었다. 재스퍼는 이십 분 후에 키만 큰 세 명의 친구들과 나타나 배구 그물을 세팅하기 시작했다. 비치 파티에 관해 나만 전해 듣지 못했나 보다.

오후가 되자 바닷가에는 상당한 수의 사람들이 나타났다. 머리를 깔끔하게 올린 캘빈클라인 모델처럼 생긴 카일의 도착을 시작으로, 이모의 베스트프렌드인 아니타 파커가 보라색 선글라스와 깃털로 장식된 맥주 홀더를 들고 나타났다. 아니타 파커는 주근깨가 많고 날씬했다. 그리고 절대 말을 멈추지 않았다.

"안녕하세요, 아니타. 또 뵙네요."

"또 봐서 좋구나. 세이디, 도디가 계속 얘기해줬단다. 쓸모없는 남편 때문에 힘들었다면서."

아니타가 빨대를 꽂아 맥주를 마셨다.

나는 폰테인과 서로 눈빛을 교환했다.

"고마워요, 아니타. 고양이가 새를 먹어버렸다고 들었어요. 안됐네요."

"정말 끔찍했지. 완전 아수라장이었어. 털과 깃털이 사방으로 날리고 내가 할 수 있는 것은 아무것도 없었단다. 그런데 난 고양이를 원망하지는 않아. 자기방어였거든. 새는 언제나 심술궂었지만 둘이 그렇게 될 줄은 몰랐단다. 소파에 앉아서 잠깐 텔레비전을 보고 있는데 그 미친 앵무새가 불쌍한 야옹이를 마구 쪼아대지 않겠니?"

눈을 크게 뜬 폰테인이 부적절한 멘트를 하기 전에 셔츠를 잡아당겨 바닷가 계단 쪽으로 데려갔다. 우리는 계단을 내려오자마자 크게 웃기 시작했다.

"뭐가 그렇게 재밌어요?"

내 어깨 너머로 데스의 목소리가 들렸다. 순간 등골이 싸해지고 내 눈은 자연스레 세모꼴이 되어 폰테인을 노려보았다. 나만 몰랐던 파티의 의미가 이거였어?

"오랜만이야, 데스! 그동안 어떻게 지냈어? 얼굴 보기 너무 힘드네."

"폰테인, 내가 지금 아주 간절하게 네 사촌을 에스코트해서 다른 곳으로 데려가고 싶은데 어떻게 생각해?"

"물론이지. 어디든 상관없어."

폰테인은 다급하게 그의 셔츠자락을 잡는 내 손을 마치 전염병 환자 피하듯 매정하게 뿌리쳤다. 그리고 내가 다시 그의 셔츠자락을 잡기 전에 저 멀리 내빼버렸다.

망할, 저런 것도 사촌이라고 내가 저 자식 사춘기 때 정체성 상담을 해주었단 말이지?

데스는 나를 파티장에서 어느 정도 떨어진 모래밭으로 데리고 갔다. 오는 내내 아무 말도 없었던 우리 사이에 실로 어색한 기운이 감돌았다. 감사하게도 이 분위기를 깬 건 데스였다.

"무릎은 괜찮아요? 그때 꽤 세게 박은 것 같은데."

"예. 덕분에……."

데스의 샌들 낚시에 걸려 넘어진 원한에 나도 모르게 뾰족한 대답이 나오고 말았다. 그런데 데스의 표정이 묘하게 변했다. 누가 봐도 터지려는 웃음을 꾹 참는 표정이었다. 그때의 내 멍청한 모습이 새삼 떠올라 웃음을 참을 수가 없나 보다.

"그냥 시원하게 웃어요. 참으면 병나요."

"그래도 됩니까?"

"예, 제가 생각해도 웃긴 꼬락서닌데, 그걸 A부터 Z까지 본 당

신은 얼마나 웃기겠어요. 그냥 웃어요. 내가 한 실수가 있으니 봐
줄게요."

"웃겨서 웃는 거 아닌데요."

"예?"

"당신을 보니 좋아서 웃은 겁니다."

"이제 날 보면 웃기기부터 한 지경까지 온 거−."

투덜거리는 내 머리 위로 문득 그림자가 드리워졌다. 아직 해가
지려면 멀었는데 갑자기 소나기가 오려나 싶어 고개를 든 순간
큰 키를 숙여 내게 가까워지는 데스가 보였다. 그리고 그걸 깨달
은 순간 그의 입술이 내 입술 위로 정확하게 겹쳐졌다. 이 남자는
의대가 아니라 수학과나 건축공학과를 나온 게 아닐까? 기가 막
힐 정도로 정확한 각도로 그가 고개를 기울여 키스해온 덕에 내
코와 그의 코가 이상하게 부딪혀 찌그러지는 비극 따윈 일어나지
않았다.

"이봐요……."

살짝 입술만 붙이고 떨어진 가벼운 키스임에도 다리에 힘이 쭉
빠졌다. 여기서 또 주저앉았다간 영원히 하체 부실 여자가 되겠
다 싶어 악착같이 버티고 섰다. 소설에서는 이럴 때 "무슨 짓이에
요?"라고 소리치며 남자의 따귀를 갈기던데 나도 그래야 하나?

하지만 난 소설 속 여주인공이 될 팔자는 아니었다. 다시 내게
서 떨어진 데스가 초록빛 눈을 반짝이며 입 꼬리를 올리는 순간
따귀는커녕 이번에는 내가 그에게 입을 맞추고픈 충동을 느꼈으
니 말이다.

"왜……?"

아아, 역시 난 글렀다. 남자에게 키스를 받고 한다는 말이 고작 왜라니.

"아까 말했잖아요. 당신을 보니 좋아서 웃음이 나오고, 기분이 너무 좋다 보니 이러지 않을 수 없다고요."

"앞에 말은 몰라도 뒤에 말은 들은 적이 없는데요."

"지금 하잖습니까."

"그런 말은 미리 했어야죠. 애초에 한 문장으로 말할 작정이었던 것 같은데."

"좋아요. 앞으론 한 번에 연결해서 하죠. 그런데 당신 말대로 미리 예고만 하면 계속 키스해도 됩니까?"

데스가 제 할 말만 달랑 끝내더니 다시 내게 입술을 붙여왔다. '난 아직 대답을 안 했다고요!'라는 항변은 허무하게 혀끝에서 녹아내렸다. 원래는 그의 어깨를 밀어낼 의도였던 내 손이 어느새 그의 어깨 위에 얌전히 얹혔고, 그 순간 내 입술에 닿아 있는 데스의 입술이 기분 좋게 호를 그렸다.

"보고 싶었어요. 정말…… 미치게……."

살짝 떨어진 입술 사이로 더운 숨과 데스의 속삭임에 나는 그만 자포자기의 심정이 되고 말았다. 그래, 인정하자. 나도 이 남자가 보고 싶었다. 이 남자의 말처럼 미치게…….

마치 영원히 이어질 것 같던 키스가 끝났을 때 나는 데스의 몸에 내 몸 전체를 의지한 상태나 마찬가지였다. 그도 그럴 것이 다리에 힘이 하나도 없었다. 사춘기 첫키스도 아닌데 가쁜 숨까지 쌕쌕 몰아쉬는 내 뺨에 데스의 손이 감겨들었다. 그가 내 얼굴을 살짝 들어 그를 올려보게 만든 채로 만족스럽게 웃었다.

"처음 당신을 봤을 때부터 이러고 싶었는데……. 이제야 해보네요."

처음부터 이러고 싶었다고? 의사가 스트레스가 많은 직업군이라던데 진짜 그런 걸까? 이 남자 제정신 맞나?

"그때의 난 완전히 미치광이 살인마 같은 꼬락서니였어요. 그런데 그런 나에게 키스해보고 싶었다고요?"

내 멍청한 대답에 그가 픽 웃음을 터뜨렸다.

"지금이 21세기인 걸 다행으로 여겨요. 300년 전 스코틀랜드에서 당신을 만났으면 절대 키스로만 끝나지 않았을 겁니다."

"어디서 고전 로맨스 소설이라도 읽고 왔어요?"

"보니가 좋아하죠. 스코틀랜드 출신 성주가 나오는 걸 특히……."

"지금 그거 유머죠?"

"아니요. 우리 첫 데이트 날 당신에게 이미 말했어요. 나는 꽤나 진지한 사람이라고. 설마 사케 때문에 그 기억이 안 나는 건 아니죠?"

안 날 리가 있나. 그날만 딱 기억상실증에 걸리게 해달라고 이번 주말에도 간절히 기도 드렸는데.

나는 깊게 숨을 들이쉬었다. 키스 후 이런 말을 하는 게 웃기긴 하지만 이왕 이렇게 된 거 지금이 기회일 수도 있었다.

"미안해요!"

"미안해요!"

의도한 것이 아니었음에도 나와 데스의 입에서 동시에 같은 말이 나왔다.

"뭐가 미안하죠?"

"그날 추태 부린 거 정말 미안해요. 사케를 좀 많이 마셨나 봐요. 그래서…… 그만 못난 꼴을 보였어요. 그 많은 사람들 앞에서 당신까지 망신을 주고……."

"그래서 나한테 미안했다고요?"

"예. 제가 진짜 어이없는 짓을 저질렀어요."

"단지 그것뿐인가요?"

데스가 차분하게 되물어왔다. 순간 다시 말을 잃은 나의 뺨에 데스가 살짝 한숨을 쉬며 입을 맞췄다.

"그럼 내가 미안하다고 할 차례군요. 원래 내가 먼저 했어야 하는 게 맞지만……. 라일리에게 당신을 이웃이라고 소개한 거 정말 미안합니다."

누군가가 심장을 향해 강펀치를 날린 듯 숨이 턱 막혀왔다. 휘둥그레진 내 눈에 눈높이를 맞춘 채 데스가 계속 말을 이어갔다.

"일이 좀 꼬이는 통에 지금 이런 말을 한다 해도 믿어지지 않을 수도 있어요. 하지만 맹세합니다. 라일리가 아닌 다른 사람이었다면 난 분명 당신과 데이트 중이라고 했을 겁니다."

라일리? 내 기억이 틀림없다면 우리가 식사할 때 데스에게 달라붙던 그 글래머 맞지?

"왜……죠?"

목소리가 가늘게 떨리고 있다는 것도 깨닫지 못할 정도로 내 머리는 하얗게 비어가고 있었다.

"라일리는 의학 종사자 전문 스카우터예요. 풀만 선생님은 은퇴가 결정되었고, 곧 애리조나로 이사하실 계획입니다. 라일리는 내가 풀만 선생님을 대신해서 이곳에서 근무하길 바라고 있어요. 하지만 난 아직 결정을 내리지 않았고요. 그래서 만약 내가 당신과 데이트를 하고 있다고 소개했다면 날 여기에 눌러 앉힐 명분을 잡았다 생각하고 엄청나게 들볶았을 겁니다. 그리고 당신까지요. 그렇지 않아도 마음이 복잡할 당신에게 나란 짐까지 얹는 것은 안 될 것 같아서 둘러댄 건데 내 의도완 다르게 당신에게 상처를 주고 말았어요. 미안해요, 세이디. 정말로⋯⋯."

발아래의 모래들이 나선을 그리며 나를 간질이기 시작했다. 하얀 새가 머리 위를 지나갔다. 파도는 계속 해변을 어루만졌고 사람들이 웃고 떠드는 소리가 들리기 시작했다. 십 초 전과 아무것도 달라지지 않았지만 동시에 모든 게 변했다. 데스의 말이 내 가슴에 파고들자 갑자기 모든 게 구름 위를 떠다니는 듯 아주 상쾌했다. 어쩜 누군가가 중력을 없애버렸을지도. 내 머릿속의 온갖 잡다한 것이 서서히 사라지기 시작했다.

"라일리만 보내고 나면 당신에게 바로 해명할 생각이었습니다. 그런데 당신이 그만 뜬금없이 울어버렸어요. 그 후 바로 재스퍼가 나타났고요. 그래서 해명할 타이밍을 놓치고 말았어요. 집 앞에서 한 번 더 해명할 기회를 노렸는데 당신이 너무 귀여워서 그만 또 타이밍을 놓쳤어요."

데스가 '그 토끼는 참으로 귀여웠어요'라고 말하듯 싱긋 웃었다. 나에게는 흑역사인 그 장면이 그에게는 다른 의미인 듯했다. 어쨌든 다행이라면 다행이었다.

그제야 긴장이 풀린 나도 그를 따라 싱긋 웃었다. 그 순간 그가 다시 입을 맞춰왔다. 이런 말하기는 좀 민망하지만 이 순간 데스와의 키스는 내 인생 최고의 키스라 부를 수 있을 만큼 완벽했다. 그리고 데스도 나와 같은 마음이길 간절하게 원했다.

"그 여자랑 당신, 정말 단순한 스카우터와 고객 관계예요?"

둥지 속 한 쌍의 새처럼 모래밭에 나란히 붙어 앉은 채 데스에게 물었다. 딱히 질투라기보단 여자의 촉이 작용했다고나 할까? 그러자 데스가 머쓱하게 웃었다.

"사실은 몇 번 데이트했습니다. 지금은 다 지난 일이지만."

장담한다. 데스에겐 지난 일일지 몰라도 라일리에게 데스는 여전히 현재진행형이었다. 그 여자가 데스에게 이곳에 남으라고 귀찮게 하는 이유는 그와의 만남을 지속시키기 위해서임이 틀림없다. 저 둔한 남자만 그걸 모를 뿐.

"왜요? 미인이던데. 매력적이잖아요."

"매력이 있다고 다 사귀는 건 아니죠. 라일리는 제 타입이 아닙니다."

"그럼 나는요? 난 당신 타입인가요?"라는 물음이 거의 혀끝까지 미끄러져 나왔다. 다행히 입을 꼭 닫아 주책스러운 물음을 간신히 참아냈다.

"당신이 만약 내 타입이냐고 물어본다면 당신도 아닙니다."

순간 처절한 실망감이 밀려왔다. 뭐지, 이 남자! 자기 타입도 아닌 여자한테 보고 싶었다고 키스를 하는 건 무슨 심보야?

"하지만 내 타입이 아님에도 당신이 좋습니다. 취향마저 극복한 케이스라 할 수 있죠. 당신은 그 정도로 매력이 넘치니 충분히 잘난 척 해도 됩니다."

데스가 손을 들어 내 머리를 그의 어깨에 기대게 했다. 내가 순순히 기대자 그의 입가에 꿀이 뚝뚝 떨어질 듯한 달콤한 미소가 번졌다. 그는 지극히 행복해 보였고, 그를 이렇게 만든 사람이 나라는 사실에 아주 아주 살짝이나마 내가 꽤 괜찮은 여자처럼 느껴졌다.

"내일 저녁 때 우리 집에서 식사할래요?"

"이제 멍도 다 없어졌는데 아직도 빚 탕감을 해야 해요?"

내가 반농담으로 묻자 그가 큭큭 웃었다.

"이젠 빚 탕감의 문제를 넘어섰습니다. 당신은 내 자존심을 완전히 건드렸거든요."

"제가요?"

"예, 전 네 번째 데이트까진 절대로 여자를 울리지 않는 걸 원칙으로 하는데 당신은 첫 데이트부터 울려버렸으니까요. 반갑지 않은 신기록을 세웠으니 이를 반드시 만회할 겁니다."

데스와 헤어져 돌아오는 길목에 반갑지 않은 존재의 움직임이 포착되었다. 데스가 저 멀리 사라진 걸 확인한 후 나는 거칠게 데크를 걸어찼다.

"당장 나와, 이 변태들아! 밥 먹고 그렇게도 할 일이 없어!"

그러자 데크에 숨어 있던 두 남자가 머리를 쑥 내밀었다. 순간 잠시 말을 잃었다. 분명 재스퍼와 폰테인일 거라 생각했는데 카일과 폰테인이었다.

"폰테인은 원래 그렇다 치지만 카일 씨까지 여기서 뭐하시는 거예요?"

"폰테인이 재밌는 구경이 있다고 해서요. 그러니까 뭐랄까 내셔널 지오그래픽 같은 거라고 하더군요. 그런데 그 다큐의 주인공이 세이디 당신과 그 의사양반인지는 꿈에도 몰랐습니다."

카일이 민망한 미소를 보이자, 폰테인은 잘 관리된 구레나룻을 만지며 활짝 웃었다.

"어쨌든 축하해, 세이디. 내가 본 가장 아름다운 짝짓기였어."

"본의 아니게 세이디의 사생활을 엿본 게 유감이긴 하지만 저도 그렇게 생각하고 있습니다."

슬프게도 카일마저 폰테인의 주책질에 합류했다.

"카일 씨, 제발 부탁인데 카일 씨만은 내 사촌의 주책에 동조하지 말아주세요. 이모와 사촌들만으로도 버겁거든요. 그리고 폰테인, 정확히 말해두겠는데 나와 데스가 한 건 짝짓기가 아니라 그냥 키스야."

나는 최대한 아무렇지 않은 척 가장하며 두 사람을 스쳐 집으로 들어갔다. "다음 데이트는 언제야? 혹시 오늘밤 아니야?"라고 소리치는 폰테인에게 신경 끄라는 의미로 가운뎃손가락을 가볍게 한 번 날려주었다.

어떻게 지났는지도 모를 하루가 지났다. 그리고 나는 뉘엿뉘엿 저무는 노을을 등진 채 데스가 살고 있는 풀만 선생님의 집 계단 앞에 서 있었다. 벨을 누르는 손가락이 달달 떨릴 정도로 긴장한 채였다.

"어서 와요!"

초인종을 누른지 얼마 되지 않아 데스가 문을 열어주었다. 샤워를 막 끝냈는지 그의 머리는 아직 젖어 있었다. 짙은 남색 타월을 목을 두른 채 바지만 입고 있는 모습에 당황한 나와는 달리 그는 아주 덤덤했다. 언제나 수영복이나 트레이닝 차림으로 조깅하는 모습을 줄창 보여왔기에 자신의 이런 모습에도 내가 아주 익숙할 거라고 여기는 듯했다. 역시 이 남자 좀 많이 둔하다. 여자에게 있어 키스를 한 남자와 안 한 남자는 같은 남자라도 엄연히 다르다는 걸 아직도 모르나 보다.

"여기 앉아요."

그는 테이블로 안내한 후 의자를 빼주었다. 그때 고양이가 우리 옆을 지나가며 하품을 쩍 했다.

"준비는 거의 끝났으니 여기서 편하게 기다려요."

이 순간 대답을 했다가는 쇳소리가 날 것 같아 말없이 고개만 끄덕였다. 마른 침이 내 식도를 타고 넘어가는 걸 눈치챈 듯 그가 물어왔다.

"뭐 좀 마실래요?"

들던 중 반가운 소리였다. 이번에도 말없이 고개만 끄덕였다. 하지만 아까보다 훨씬 적극적으로. 그런 나를 내려다보며 그가 싱긋 미소 짓더니 방으로 들어가 고급스러운 와인 병을 가지고 돌아왔다.

"오늘밤엔 사케는 절대 안 돼요. 두 번째 데이트에서까지 당신을 울리면 난 정말 회복불가능해질 겁니다."

"폰테인이군요. 내 음주 성향에 대한 고급 정보를 넘긴 게."

데스의 말 없는 미소는 내 추리가 맞았다는 증거였다.

데스가 틀어놓은 노래를 따라 흥얼거리며 나는 그가 음식 만드는 걸 보고 있었다. 도와주겠다고 했지만 데스 쪽에서 거절했다. 손님에게 일을 시키는 건 있을 수 없다는 게 이유였지만 사탄이나 되어야 먹을 수 있을 것 같은 이모의 음식을 맛본 데스가 우리 집 여자들의 음식 솜씨 자체를 아예 불신하고 있는 게 아닐까 하는 의심도 조금은 들었다. 그가 진심으로 그렇게 생각한다면 살짝 억울하긴 하다. 내 음식 솜씨는 기본 이상은 된다.

"데스, 정말 도울 일 없어요?"

계속 멀뚱하게 있기가 불편해서 다시 물었다. 그러자 그가 나를 돌아보며 싱긋 웃었다.

"저쪽 작은 방 선반 안에 찜통이 있어요. 그것 좀 가져다줄래요?"

주방에 있는 작은 방으로 들어가 보니 안은 상당히 넓었다. 세탁실 공용인지 데스의 의사 가운도 건조대에 두 벌 걸려 있었다. 저도 모르게 소맷자락을 살짝 만져본 다음, 선반을 살폈다. 그런데 데스 키 기준으로 배치를 해서 그런지 최대한 발돋음을 해도 손이 닿을락 말락 했다.

"흐음, 어쩌지?"

잠시 데스가 있는 주방 쪽을 돌아보았다. 데스는 열심히 칼질을 하고 있었다. 어쩔 수 없이 아래 선반에 있던 공구 박스를 꺼내 그걸 발판으로 딛고 올라갔다. 그렇게까지 했는데도 아직도 키가 모자랐다. 그래서 다시 발꿈치를 바짝 들어올렸다.

"찾았습니까?"

"예, 잠깐만요. 곧 가져가요!"

온몸을 쭉 뻗은 터라 목소리가 모기 마냥 가냘프게 나왔다. 세이디, 조금만 더 힘내자. 조금만 더 뻗으면 꺼낼 수 있어. 조금만—!

"미안해요. 여기 올려놓은 걸 깜박했네요."

나름 고군분투하느라 등 뒤로 데스가 다가온 것도 미처 깨닫지 못했다. 놀라 턱을 쳐들자 내 등 뒤로 선 데스가 나와는 달리 아주 편하게 제일 윗 선반에 놓인 찜통을 집어 들었다.

"뭐 하러 힘들게 끙끙대요. 그냥 날 부르지."

데스가 싱긋 웃으며 턱을 쳐든 나를 내려다보았다. 여기까지는 다 좋았다. 문제는 그 다음이었다. 우리 중 누구 하나라도 이 묘한 자세를 바로 잡아야 했다. 그래서 내 쪽에서 먼저 행동으로 옮겼다. 쳐든 턱을 다시 바로 세우고 나와 선반 사이에 걸쳐진 그의 팔 아래로 빠져나오려 했다. 그러나 바보 같은 나는 내 발 밑에 공구 박스가 있다는 걸 깜박 잊고 있었다. 한 발이 허공에 뜨는 순간 중심을 잃으며 그대로 데스의 가슴에 내 등을 들이박았다.

"조심해요!"

그럴 의도는 아니었지만 나는 어두운 세탁실 안에서 데스의 가
슴에 등을 댄 채 안겨버리고 말았다.

"미……미안해요!"

나를 받쳐 안은 데스의 몸이 그대로 굳는 느낌이 고스란히 전달
되자 더욱 당황했다.

"진짜……, 미안해요. 내가 그러려고…… 그런 게…….."

뚝뚝 끊어지는 내 횡설수설이 더는 이어질 수 없었다. 내 머리
옆으로 데스의 더운 숨결이 느껴진 탓이었다.

데스가 끄트머리만 쥐고 있던 찜통을 그 자리에 도로 내려놓고
는 그 팔로 내 허리를 휘감았다. 그리고는 어디로 도망갈까 두렵
기라도 한 듯 내 등을 그의 몸 쪽으로 바짝 붙였다.

"데스…… 찜통…….."

더듬거리며 어쩔 줄 모르는 내 목소리가 더는 어찌할 수 없을
정도로 떨리고 있었다.

"신경 쓰지 말아요. 이깟 것…….."

데스가 말한 그대로였다. 그가 그대로 고개를 숙여 화르륵 열이
치미는 귓불에 입을 맞춘 순간 나는 더는 찜통 따위 신경 쓸 수가
없었다. 지금 이 순간 찜통은 정말 데스의 말대로 이깟 것이었다.

등 뒤로 데스의 가슴이 아닌 벽의 단단하고 차가운 기운이 느
껴졌다. 나는 데스와 벽 사이에 낀 채로 그의 키스를 받고 있었다.
분명 처음은 넘어지던 자세 그대로 등을 그의 가슴에 밀착시킨

채 귀에 키스를 받았는데, 데스의 다른 한 손이 올라와 내 턱을 잡아 돌려 깊게 입을 맞추면서 상황은 걷잡을 수 없는 지경으로 굴러갔다.

누가 내는 소리인지도 구별할 수 없는 거친 숨소리가 세탁실 안을 가득 채웠고, 나와 데스는 거의 제정신이 아니었다. 내 아랫입술을 핥으며 떨어져나간 데스가 나를 그와 정면으로 보게 돌려 앉았다. 이렇게 잠시나마 입술이 떨어진 순간 둘 중 하나는 이성을 찾아야 했다.

하지만 데스의 아름다운 초록빛 눈동자가 화근이었다. 아니, 솔직히 말하면 그 눈동자에 홀린 내가 미친년이었다. 태어난 그때부터 어른이었을 것 같은 좋게 말하면 성숙하고, 나쁘게 말하면 고지식해 보이는 데스에게서 유일하게 상반되는 지점이 있다면 그건 바로 그의 초록빛 눈이었다. 돌이켜 생각해보면 늘 점잖기만 할 것 같은 얼굴에서 눈동자만이 때로는 장난스럽게 때로는 야릇하게 반짝이는 순간순간을 접할 때마다 내 심장은 고장 난 것처럼 뛰곤 했던 것 같다.

지금 데스의 눈동자는 흥분으로 몽롱하게 젖어든 짙고 어두운 초록색이었다. 집중이라는 단어가 무슨 뜻인지도 모르던 내 전남편과는 너무나 다른 그 눈동자는 온전히 나만 보고 나에게만 집중하고 있었다. 그의 눈동자에 담긴 그 간절함이 지금껏 쌓아온 내 아집을 단숨에 무너뜨렸다. 그리고 그 무너짐을 내 안에서 인정한 순간 나는 스스로의 의지로 그의 뺨을 감싸고 키스를 되돌리고 있었다.

"세이디……!"

입술이 잠깐 떨어진 순간 데스가 쉰 목소리로 내 이름을 속삭였다. 하지만 나는 허락을 구하는 듯한 그의 목소리가 무엇을 의미하는지까지 추리해낼 수 있는 상태가 아니었다. 데스가 한껏 붉어진 얼굴에 입술까지 벌린 채 나른하게 늘어진 내 몸을 고쳐 안은 채 다시 키스를 퍼부었다.

젠장, 이제 정말 빼도 박도 못하겠다. 그래, 인정하자. 난 이 사람을 사랑해. 이것이야말로 진정 미친 짓이지만 더는 나도 버틸 방법이 없다.

❧ ❧ ❧

"따뜻한 차 한 잔 할래요?"

어깨 아래로 흘러내린 원피스 끈을 올릴 기력도 없이 온몸을 웅크린 채 소파에 쪼그려 앉은 내 앞으로 데스가 다가왔다. 잔뜩 불안하고 두려운 마음으로 고개를 들어 데스의 얼굴을 살폈다. 행인지 불행인지 데스의 표정은 무덤덤했다.

"미안해요."

이건 정말 내 진심이었다. 정말 그에게 미안해서 죽을 것만 같았다. 키스를 시작한 건 데스였지만 그 빌미를 제공한 건 나였고, 멈출 수 있는 순간이 있었지만 그를 자극한 것도 나다. 그런데 내 쪽에서 마치 겁탈 당하는 여자나 된 듯 비명을 지르며 그를 밀어냈고, 허겁지겁 도망까지 쳤다.

"그러려던 거…… 아니었어요. 정말 그런 식으로 당신을 무안하게 하려던 건 절대 아니었어요."

"그런데 왜 도망쳤어요?"

데스가 나와 시선을 맞추며 부드럽게 물었다. 내가 차마 대답을 못하자 그가 낮게 한숨을 쉬었다.

"세이디, 사실 난 좀 둔합니다. 고지식하기도 하고요. 그래서 잘 모르겠습니다. 우린 아주 좋았고, 난 모든 게 좋게 돌아간다고 생각했죠. 그런데 당신은 날 밀어버렸고 도망까지 쳤어요. 왜 그런 거죠? 내가 무슨 잘못을 했기에 화가 난 겁니까?"

놀라움이 휩쓸고 지나갔다. 말도 안 돼. 설마 데스는 내 모든 행동이 자기 잘못 때문이라고 생각한 거야?

"아니에요! 당신이 잘못한 건 아무것도 없어요."

"그러면 왜 도망쳤습니까?"

"무서워서요."

어쩔 수 없이 진심을 토로하고 말았다. 내가 그렇게도 숨기고 싶었던 짜증나는 진실. 모래는 쏟아지기 시작했고, 다시 주워 담을 수는 없었다. 이 남자를 사랑하게 되었다는 걸 내 심장이 분명히 내게 인식시키는 순간 나는 걷잡을 수 없이 두려워졌다.

그를 사랑한다. 그래서 더 두렵다. 나는 리처드를 사랑했고, 그를 사랑한 만큼 아프고 힘들었다. 데스와 그를 비교한다는 것 자체가 말도 안 된다 해도 어쩔 수 없다. 난 무섭다. 사랑이란 이 미친 짓이 내게 미칠 전방위적 영향을 다시 경험할 자신이 정말로 없다.

"세이디, 이혼한 지 얼마나 되었다고 했죠?"

"서류 정리가 완전히 끝난 것은 몇 달 안 돼요."

"그렇군요. 아직은 힘들 수도 있겠네요."

데스가 자신의 턱을 만지작거리며 길게 한숨을 내쉬었다.

"세이디, 이것만은 알아줘요. 나는 그렇게 음흉한 스타일은 못 됩니다."

"알고 있어요."

내 마음속 깊은 곳에서 알고 있었고, 평소에는 잘 쓰지 않는 머리로도 알고 있었다.

"그렇게 즉흥적이지도 못해요. 하지만 오늘 내 행동은 내가 생각해도 어이없을 정도로 즉흥적이었어요."

"미안해요."

"미안하다는 소리를 들으려고 한 말 아닙니다. 그만큼 당신이 내게 매력적인 존재란 뜻이니까요. 꽉 막힌 스코틀랜드 출신의 매사추세츠 샌님인 나를 이렇게 만들어놓을 정도로요. 이 정도로 빠진 여자 앞에서 그 여자가 싫어할 짓을 억지로 할 남자는 없습니다. 그러니 편하게 대해줘요. 당신이 명령을 내리면 베이커 부인의 개……. 아, 그 녀석들 이름이 뭐였죠?"

"레이지보이(게으름뱅이)와 패소요."

"예, 레이지보이와 패소보다 더 얌전하게 당신 침대 밑에서 꼬리만 흔들고 있을 수도 있어요. 좋아하는 여자에게 예쁨을 받을 수 있다면 말이죠. 난 당신과 하는 키스가 너무 좋고, 더한 것도 얼마든지 해보고 싶어요. 하지만 그게 남자와 여자 사이의 전부는 아닙니다.”

머뭇거리며 그의 옆에 가서 앉았다. 내가 '멍청한 사람을 위한 데이트 매뉴얼'을 읽고 있을 때 그는 '멍청한 사람과 데이트하기 위한 매뉴얼'을 읽고 있었나 보다.

“세이디, 이것 한 가지만은 알아줘요. 난 당신을 정말 많이 좋아합니다. 당신과 있으면 즉흥적이 되고, 미친 황소처럼 씩씩거리기도 하고, 어울리지 않게 샌들 낚시질도 해요. 그렇지만 이런 변화가 결코 싫지 않습니다. 오히려 날 더없이 행복하게 만들죠. 당신이 나를 그렇게 만들어주었듯이 나도 당신에게 그런 사람이 되었으면 합니다.”

데스가 내 앞에 앉은 채로 내 두 손을 가볍게 붙들었다. 그리고 장난을 걸 듯 살짝 양옆으로 흔들었다.

“그러니 우리 천천히 가죠. 몸으로 하는 거야 나중에도 얼마든지 시간이 있으니까.”

“정말…… 그래도 돼요?”

내가 잘못 들은 건 아닌가 싶어 기어들어가는 목소리로 재차 확인했다.

“당연히 가능하죠. 세이디, 난 벨하버에 아는 사람이 별로 없어요. 그냥 함께할 수 있는 좋은 사람들이 곁에 있으면 좋겠어요.”

그제야 안심이 되었다. 나는 두려웠다. 데스와 깊은 관계가 되는 것도, 혹은 내가 이 관계를 거부하여 데스가 날 떠나는 것도.

“아, 이제야 웃었다.”

안심이 된 나머지 나도 모르게 웃고 있었나 보다. 데스가 초록빛 눈동자를 아이처럼 빛내며 나를 향해 활짝 웃었다. 그가 상체만 일으켜 내 어깨를 가볍게 둘러 안았다. 성적인 뉘앙스가 배제된 담백한 포옹에 나는 편하게 그의 어깨에 내 얼굴을 묻었다.

데스가 토닥토닥 내 등을 두들겨주었다. 그리고 "다행이다……"라고 낮게 속삭이는 데스의 목소리가 들린 듯했다.

"영화 볼래요?"

섹스 안 하는 커플들은 그런 걸 하나? 아마 그렇겠지?

"좋아요."

우리는 푹신푹신한 소파에 앉아 마시고 먹으며 남자들이 좋아할 만한 영화를 보았다. 부수고 총소리가 요란하며 쓸데없이 잔인한 영화. 나는 스토리에는 전혀 관심 없었지만 데스에게 파고드는 게 좋았다. L자 모양의 소파에 다리를 뻗은 뒤 데스의 어깨에 머리를 기대자 데스가 팔로 감싸주었다. 정말 기나긴 하루였고 나는 아주 피곤했다.

그리고 내 코고는 소리에 깜짝 놀라서 일어났다. 우리 둘 다 잠이 들었다는 걸 알아차리는 데는 시간이 약간 걸렸다. 주변을 둘러보니 영화는 끝났고 데스는 한쪽 팔을 올리고 그의 얼굴은 팔 안쪽으로 돌아가 있었다. 나는 그의 허리에 팔을 두르고 그의 단단한 복근을 베다시피 잠들어 있었다. 턱을 그의 몸에 대고 누운 채 평안하게 잠든 데스의 얼굴을 살폈다. 그가 얼마나 잘생기고 사려 깊은 남자인지 새삼 깨달았다. 이 남자의 매력은 내 외로운 상상력의 산물이 아니었다. 착한 남자의 탈을 쓰고 있는 쓰레기

같은 남자도 아니었다. 유니콘보다도 귀하다는 진짜 좋은 남자라는 희귀종인지도 모르겠다.

그 사실을 인식한 순간 나는 조급해졌다. 이 여름이 끝나면 나와 아이들은 글렌빌로 돌아가야 한다. 그리고 데스 또한 나와는 상관없이 새로운 일을 찾아 이곳을 떠날 것이다. 즐기기에도 인생은 짧다. 이것은 이모의 좌우명이었다. 아빠를 만나러 간 아이들은 96시간 후에야 돌아올 것이고, 나는 내 인생에서 가장 사랑할 것 같은 남자와 한 공간 안에 있다. 이 기회를 그냥 흘려보낸다면 난 평생 이 날을 떠올리며 후회할 것만 같았다.

조심스럽게 몸을 일으켜 그의 잠든 얼굴 쪽에 내 얼굴을 기울였다. 그리고 내가 낼 수 있는 모든 용기를 쥐어짜서 그의 입술에 가볍게 입을 맞췄다.

"세이디……?"

데스가 아직 상황 파악이 안 된 듯 그의 위에 올라타 있는 나를 바라보며 눈을 끔벅거렸다.

"마음이 바뀌었어요."

좀 더 유혹적인 말투이길 바라며 그의 귀에 속삭였다.

"어떤 쪽으로 바뀌었죠?"

나른하게 젖어든 데스의 목소리에 등골을 따라 저릿저릿 전류가 흘렀다.

"이쪽……."

데스의 옷을 잡아당겨 그의 배를 드러나게 만들었다. 이 정도면 아무리 둔해도 내가 원하는 바를 알아차릴 수 있을 것이다.

내 뜻을 알아차렸는지 데스가 황급히 내 팔목을 붙들어 저지했다.

"세이디, 무리하지 않아도 돼요. 안 한다고 바뀌는 건 없습니다."

"내가 상대라서 별로인 건 아니고요?"

"지금껏 내가 들어본 말 중에 제일 어이없는 말인 거 알아요?"

그의 목소리가 거칠어졌다.

"그럼 된 거네요."

데스의 초록빛 눈이 다시 짙게 가라앉았다. 그가 내 눈에서 시선을 떼지 않은 채 아주 깊이 그리고 천천히 숨을 내쉬었다. 내 팔을 느리게 쓰다듬으며 올라온 그의 손이 내 목을 휘감더니 천천히 그의 쪽으로 끌어당겼다. 내 쪽에서 간질이듯 입을 맞추자 데스가 기분 좋게 목을 울렸다. 그 순간 그의 입술과 같이 웃었다. 정신없이 입을 맞추며 나는 그의 셔츠를, 그는 내 원피스를 벗겼다. 브래지어 또한 방구석 어딘가로 던져져 처박혔다.

"아름다워요, 세이디."

더운 숨으로 내 입술을 간질이며 데스가 속삭였다. 그 순간 나는 데스를 제외한 모든 걸 잊었다.

12

고상한 미소를 지으며 이모네 집으로 한가로이 걸어 들어가자 주방에서 커피를 마시며 앉아 있던 폰테인이 반색을 하며 반겼다.

"얼굴이 반쪽이네. 그 섹시한 무법자가 밤새도록 잠을 재우지 않았나 봐?"

"노코멘트다!"

발에 스프링이라도 달린 듯 재빨리 방으로 뛰어 올라갔다. 푹신한 베개를 베고 침대 위로 엎어지며 생각했다. 어제와 비슷한 상황이지만 더 이상 화도 나지 않았고, 웃기지만 붕 뜬 기분이었다. 어젯밤은 정말 환상적이었다. 처음뿐만이 아니었다. 처음엔 조금 빠르게 진행됐지만 절대 그의 잘못은 아니었다. 두 번째는 더할 나위없이 완벽했다. 스위스 초콜릿을 먹으며 브래들리 쿠퍼의 발 마사지를 받고 핑크색 샴페인 위에서 떠다니는 실크 밍크로 레프트를 즐기는 것 같은 완벽함. 정말 그렇게 좋았다. 세 번째는 둘 다 너무 피곤해서 느릿느릿한 일요일 아침을 즐기듯이 그냥 침대에 누워 서로를 즐겼다.

나는 사실 섹스가 즐거울 수도 있다는 사실을 까먹고 있었다. 그저 모든 게 재미있었다. 한동안 쓰지 않았던 근육들이 욱신거리는 것만 빼고.

이 나른한 기분을 즐기며 한 숨 푹 자고 싶었지만 침대 맡에 〈페니에게 꼭 전화할 것!〉이라는 메모가 붙어 있었다.

"언니?"

통화가 되기 무섭게 페니가 대뜸 소리쳐 불렀다.

"페니?"

"언니, 한 번 맞춰봐."

"너도 맞춰봐."

"데스랑 잤어."

"나 임신했어!"

"진짜?"

"진짜?"

"말도 안 돼!"

"말도 안 돼!"

페니와 나는 육학년 때 이후로 그렇게 웃어본 적이 없었다. 페니가 스포츠브라를 한 채 티셔츠를 들어 스케이트를 타는 스콧 넬슨에게 가슴을 내보이는 바람에 그가 우편함과 충돌하는 걸 본 후로 그렇게 킥킥댄 건 처음이었다.

"어제 왜 말해주지 않았어?"

내가 물었다.

"어제는 몰랐으니까. 오늘 아침에 테스터로 확인해봤어. 어제 어떻게 데스의 침대로 기어들어간 거야?"

우린 자매들만이 할 수 있는 언어로 서로에게 계속 질문을 던졌다. 분만예정일, 아기의 이름, 그리고 이 소식을 들은 제프 가족들의 반응 같은 걸 물어보았다. 정말 기쁘고 행복한 소식이었다.

"그 누구한테도 얘기 안 했어. 언니가 처음이야."

"진짜로?"

"응, 조금 무서워서. 그리고 아직 너무 이르잖아. 뭔가 잘못될 수도 있으니까."

"이모는 언제나 그 어떤 것이든 걱정하는 건 아무런 도움도 안 된다고 했어. 계속 걱정만 하게 하니까."

"이제는 이모 말도 따라 하는 거야? 당장 거기서 꺼내와야겠는데."

"지금은 안 돼! 일주일 후에 다시 물어봐."

"일주일 후에 뭐가 달라지는데?"

페니가 물었다.

"그때쯤이면 데스의 숨겨진 진실을 찾아내거나 하지 않겠어? 그런 다음엔 벨하버를 떠나야 할지도 모르잖아."

"데스가 풀만 선생님 내외를 살해한 다음에 데크 아래에 묻었다거나 뭐 그런 거?"

"정확하네. 엄마한테는 말할 거야?"

"아직은 아니야. 임신 중기가 될 때까지는 조심하고 말도 안 할 거야. 그러니까 엄마한테는 말하지 마, 알았지? 그 누구에게도 말하면 안 돼."

"말하는 것 좀 봐. 벌써 엄마가 다 됐네, 중기니 초기 하면서 말이야. 정말 자랑스러워, 페니. 그리고 아무한테도 말하지 않을게, 대신 너도 엄마한테 나나 데스에 관해서 말하면 안 돼. 지금은 엄마의 통찰력 같은 건 필요 없으니까. 약속?"

"약속!"

"이따가 쇼핑 간다면서?"

재스퍼가 넌지시 물으며 내 옆에 앉았다.

"세이디, 저번에 결혼반지랑 다른 것들이 얼마나 비싼지 말해줬었지. 기억나?"

순간 재스퍼에게 정말 미안한 말을 했던 게 떠올랐다.

"미안해, 재스퍼. 그런 말 따위는 하지 않았어야 했어. 베스는 정말 예쁘고 좋은 여자 같아. 꼭 베스를 잡길 바라."

"이해해. 나도 그때 격하게 반응한 거 미안해. 그러니까 내 말은 네가 혹시 결혼반지 고르는 걸 도와줄 수 있나 해서. 보기는 좋은데 은행잔고를 마이너스로 만들지 않을 반지를 고르도록 도와줄래?"

우리를 반갑게 맞아준 틸리 메이슨은 메이슨 세공집의 사대째 주인이었다.

"안녕 폰테인. 이번에도 새로운 커프 링크스를 찾는 건가요?"

둘은 서로 가볍게 키스했다

"그랬으면 좋겠네요. 하지만 오늘은 좀 더 특별한 이유로 찾아왔어요. 여기 제 형이 이젠 새로운 사람을 받아들일 준비가 됐거든요. 화려하고 반짝거리고 아름답게 보이지만 못생기고 둔한 가격대의 반지를 찾고 있어요."

틸리가 끄덕였다.

"딱 원하는 걸 찾을 수 있을 거예요."

그녀가 재스퍼를 벨벳의자에 앉힌 뒤 코팅이 된 차트를 건네주었다. 색깔, 컷, 투명도와 캐럿 등이 설명된 차트를 펼치는 순간 재스퍼의 눈은 그만 멍해져버렸다.

"잠깐만, 그래서 색깔이랑 투명도랑 뭐가 다른 건데?"

재스퍼가 세 번째로 물었다.

"우리 그냥 이것저것 보는 게 어때?"

내가 조언했다.

"베스가 원하는 반지 스타일은 어떤 건데?"

폰테인이 물었다.

"몰라. 아직 안 물어봤어."

"지금 모른다고 했어? 설마 이런 얘기를 베스와 한 번도 하지 않은 거야?"

"그러니까 어떻게 프러포즈할 건지 계획 있어?"

"음. 아직 모르겠어. 그냥 저녁이나 먹으면서 하려고 했지."

"안 돼, 안 돼, 안 돼. 노, 노, 노!"

폰테인이 이태리제 샌들을 신은 발을 쿵쾅거렸다.

"그건 너무 평범하잖아. 그거보단 훨씬 더 로맨틱해야지!"

재스퍼가 고개를 저었다.

"베스는 그런 거 별로 안 좋아해. 신경 안 쓴다고."

"모든 여자가 신경 써."

폰테인이 꾸짖었다.

"프러포즈 얘기는 평생 동안 계속되는 거란 말이야. 정말 제대로 해야만 해. 제대로 노력하란 말이야."

"그래서 너한텐 말하기 싫었어. 넌 뭐든지 부풀리니까."

"그러긴 하지."

난 재스퍼의 말에 수긍했다.

"하지만 이번만은 폰테인이 옳아. 베스에게 아주 소중한 기억이 될 테니 정말 잘해야 돼."

"나와 평생을 함께하자고 하는 건 기억에 남을 만한 게 아니란 거야?"

"어두침침한 레스토랑에 앉아서 그런 말 들은 건 별로 기억하고 싶지 않을 거야."

폰테인이 놀려댔다.

"게다가 제발 부탁인데 디저트나 샴페인에 반지 넣을 생각은 하지도 마. 어떤 멍청한 구석기인이 그딴 생각을 했는지 모르겠는데 최악이야."

"그만 좀 해! 그냥 한 번에 하나만 하면 안 될까? 일단은 반지를 찾아야만 한다고."

우리가 말다툼하는 사이 틸리가 진열대 위로 다이아몬드 반지들을 내려놓았다.

"이쪽에 있는 걸 한번 볼래요? 이 중에서 좋아하는 걸 찾을 수 있을지도 모르잖아요. 그러니 일단은 한번 보세요."

우리는 동시에 진열대 위로 몸을 굽혔다. 거기엔 여러 가지 종류의 반지가 있었다. 어떤 건 심플하고 아름다웠으며, 어떤 것은 숨막히게 크고 어떤 것은 개미 눈곱만 해서 반지 위에 먼지가 붙어 있는 것 같았다.

재스퍼의 시선이 정중앙에 있는 반지에 고정되었다. 아름다웠다. 너무 크지도 작지도 않고, 너무 심플하지도 화려하지도 않았다.

재스퍼가 반지를 손에 들자 빛이 반사되어 사방으로 눈부신 광채를 뿜어댔다. 그 뒤로도 가게 안의 반지란 반지는 모두 보았지만 재스퍼의 시선은 계속 그 반지로 돌아왔다.

"이거 정말 마음에 들어, 세이디. 하지만 너무 비싸."

재스퍼가 속삭였다.

"반지에 너무 많은 돈을 쓰면 최소한 몇 개월은 레스토랑 개업이 늦어질 거야."

나는 가격이 상당히 마음에 들었다. 내가 생각해도 난 사치스러운 면이 좀 있다. 내 결혼반지만 해도 전남편처럼 호화스럽고 대단히 비쌌다. 하지만 지금은 글렌빌 저택 서랍 안에 있다. 그 반지를 다시 낄 수는 없지만 없애 버리는 것 또한 상상할 수 없었다. 결혼의 나쁜 카르마가 전부 사라지면 다이아몬드만 빼서 목걸이를 할 생각이었다.

"저축을 더 하는 건 어때?"

재스퍼가 찡그렸다.

"그래야겠지. 예쁜 건 너무 비싸고 싼 건 별로야."

나는 재스퍼의 어깨를 토닥였다.

"계속 찾아보자."

하지만 메이슨의 가게는 벨하버에 있는 유일한 보석상이었고 재스퍼는 낙담하며 슬픈 얼굴로 집으로 돌아갔다.

재스퍼의 나쁜 상황에도 불구하고 나는 하루 종일 구름 위에 떠 있었다. 리처드가 전화해서 아이들은 잘 있으며 함께 좋은 시간을 보내고 있다고 했다. 상당히 놀라웠던 건 전화한 지 오 분이 넘었는데도 짜증내지 않고 싸움도 하지 않았다는 것이다. 게다가 오늘은 데스와의 세 번째 데이트가 있는 날이었다.

정확히 오후 네 시가 되자 데스로부터 전화가 왔다. 그때 나는 이모와 일광욕실에 있었다. 이모는 총의 케이스를 뜨개질하며 나이지리아의 왕자에게서 받은 대단히 흥미로운 이메일에 대해 말해주고 있던 중이었다.

"세이디, 내가 지금 길게 설명하기 힘든 상황이니 빨리 말할게요. 미안하지만 오늘 저녁 약속을 취소해야겠어요. 내 사촌 찰리가 공항에 혼자 있고 내일 아침 7시까지 다음 비행기는 안 뜨니, 어쩔 수 없이 우리 집에서 자야 할 것 같습니다."

갑자기 남은 하루가 철 지난 풍선처럼 쪼그라들었다. 내가 듣지도 못한 친척이 공항에 혼자 있다고? 이건 리처드가 날 속일 때 쓰는 전매특허인데?

"괜찮아요. 다음번에 보면 되죠."

내 목소리에서 조금씩 화가 일렁이고 있었다.

"내일이랑 내일모레는 일을 해야 하지만 모레 저녁에는 만날 수 있습니다. 괜찮겠습니까?"

"예."

갑자기 혀가 부풀어 오르는 것 같았다. 나는 침을 크게 삼켰다.

"앰뷸런스가 왔네요! 가보겠습니다. 미안해요!"

전화가 끊어진 순간 테이블에 전화기를 던졌다. 전화기는 테이블에 튕겨서 바닥으로 떨어졌다. 뜨개질을 하던 이모가 깜짝 놀라 고개를 들었다.

"얘야, 왜 그러니?"

"별 일 아니에요. 테스가 저녁 데이트를 취소했어요."

"왜?"

이모는 계속 뜨개질을 하면서 물었다.

"사촌이 이 근처에 와서 공항으로 데리러 가야 한대요."

"그래? 그럼 오늘은 해리랑 컬링을 보러 갈 건데, 너도 같이 갈래?"

"아니요. 오늘은 좀 쉴게요. 여기 남아서 할 것들이 좀 있거든요. 게다가 정리하는 데에 도움을 줄 책들을 샀는데 오늘밤에 좀 읽어보려고요."

갑자기 아이들이 너무 보고 싶었다. 놀다 넘어져 목청껏 우는 아이들처럼 울고 싶은 기분도 들었다. 하지만 난 어른이니까. 다 큰 소녀들은 저녁 계획이 취소되었다고 울지 않는다. 상대가 어젯밤에 같이 잔 사람일지라도 말이다.

폰테인은 내가 방을 닦거나 술독에 빠져 죽게 내버려두지 않았다.

"상쾌한 공기도 마시고 운동도 해야 돼, 아가씨. 그리고 그만 뒹굴거려. 그 사람 친척이 공항에 있다고 하면 좀 믿어. 죄가 밝혀지기 전엔 전부 무고하다는 거 알잖아."

"리처드랑은 그렇게 안 됐어."

폰테인의 손이 내 로브를 벗겨내려고 다가왔다. 나는 폰테인의 손을 찰싹 때려서 물리쳤다.

"데스는 리처드가 아니야. 비교하면 안 돼."

"어떻게 알아? 내 말은 우린 데스에 대해서 많이 모르잖아."

"하!"

폰테인이 로브를 홱 잡아당겼다.

"알 만큼 알잖아. 빨리 신발 신어. 나랑 개들 산책시키자. 내가 둘 다 데려갈 수는 없잖아."

마지못해 폰테인과 산책을 나왔다. 밖은 어두웠지만 밝게 뜬 보름달이 길을 밝히고 있었다. 부두 쪽으로 걸어가면서 보니 길가에 서 있는 집들의 안이 쉽게 들여다보였다. 폰테인은 이웃들이 해놓은 괴상한 장식들을 까내리며 즐기기 시작했다.

"개들한테 목줄은 왜 필요한 거야?"

별걸 다 투덜거리자 폰테인이 어깨를 으쓱였다.

"필요 없지만 이렇게라도 하지 않으면 널 집 밖으로 끌고 올 수가 없을 거 같아서 그랬지."

폰테인의 말에 걸음을 멈췄다. 그러자 개들이 내 팔을 뽑아버릴 것처럼 나를 잡아끌었다.

"나랑 장난하자는 거야?"

"상쾌한 공기를 마시니까 기분도 좋아지지 않아?"

패소는 목줄을 풀어주자마자 멀리 뛰쳐나갔다.

"그냥 그런데?"

레이지보이도 풀어준 뒤 우리는 계속 걷기 시작했다. 데스의 집에서 뻗어나온 불빛이 우리가 걷는 길가까지 쏟아졌다.

"그 찰리라는 친척을 보면 데스가 거짓말한 게 아닌 것을 확인할 수 있으니 기분이 더 나아지지 않겠어?"

폰테인의 말에 순간 발걸음을 멈췄다.

"설마 데스의 집 안을 훔쳐보라고 날 여기까지 낚아온 거야?"

"당연히 그랬지. 걔들은 개미 먼지만큼도 관심 없어."

나는 이모네로 발걸음을 돌렸다. 하지만 폰테인이 쫓아와서 내 팔목을 잡았다.

"세이디, 솔직해져. 넌 데스가 결백한 걸 확인하고 싶은 거잖아! 그러니 데스의 집 안에 찰리라는 남자가 있는 걸 확인하면 마음이 한결 편해질 거야."

폰테인이 목줄을 당기는 개 두 마리보다 최소한 두 배는 더 강한 힘으로 내 팔목을 끌어당겼다.

이 얼마나 달콤한 유혹인가. 결국 우리는 알버타 슈미트 부인 집 마루 끝 쪽에 있는 그늘 아래로 숨었다. 데스가 현재 살고 있는 풀만 씨 집은 바로 그 옆이었다.

"폰테인! 데스가 우릴 발견하면 어쩌려고 그래!"

"그냥 걷고 있었다고 말하면 되지."

"그 사람 데크에서? 말도 안 돼!"

낮게 소리치는 그때 여자의 웃음소리가 어둠을 꿰뚫고 들려왔다.

나는 얼어붙고 말았다. 데스의 집 쪽에서 들린 것 같았다. 그 집 거실의 스크린도어가 데크까지 활짝 열려 있었다. 불빛이 넘쳐흘렀고 음악도 들리기 시작했다.

우리가 숨은 곳에서 주방 창문이 보였다. 데스의 머리가 나타나자 폰테인이 재빨리 데크로 나를 밀어 넣었다. 싱크대 쪽에 서 있었나 보다. 데스는 계속 말하는 중이었지만 멀리서는 제대로 들리지 않았다. 갑자기 데스가 웃으며 돌아섰다. 기분이 엄청 더러워졌다. 섹스한 지 24시간도 안 된 남자를 스토킹하고 있는 내가 한심하고, 데스의 집에서 들려오는 여자의 목소리는 내 고통스러운 지난 8년간의 데자뷰 같았다.

"세이디, 이리 와. 여기서 보면 안이 더 잘 보여!"

"싫어!"

나는 머리를 미친 듯이 흔들며 거부했다. 무섭다. 유니콘이라 믿었던 남자가 리처드와 똑같은 똥차라는 걸 확인하는 게 너무 두려웠다. 하지만 폰테인에게 세게 떠밀려 데스의 집에서 나오는 불빛 밑까지 밀려갔다. 혹시 데스가 나를 발견하지 않을까 하는 두려움에 숨이 쉬어지지도 않았다.

우리는 그늘에서 숨을 고르며 웅크리고 앉았다. 여자의 목소리가 들렸지만 정확하게 무슨 말인지는 들리지 않았다. 뭐라고 하든 상관없었다.

"진정해, 세이디. 찰리 사촌의 마누라일 수도 있잖아."

폰테인이 속삭였다.

"그러니까 확인해보자."

폰테인이 미어캣처럼 목을 길게 빼고 데스의 집 안을 훔쳐보았다. 나는 차마 보지 못하고 바닥만 노려보았다. 그런데 폰테인이 "헉!"하는 비명소리를 냈다. 그 순간 더는 참지 못하고 고개를 들고 말았다. 그리고 그 즉시 뼈저리게 후회했다. 뭐하러 고개를 든 걸까…….

젊고 아름다운 여자가 와인 잔을 든 채 문 옆에 서 있었다. 그녀는 엄청 가는 허리에 짧은 미니스커트와 탱크톱을 입고 있었다. 하나로 묶은 긴 머리 또한 매혹적이었다. 내가 남자였다면 저 말라깽이를 바로 집으로 데려갔을 거다.

잠시 후 데스도 데크로 나왔다. 그가 와인 잔을 채워주자 그녀가 크게 웃었다.

"뭐야? 날 취하게 만들려는 거야?"

그녀와 데스가 함께 있는 장면을 보고 있자니 속이 울렁거리고 구토가 올라왔다. 세이디 터너의 사람 보는 눈은 8년 전에 비해 하나도 나아지지 않았다는 비참한 결론이 나는 순간이었다.

"세이디, 미안해."

폰테인이 힘없이 계단을 오르는 내게 말했다.

"네가 미안할 게 뭐 있어. 우린 그냥 산책을 했을 뿐이야."

"세이디, 우리가 본 것이 지금 우리가 생각하고 있는 것과 다

른 상황일 가능성도 있어. 그러니 부정적인 쪽으로만 단정 짓지
는……."

"폰테인, 애쓰지 마. 그럴 필요 없어. 데스는 싱글이고 리처드처
럼 간통에 불륜을 저지른 것도 아니야. 다만 날 속이지만 않았어
도 좋았을 것 같아."

"세이디……."

"폰테인. 이제 그만해. 난 쉬고 싶어."

침대 위에 벌렁 누워 내 자신을 추슬렀다. 남자란 족속을 이렇
게 좋아하게 된 게 실로 오랜만이지만 않다면 데스가 다른 남자
와 하등 다를 바 없다는 걸 알게 되었어도 더 이성적으로 생각할
수 있었다. 비록 데스가 다른 남자들처럼 거짓말이나 해대는 쓰레
기였어도 데스와의 어젯밤은 괜찮았다. 난 그에게 꽤 근사한 서비
스를 받았고 한동안은 괜찮을 거다.

번드르한 자기 위로가 나를 힐링할 수 있는 시간은 그리 길게
유지되지 못했다. 시간이 흐를수록 화가 치밀었다. 아무리 내가
그의 인생에 별 볼 일 없는 여자였어도 최소한 거짓말을 해서는
안 되는 거였다. 게다가 그 여자는 누가 봐도 새파랗게 어린 계집
애였다. 아무리 도덕성이 바닥을 쳐도 어떻게 그 어린 걸 건드릴
수가 있지? 의사 가운을 입고 BMW를 몰아 고등학교 주차장이라
도 돌아다닌 건가?

개자식! 단 한순간이라도 이런 쓰레기에게 속아 마음을 열었다
는 게 수치스럽고 화가 났다. 모든 게 이모의 잘못이고, 페니의 잘

못이고, 폰테인의 잘못이다. 그들은 남자도 진실될 수 있으며, 충실한 남자가 세상에 하나쯤은 있다고 날 설득했다. 정말 최악이다. 그런 엉터리 거짓말을 내 머릿속에 불어넣다니.

엿 같은 현실에 우울해졌다. 데스는 리처드와 전혀 다를 게 없었다. 사촌 찰리? 젠장, 엿이나 먹어라. 내가 얼마나 멍청하게 보였으면 그런 거짓말을 할까? 내 데크에서 자기 집 안이 보인다는 사실조차 잊어버린 건가? 대체 얼마나 날 바보 취급했으면 그걸 숨길 생각도 안 했을까?

그렇게 밤새 뜬눈으로 지새운 뒤 적어도 한 가지 사실만은 인정했다. 언제가 되었든 이렇게 될 수밖에 없었을 거다. 데스가 바람을 피울 때까지 기다리느니 애정이 커지기 전에 가면 뒤에 숨겨진 진짜 얼굴을 빨리 발견한 게 다행이다. 아니 오히려 빨리 발견한 것은 신이 준 축복인 건가? 너와 네 아이만 사랑하며 살라는 독한 처방약인 건가?

내가 이 경험을 통해 배운 것이란 데이트는 심장이 약한 사람들이나, 쉽게 남에게 속는 사람들한테는 적합하지 않다는 것 정도다. 내 인생에서 남의 삶을 어수선하게 하는 남자 따위는 이젠 정말 필요 없다.

13

사람마다 스트레스를 해소하는 자기만의 방법이 있다. 크게 음악을 듣거나, 단 음식을 쌓아놓고 먹거나 하는 등등. 내 방식은 청소다. 이모와 폰테인이 일어날 때쯤 나는 거실 커튼을 벗겨내고 있었다.

"좋은 아침."

이모가 인사를 건넸다. 그 순간 커튼에서 먼지가 떨어져 대답 대신 재채기를 했다.

"이모, 마지막으로 커튼을 빤 게 언제예요?"

"커튼을 빨기도 하니? 고리들이 세탁기 안에서 걸릴 텐데?"

이모가 천진난만한 표정으로 되물었다.

"아니요, 이모. 고리는 당연히 뺄 수 있는 거예요. 커튼도 얼마든지 빨 수 있고요."

"기분이 안 좋아 보이는데, 꼭 힘들게 일을 해야겠니? 그냥 쉬는 편이…….."

그때 폰테인이 나오더니 얼른 이모의 팔짱을 끼고 다른 곳으로 데리고 갔다. 그 후로 내가 손을 댈 수 있는 이모네 집 안의 모든 것을 쓸고 닦으며 지냈다. 난 견딜 수 있다. 쓰라린 심장 같은 건 결국 치유될 것이다. 리처드가 그것만큼은 내게 똑똑히 알려주었다.

다음날 아빠와 시간을 보낸 아이들이 내 곁으로 돌아왔다. 아이들은 아침이 밝기 무섭게 해변으로 가고 싶어 난리였지만 나는 내내 꾸물대며 데스의 조깅시간이 지나기를 재고 있었다. 하지만 아이들의 성화가 너무 심해 더는 버틸 수 없는 한계에 이르렀다.

"이모, 이모가 애들을 해변으로 데려가 주시면 안 돼요? 전 좀 쉬었으면 하는데."

"당연하지, 애야. 그런데 말이다. 아니타 파커의 허벅지 안쪽에 정말 수상한 점 같은 게 났더구나. 혹시 피부암 같은 거면 어떡하지? 데스에게 한 번 봐달라고 하고 싶은데 네가 내 대신 데스에게 전해주지 않을래?"

"아니타 아주머니의 점이니 아니타 아주머니가 직접 의사를 찾아가서 물어보는 게 낫지 않을까요?"

순식간에 싸늘해진 내 얼굴에 이모가 움찔 놀라는 게 보였다. 이모가 황급히 아이들을 불러 모았다.

"애들아! 해변으로 가서 해마들 발바닥이나 찾아볼까?"

"해마는 발바닥이 없어요, 이모할머니."

페이지가 고개를 저으며 이모의 오류를 수정해주었다.

아이들과 이모까지 나간 집 안은 그야말로 쥐 죽은 듯 조용했다. 오랜만에 호젓하게 일광욕실을 차지할 수 있게 된 셈이었다. 잡지와 내가 제일 좋아하는 머그컵을 챙긴 후 긴 의자에 누웠다. 하지만 유니콘의 강림만큼이나 귀한 내 휴식은 누군가의 발걸음 소리에 방해받고 말았다.

"세이디?"

그림자가 일광욕실의 바닥에 비칠 즈음 데스가 스크린도어에 서 있다는 걸 깨달았지만 나는 돌아보지 않았다.

"세이디?"

그 와중에도 노크를 잊지 않는 저 쓰레기의 가식적인 매너에 울화통이 터졌다. 망할 자식, 차라리 리처드처럼 대놓고 쓰레기 짓을 하라고!

"이모님께 들었습니다. 당신이 여기 있다고 하더군요."

난 별다른 반응 없이 어깨를 으쓱하며 잡지를 천천히 넘겼다.

"그때 너무 급해서 내 말이 제대로 전달이 안 되었나 싶어 와봤습니다. 오늘 저녁 약속 있는 거 기억하고 있죠?"

뭐지? 그 금발 꿩이 비우고 떠난 침대를 이젠 하잘 것 없는 이혼녀 닭에게 데우라는 건가?

"아, 오늘 저녁이었어요? 미안해요. 난 못 갈 것 같네요."

나는 계속 그를 본 체도 않고 잡지만 넘겼다. 그러면서도 그가 어젯밤의 사건에 대해 어떤 식으로 변명할지 기다렸다. 예를 들면 섹시한 고등학생이면서 여장 남자인 친척 찰리에 대해서 같은 것 말이다. 하지만 그는 침묵했다. 나를 응시하며 이 세상의 모든 공기라도 마셔버리려는 듯 가만히 있는 그를 느끼며 나는 온몸의 근육을 긴장시켜 조금이라도 움찔거리지 않게 힘을 주고 있었다.

"미안합니다. 지난번에 내 맘대로 저녁약속 취소해서 혹시 지금까지 화가 나 있는 겁니까?"

나도 내가 어린애 같은 짓을 하고 있다는 걸 인정한다. 하지만 어떻게 할 수가 없다. 막 성질도 부리고 싶고, 저 억세 보이는 팔을 때리고 다리를 걸어차고 싶다. 젠장. 하지만 그렇게 하지는 않을 거다.

"아니요. 그냥 이것저것 머릿속이 복잡해서 그래요."

여전히 잡지를 내려다보며 말했다.

"그런가요? 예, 알겠습니다. 그렇다면야……."

젠장, 더는 약이 올라서 못 살 것 같아 냅다 잡지를 집어 던지고 그를 향해 소리쳤다.

"내가 그렇게 만만해요?"

"예?"

놀라 되묻는 그의 표정은 흡사 돌진하는 코뿔소 앞에서 빈 총을 든 사냥꾼 같았다.

"좋아요. 그냥 한 번 잘 수도 있어요. 어차피 우린 둘 다 타지 사람이고 이곳을 떠나면 안 볼 사람들이니 부담도 없고. 하지만 그런 사이에도 예의라는 게 존재한다고요. 차라리 솔직해지면 서로

가 좋잖아요. 왜 그런 거짓말로 사람 바보 만드냐고요!"

"거짓말? 세이디, 지금 무슨 말하는 겁니까? 거짓말이라뇨?"

데스는 진심으로 혼란스러운 표정이었다. 헐, 누가 이 사람더러 거짓말에 능하지 못하다고 했지? 이건 완전 하버드 거짓말 학과 수석 졸업생 수준인데?

"됐어요. 그만 하죠."

나는 다시 잡지를 집어들었다. 하지만 데스의 손이 더 빨랐다. 그가 며칠 전 내 브래지어를 집어던지는 속도만큼이나 빨리 잡지를 낚아채 방구석으로 집어던졌다. 그때만 해도 그 빠른 손이 그렇게도 좋더니 지금은 아주 죽이고 싶을 정도로 밉다.

"이봐요, 지금 이게 무슨 짓이에요! 그건 어제 사온 새 잡지라고요!"

버럭 성질을 내는 나와는 달리 그의 표정은 여전히 차분했다. 하지만 아까보다 한층 굳어 있었다.

"지금은 잡지보단 우리 이야기를 좀 해야 할 것 같군요."

"더는 할 이야기 없어요. 거짓말쟁이하곤."

"그 거짓말쟁이가 난가요?"

"본인이 더 잘 알 텐데 왜 나한테 물어요?"

"정말로 모르니까요. 조지 워싱턴은 아니지만 그래도 남에게 거짓말쟁이란 소리를 들을 정도로 막 나간 인생을 산 것 같진 않아서요."

조지 워싱턴 같은 소리 하고 있네! 어디서 그 거룩한 소년과 저를 빗대는 거람!

"찰리가 친척이라고 했잖아요. 그게 거짓말 아니면 뭐죠?"

"찰리?"

데스가 눈을 휘둥그레 떴다.

"설마 찰리 때문에 지금 이러는 겁니까?"

"그 예쁜 금발과 당신이 어제 무슨 짓을 했든 난 상관 안 해요. 당신은 자유의 몸이니 자신에게 맞는 상대를 골라 즐길 수 있으니까. 하지만 그래도 내게 거짓말을 해선 안 되었어요. 그건 예의가 아니라고요. 가뜩이나 그런 거짓말을 8년 내내 듣고 산 나 같은 사람에겐 더더욱."

내 말을 가만히 듣고 있는 데스의 숨소리가 거칠어졌다. 화를 내고 있는 거라면 뻔뻔한 거고, 당황한 거라면 제 무덤 제가 판 거지.

"나 원……."

잠시 침묵하던 데스가 한숨과 함께 입을 열었다.

"이제야 뭔가 좀 알 것 같군요. 그러니까 당신은 내가 어젯밤 당신에게 거짓말을 하고 금발 미녀와 놀아났다고 날 비난하고 있는 거군요?"

"금발 미녀와 즐긴 걸 비난하는 게 아니라 당신이 거짓말한 걸 비난하는 거예요."

데스의 미간이 다시 찡그려졌다. 하지만 그는 잔뜩 억누른 말투로 말을 이어갔다.

"거짓말한 적 없습니다. 그 여자는 찰리가 맞고, 내 사촌인 것도 분명하며, 어제 집으로 가는 비행기가 뜨지 않은 것도 명백한 사실입니다."

여전히 거짓말만 한다. 데스의 말이 사실이지 않을까 하는 생각이 살짝 솟아오를 정도로 진실한 표정으로 말이다. 하지만 더는 속기 싫었다. 이것은 언제나 리처드가 쓰던 스킬이었다. 처음엔 내 오해가 말도 안 되는 것처럼 말해 놓고 돌아서서 싸움을 시작하려고 준비한다. 예를 들면 포르노 따위를 찾아보다 실수로 아이스티를 키보드에 흘려놓고 내 잘못이라고 하는 것처럼.

"나보고 그걸 믿으라고요? 내 눈으로 똑똑히 봤는데?"

"그게 언젭니까?"

"당신 집 데크요. 폰테인과 개들 산책시키다 봤단 말이에요."

"그럼 왜 그냥 지나간 겁니까? 왜 거짓말을 했냐고 내 멱살을 잡아 내팽개치든 무릎 뼈를 걷어차 병신을 만들든 낭심을 걷어차 다시는 사내 구실을 못하게 하든! 어쨌든 뭐라도 내게 치명적인 타격을 가했어야죠."

"내가 왜 그런 걸 해야 해요? 내가 무슨 권리가 있다고!"

"왜 없습니까? 당신이 내 애인인데!"

순간 심장이 몸에서 분리되어 뚝 떨어지는 것 같았다.

"뭐라고요?"

내가 잘못 들었나 싶어 다시 되물었다. 그러자 그가 한 자 한 자 씹듯이 반복했다.

"당·신·이·내·애·인·이·니·날·족·치·든·그·여·자·를·족·치·든·했·어·야·했·다·고·요."

이런 말을 한 자 한 자 씹어듣는 날이 오게 될 줄은 꿈에도 몰랐다. 아니, 중요한 건 이게 아니다.

"괜히 말 돌릴 생각 말아요. 난 절대 안 속으니까. 여자 이름이 찰리라는 데서 이미 날 텄어요."

"여자 이름도 찰리가 있을 수 있어요. 그러는 당신 사촌은 폰테인이지 않습니까? 무슨 남자 이름을 폰테인이라고 짓습니까?"

뭐…… 뭐지? 이 그럴듯한 반박은?

"그건 미들 네임이에요! 폰테인의 퍼스트 네임은 지극히 남자답다고요!"

순간 데스의 얼굴이 끽소리를 내며 움찔하는 것처럼 굳어졌다.

"그러면 폰테인의 퍼스트 네임이 뭡니까?"

"팀이요!"

사뭇 두통이 오는지 데스는 관자놀이를 꾹 눌렀다.

"그러니까 사촌 이름이 원래 팀인데 폰테인이라고 부른다는 겁니까?"

"예. 걔는 게이잖아요. 팀이란 이름을 안 좋아했어요."

"이봐요, 세이디. 찰리는 여자아이의 애칭으로도 종종 쓰여요. 찰리의 원래 이름은 샬럿이고요."

헐, 이젠 말을 막 받아치네? 하지만 리처드와의 경험으로 단련된 나다. 데스가 이기게 놔둘 수는 없다.

"그러면 왜 사촌이 여자라는 말을 안 했어요?"

"그런 말을 해야 할 필요성을 못 느꼈으니까요. 당신이 산책을 하다가 우연히 목격한 내 사촌을 내 원나잇 상대로 오해할 거란 생각을 내가 어떻게 할 수 있겠어요? 이건 정말 상상도 못할ㅡ."

쏟아내듯 말하던 데스가 문득 말을 멈췄다. 잠시 그의 얼굴이 하얘졌다 퍼레졌다 반복되더니 결국은 무표정하게 변했다. 그리고 무언가를 되새기듯 나를 뚫어져라 보았다.

"잠깐…… 세이디, 당신……."

데스가 믿을 수 없다는 듯 말끝을 흐렸다.

"그러니까 당신은 내가 다른 여자와 즐길 생각으로 당신에게 거짓말을 했다고 오해한 거군요. 그렇죠?"

"오해한 거 없어요. 지금도 당신은 거짓말을 하고 있으니까!" 라고 쏘아붙이고 싶었다. 하지만 한 마디도 할 수 없었다. 나를 응시하는 데스의 무표정이 무시무시할 정도로 굳어 있는 탓이었다.

"세이디, 난 거짓말을 하지 않았습니다. 찰리는 내 사촌이고, 그 아이는 정말 내 집에 하룻밤 묵은 것뿐이에요."

"……."

"그러나 당신은 날 믿지 않는군요. 당신의 그 거지깽깽이 같은 전남편과 날 동급으로 놓은 채 말이죠."

무시무시한 데스와 마주한 나는 지금 굉장히 이상한 상태에 접어들고 있었다. 정말 유명한 스타가 나와 미친 듯이 사랑에 빠졌는데 깨어보니 꿈이었다. 그런데 그 느낌이 진짜 같아서 그 감정이 남아 진짜로 그런 일이 생겼는지 혼란에 빠지는 것 같은 기분이랄까? 한번은 매트 라우어에 관해 꿈을 꾸었는데 진짜 웃긴 건 그는 절대 내 타입이 아니었음에도 다음날 그가 전화하지 않을까 고민하며 기다렸다는 것이다.

지금 난 그때와 비슷한 상태에 빠져 있었다. 무언가 굉장히 중요한 일이 생겼고 무의식적으로 반응했다. 예를 들어서 전부 내가 잘못한 거란 건 중요하지 않았다. 그런 걸 생각하기엔 이미 늦었고 내 뺨은 내가 흘린 눈물로 어느새 흥건하게 젖어 있었다. 어제라면 데스가 내 눈물을 닦아주었을 것이다. 하지만 오늘의 데스는 내 눈물을 닦아주지 않을 것이다. 왜냐면 그는 정말로 화가 났으니까.

"전 이만 가보겠습니다."

데스는 문을 박차고 나가 계단 아래로 사라져버렸다. 따라가서 그를 불러야 했으나 옴짝달싹도 할 수 없었다.

일광욕실로 들어온 이모가 멍하니 서 있는 내 곁으로 다가왔다.

"세이디, 난 다른 사람의 관계에 대해서 끼어들지 않는 게 원칙이고 아무리 너라도 그러고 싶지 않아. 하지만 이것만은 물어봐야겠어. 대체 데스에게 무슨 말을 한 거니? 난 저 사람이 저런 표정하는 걸 처음 봤구나."

"아이들은 누가 보고 있어요? 이모?"

"괜찮아. 물 안에 들어가지 말라고 했어. 말 좀 해봐라. 너랑 데스 사이에 대체 무슨 일이 있었던 거지?"

이모가 해변에서 아이들을 데리고 온 뒤 나는 이모에게 모든 것을 실토했다. 가만히 듣고 있던 이모는 곧 고개를 가로저었다.

"바보 같은 짓을 했구나. 데스가 거짓말을 했다는 결론을 내리기 전에 넌 그 여자가 누구인지 데스에게 명확하게 물었어야 했어."

"내가 왜요? 우리가 무슨 관계라고!"

버럭 소리를 지르면서도 내 머릿속에는 "당신이 내 애인이니까"라는 데스의 말이 집요하게 맴돌았다.

"데스를 사랑하잖니! 그렇다면 네가 사랑하는 남자가 적어도 너에게 해명할 기회는 주었어야. 지금 네 모습이 딱 누구 같은지 아니? 뒤끝 작렬이 아주 코끼리 같던 네 엄마하고 똑같아."

담배를 피울 줄 알았으면 좋을 텐데. 지금 이 순간이 한 대 피우기 딱 좋은 상황인 것 같다.

"엄마랑 나를 비교하지 마세요. 난 엄마랑 엄연히 달라요."

"세이디, 넌 분명 잘못하고 있어. 리처드가 바람을 피웠으니 데스도 필 것이다? 이게 대체 무슨 가당찮은 공식이니?"

"지금 다 내 잘못이라고 말씀하시는 거예요, 이모?"

"세이디, 사람의 악한 점만 보려고 들면 악한 점만 보이기 마련이다. 결국 상처를 받는 건 그렇게만 보려 한 너야. 네 엄마가 꼭 그랬지. 헬렌도 예전에는 그렇지 않았단다. 아니?"

"엄마가요?"

"과거의 헬렌은 유머가 넘쳤고 아름다웠고, 긍정적인 아이였어. 하지만 남편의 불륜을 알게 된 다음부터 꼬여 버렸지. 난 네가 네 엄마처럼 변하는 걸 원치 않아. 인생은 소중하고, 삶은 즐기는 거야. 리처드라는 너의 첫 선택이 잘못되었다고 네 다음 선택마저 잘못되란 법은 없어. 그러니 모든 남자를 리처드라는 썩을 잣대에 놓지 말고 그 사람의 본질을 들여다 보려고 노력해봐. 지금 넌 그게 절실히 필요한 시기야. 그리고 지금 네가 해야 할 일은 데스에게 진심을 담아 사과하는 거고."

난 빨간 망토 소녀처럼 바구니에 쿠키를 한가득 담은 채 데스의 현관문을 두드렸다. 폰테인이 쿠키를 심플한 냅킨들과 작은 나비 넥타이로 장식해주었다. 이게 데스의 마음을 돌리는 데 딱히 도움이 될 것 같지는 않았지만 아무것도 안 하는 것보단 낫겠지 하는 마음으로 그냥 내버려두었다.

잠시 후 데스가 아까와 다름없는 무시무시한 표정으로 내 앞에 나타났다.

"그게 뭡니까?"

데스의 목소리 톤은 지금 짓고 있는 표정만큼이나 언짢아 보였다.

"사과 및 화해의 선물이에요."

기어들어가는 목소리로 말하며 그에게 바구니를 내밀었다. 그러면서 내가 지금껏 데스에게 잘못한 짓이 몇 가지였는지 떠올려보았다. 첫 데이트에서의 추태가 원 스트라이크, 세탁실에서 데스를 강간범 취급한 게 투 스트라이크. 리처드와 동급의 쓰레기 취급을 한 것까지 하면 스트라이크아웃! 연애에서 삼진아웃 제도가 있다면 난 이미 타석에서 쓸쓸히 내려왔어야 했고, 지금 나는 마운드에서 끌어내려질 위기에 처해 있었다.

"먹어도 되는 겁니까?"

"예."

"그럼 들어오시죠. 예상 못한 화를 냈더니 배가 좀 고픕니다."

데스가 여전히 굳은 표정으로 날 등지더니 그대로 주방으로 들어갔다. 따뜻한 환영은 아니었지만 내가 응당 받아야 할 문전박대보단 훨씬 나았다. 종종거리며 데스를 따라가 바구니를 테이블 위에 올려놓았다.

"쿠키군요. 당신이 만들었나요?"

잠시 거짓말의 유혹에 흔들렸지만 진실만을 말하기로 했다.

"거의 다. 하지만 이모와 재스퍼가 좀 도와줬어요."

"이모님이?"

데스가 인상을 찌푸리더니 형광등에 쿠키를 비춰보았다.

"사람이 먹을 수 있는 것만 들은 거 맞죠?"

진실만을 말하려 했던 내 마음이 흔들리기 시작했다.

"아마 아닐 거예요."

이걸 먹은 데스가 밤새도록 화장실을 들락날락거리게 되면 나는 죄책감 때문에 돌아버릴 거다. 이럴 줄 알았으면 이모가 아마씨를 넣을 때 결사반대를 했어야 하는데.

데스가 한숨을 쉬며 쿠키를 다시 바구니 안으로 집어넣고는 팔짱을 끼고 조리대 쪽에 몸을 기댔다. 표정은 여전히 굳어 있었다.

"이제야 찰리가 내 사촌이라는 걸 믿고 싶어졌나 보군요."

"예."

"하지만 어쩌죠? 이젠 내가 당신을 못 믿겠는데."

"예?"

"이제 와서 귀여운 척하면서 쿠키를 가져오면 내가 오늘 일을 잊을 거라 생각한 겁니까? 난 졸지에 당신 전남편과 동급의 쓰레기에 아무하고나 원나잇을 즐기면서 애인에게 거짓말이나 하는 저질 오입쟁이가 되었어요. 지금까지 살면서 절대로 되지 않을 거라 생각한 유형의 인간으로 취급받는 기분이 얼마나 더러운지 생각해봤어요? 그것도 내 단 하·나· 뿐·인· 애·인에게요!"·

순간 머리가 떵해왔다. 난 데스가 줄지 모를 상처를 계속 생각했지 내가 데스에게 상처를 주었을 거라곤 생각 못했다. 데스를 상처 입혔다는 사실에 너무 큰 타격을 입은 나머지 데스가 나를 끊임없이 애인이라고 지칭하고 있다는 사실조차 깨닫지 못하고 있었다.

"미안해요. 그게 당신에게 상처가 될지 몰랐어요."

데스가 짜증으로 주름진 이마를 손바닥으로 북북 문질렀다.

"세이디, 난 침대에서 몸이나 비비고 싶어 당신과 만나는 게 아닙니다. 솔직히 당신이 날 그 정도로밖에 생각하지 않았다는 게 나에겐 더 큰 충격이에요."

갑자기 새로운 개념이 머릿속으로 비집고 들어오기 시작했다. 난 리처드가 내 감정을 짓밟고, 자신의 뜻대로 하는 것에 익숙해져서 내가 하는 짓 또한 리처드와 그리 다를 바 없다는 걸 알지 못했다. 리처드가 내가 했듯이 데스를 상처 입혔다. 이모의 말이 맞았다. 나는 과거에만 사로잡혀 나 또한 데스의 나쁜 점만 계속 찾으려 했다.

"모르겠습니다. 대체 내가 어떻게 해야 당신이 날 믿을 수 있을지 말입니다. 난 언제나 너무 믿는 게 문제고, 당신은 언제나 너무 의심하는 게 문제입니다. 이런 식의 평행선이 이젠 슬슬 지겨워지려고 해요."

데스의 자조 섞인 낮은 속삭임에 덜컥 겁이 났다. 그리고 조급해졌다. 나는 정말로 이 사람을 잃고 싶지 않다. 내 인생의 최초이자 마지막 유니콘이 될 남자를 이런 식으로…….

"정말 면목 없지만 한번만 더 기회를 주면 안 될까요? 이모가 그러셨어요. 내 문제점은 사람의 나쁜 점만 보려고 드는 거라고요. 난 아니라고 화를 냈지만 사실 이모 말씀이 맞아요. 그런 내가 데스의 좋은 점은 보여요. 난 정말로 나를 바꾸고 싶어요."

최대한 진심을 담아 말하며 그를 응시했다. 잠시 어색한 침묵이 흘렀지만 나는 끈기를 가지고 기다렸다. 데스가 "개소리 그만해!"라고 소리치며 쫓아내지 않는 걸 천만다행으로 여기며.

"세이디, 실망시켜 미안한데…… 난 그렇게 좋은 사람이 아닙니다. 당신을 바꾸기 위해 내가 필요한 거라면 나는 적합하지 않아요. 좋은 점을 찾는 게 오히려 더 힘들 테니 말이죠."

그러니까 이거 거절인 거지? 이제 너 같은 망할 년 따위 꼴도 보기 싫으니 어서 꺼지라는.

눈에 뜨거운 소금기가 치밀었다. 그냥 이 자리에 주저앉아 펑펑 울고만 싶었다.

"하지만 그럼에도 난 지금 당신에게 내 좋은 점을 되는 대로 끌어와서 어필하고 싶어요. 가령 거짓말은 하지 않는다던가, 양다리는 지금껏 한 번도 해보지 않았고 앞으로도 할 생각이 없다는 등등 말이죠. 애인으로 내가 간절히 필요한 게 아니라 당신을 바꾸기 위한 용도로 필요하다는 게 자존심이 상하긴 해도 그걸 감수할 만큼 당신이 좋으니 어쩔 수 없죠."

데스가 코끝을 실룩이며 한숨을 쉬었다. 그리고 다시 팔짱을 꼈다. 아직 화가 전부 풀린 것은 아닌 듯했다.

"하지만 세이디 이것만은 기억해줘요. 내가 아무리 당신이 날 좋아하는 것보다 당신을 더 좋아하긴 해도 매번 이런 식이면 곤란합니다. 어떤 때 보면 당신은 내가 큰 실수를 저질러서 당신의 전남편과 똑같은 쓰레기라는 걸 확인하고 싶어 하는 것 같아요. 난 성인군자는 아니지만 그렇다고 당신 전남편 같은 사람은 아닙니다. 그러니 지금 같은 생각은 더는 하지 않았으면 합니다. 그럴 수 있겠어요?"

데스의 말이 백번 옳았다. 나는 그래야 한다. 멈춰야 한다.

"그럴게요. 약속해요."

우리는 반대편에 서서 상대방을 쳐다보며 지금까지 내뱉어진 말들을 천천히 이해하고 몸으로 받아들이고 있었다.

"좋습니다."

데스가 조리대에 기대고 있던 몸을 세워 내 앞으로 뚜벅뚜벅 걸어왔다.

"당황했을 때 세미 누드로 도망가는 것도, 내게 왜 그랬는지 말 안하고 화를 내는 것도, 레스토랑에서 갑자기 우는 것도 안 됩니다. 약속해줄 수 있어요?"

황급히 고개를 끄덕였다. 데스의 용서를 구할 수만 있다면 이보다 더한 것도 얼마든지 할 수 있다. 그제야 데스의 굳은 입매가 풀리고, 그 자리에 미소가 들어찼다. 그의 초록빛 눈이 다시 반짝이는 순간 나는 그가 어제까지 내가 사랑하던 다정한 데스로 돌아왔음을 확신했다.

"애인끼리 화해의 물꼬 트기는 역시 키스와 포옹이죠."

데스가 내 허리에 그의 팔을 감으며 가까이 당겨 안았다. 그의 입술이 내 콧잔등을 쓸며 내려왔고 내 눈은 녹아들 듯 스르륵 감겼다.

"나 원, 별 희한한 오해로 이게 뭐 하는 짓인지. 지난 사흘간 얼마나 보고 싶었는지 알기나 합니까?"

투덜대는 것조차 달콤하게 말하는 이 남자의 속삭임이 오늘따라 더욱 귀에 착착 감겼다.

"미안해요."

"이미 끝난 일이니 이제 사과는 됐고."

내 코끝에서 멈춘 그의 입술이 이젠 상기된 내 뺨으로 옮겨왔다. 그가 뺨에 쪽쪽 소리 나게 입을 맞추며 더욱 몸을 밀착시켜왔다.

그가 내 얼굴 구석구석에 입을 맞추며 나를 번쩍 들어 안자, 나는 그의 목에 팔을 엇갈려 건 채 그에게 바짝 매달렸다. 그가 나를 주방 조리대 위에 얹을 때도 인형처럼 얌전히 자리를 잡았다. 오롯이 내게만 시선을 둔 채 데스가 조리대 앞에 바짝 붙어섰다. 다가오는 그와 바짝 붙고 싶은 마음에 두 다리를 그의 허리에 휘감으며 그를 바짝 끌어당겼다.

"이제부턴 애인끼리 화해의 백미로 들어갈 겁니다."

내게서 눈을 떼지 않은 채 데스가 야찔하게 입 꼬리를 올렸다.

"그리고 지난번처럼 도망칠 틈 따위 절대 안 줄 거니 미리 각오 단단히 해두는 게 좋을 겁니다."

14

　금세 일주일이 지났고 또 다시 한 주가 지났다. 인생은 한가로
웠다. 무의미했던 사랑 노래들도 천천히 내 마음에 와 닿기 시작
했다. 말도 안 되어 보이던 로맨틱 코미디들도 진실을 말하는 것
같았고 내 주변의 모든 게 부드러운 새끼 고양이들과 반짝거리는
무지개들로 둘러싸인 듯했다.

　혹시 삶은 언제나 이랬지만 내가 지금까지 알아차리지 못한 게
아닐까? 사랑이 눈을 가리는 것인가? 사실 그 문장의 뜻은 잘 이
해하지 못했지만 만약 사랑이 아주 화려하고 날 즐겁게 만드는
것이라면, 맞다. 사랑은 화려하다.

　해변에서 아이들과 노는 것을 제외하고, 이모와 폰테인과 쇼핑
하는 것, 아이스크림을 너무 많이 먹거나 데스와 즐거운 침대시간
을 공유하는 것, 근처에 있던 정리전문가협회에 참석한 후 수많은

아이디어와 열의에 가득 차서 벨하버로 돌아오는 것도 내 삶을 즐겁게 하고 있었다. 이젠 일을 시작할 때가 되었다. 카일이 벌써 두 명의 고객들을 추가로 소개해주었다.

이모가 파란색 와이어 테로 만들어진 선글라스를 끼고 다가왔다. 이모는 닌자처럼 이마에 오렌지색 머리밴드를 하고 나팔바지와 60년대 스타일의 블라우스를 입고 있었다.

"엄마 스타일 끝내주네."

이모가 엉덩이를 흔들었다.

"고마워. 해리랑 페어그라운드에서 하는 물병자리 시대 페스티벌에 놀러갈 거야. 데스는 언제쯤 놀러오니? 물어볼 게 있어."

"제발 아니타 파커의 몸 상태에 관해서라면 귀찮게 물어보지 마세요. 병명이나 이런 것들은 본인의 주치의한테 물어봐야 한다니까요."

"아니타를 위한 게 아니야. 그냥 다른 사람 때문에 그래."

"그렇다면 그 다른 분도 자기 주치의한테 물어봐야죠."

나는 창가에서 데스의 차 소리를 들으려고 목을 내밀었다. 그때 전화가 울리자 페이지가 뛰어가서 받았다.

"여보세요? 할머니 안녕하세요."

파멸을 알리는 어두움이 척추를 타고 내려갔다. 이건 지옥에서나 들리는 천둥 소린가?

"구슬 팔찌를 만드는 중이었어요. 음 음. 네 여기 있어요, 하지만 있다가 데스랑 영화 보러 갈 거예요."

안 돼! 안 돼! 페이지 그런 걸 알려주면 안 돼! 나는 딸의 연약

한 손가락에서 전화기를 뜯어낼 뻔했다. 엄마는 나에 관해서 모르면 모를수록 좋았다. 하지만 페이지는 계속 내 무덤을 팠다.

"네, 바닷가에서 매일 조깅하는 아저씨인데요, 이모 머리에서 피가 날 때요."

이제 그만하면 됐다. 난 딸의 손에서 전화기를 낚아챘다.

"엄마, 웬일이세요?"

"페이지가 무슨 말을 하는 거니? 데스는 또 누구고?"

"별 상관없어요. 그냥 친구예요."

"그래서 그 사람을 만나고 있는 거니?"

스페인의 이단 심문관도 엄마에겐 쩔쩔맸을 것이다. 그나마 다행인 건 엄마는 물고문은 하지 않는다는 것 정도다.

"길 아래쪽에 사는 의사예요. 이모가 넘어지면서 머리가 좀 찢어졌는데 와서 몇 바늘 꿰매주고 갔어요. 그리고 오늘은 그냥 영화 보러 가는 거니까 그렇게 신경 안 쓰셔도 돼요."

엄마는 전화기 너머로 못마땅하듯이 말했다.

"너는 내가 조금만 관심을 보이면 늘 이런 식으로 얘기하는구나."

"미안해요, 엄마. 무슨 일이세요?"

"리처드가 다른 사람을 만나고 있어. 알고 있었니?"

나는 슬픔이 폐를 꽉 막아버려서 숨쉬기 어려워지기를 기다렸다. 하지만 그런 일은 생기지 않았다. 엄연히 따지자면 우리가 결혼한 상태였을 때도 리처드는 언제나 누군가를 만나고 있었다. 그렇지만 이번에는 처음으로 마음이 아프지 않았다.

"잘됐네요. 하여간 이만 가봐야 하니까 내일 전화할게요."

"점심도 안 먹고 갈 거니?"

글렌빌에 도착해서 아이들을 내리자 엄마가 물었다.

"미안해요. 그랬으면 좋겠는데 카일이 다른 고객을 소개시켜줬거든요. 정리하는 거요. 이번이 세 번째예요."

"나는 아직도 왜 네가 다른 사람의 물건들을 헤집으며 다니길 원하는지 알 수가 없구나. 그건 멋진 일이 아니야. 돈이 부족하다면 메이드 같은 일보다 다른 번듯한 일을 찾아보는 게 어떠니?"

"말씀은 고마운데 돈이 부족한 건 아니에요. 정리하는 게 재미있어서 그래요."

난 엄마에게 경영 세미나를 가기로 했다거나, 정리전문가협회에 이름을 올렸다는 말은 하지 않았다. 폰테인이 우리가 쓸 명함 디자인을 했다는 것도. 그리고 이모와 폰테인이 벨하버로 이사 오라고 시도 때도 없이 귀찮게 한다는 말도 하지 않았다. 발생할 가능성이 없는 일은 입 밖에 꺼낼 필요도 없다.

"아이들은 여기에 이틀 정도 머물다 리처드가 데리고 갈 거예요. 그렇게 해도 괜찮겠어요?"

다른 말이 나오기 전에 내가 먼저 물었다. 엄마가 데스에 관해서 질문을 퍼붓기 전에 얼른 벗어나기 위해서였다. 물론 데스 건이 아니더라도 엄마는 충분히 불편한 사람이지만.

"아마도 괜찮을 거다. 어차피 리처드를 만날 생각이었거든. 겸사겸사 보면 되겠구나."

"알았어요. 그럼 전 이만 가볼게요. 집에 가보지 못한 지 좀 됐거든요."

난 옛날 동네로 운전해 들어갔다. 길거리가 조금 달라보였다. 처음 보는 애들이 옆집 마당에서 뛰어놀다가 내가 문 앞에서 키를 꽂는데 고생하는 모습을 구경했다. 잔디의 색깔이 괜찮아 보이는 걸 보니 리처드가 스프링클러를 고친 것 같았다.

사치스러운 글렌빌의 집은 퀴퀴하고 오래된 곰팡이 냄새가 났다. 창문에서 들어오는 햇살에 의해 먼지가 반짝거렸다. 한동안은 이 순간을 기다렸다. 이모 집에서의 끝없는 혼돈을 잠시 피해 이 집에서 고요한 시간을 보내고 싶었다. 하지만 지금의 이 고요함은 동굴 깊숙이 혼자 있는 듯 어딘가 으스스한 고요함이었다.

내가 정말 사랑했던 검은돌로 만들어진 주방 조리대에 가방을 올려놨다. 문득 마지막 인테리어 디자인을 바꿀 때 어떤 색깔로 바꿀지 고뇌하며 수많은 시간을 보냈던 게 기억났다. 그 시기는 리처드가 거의 집에 들어오지 않을 때였다. 스타일리시하게 보였던 단색의 셰이드 차콜색이나 회색은 이제는 오히려 불친절해 보였다. 돌로 만들어진 차가운 조리대나 공들여서 모았던 예술 그릇들, 찬장에만 디스플레이 해놓은 식기에서는 전혀 생기가 느껴지지 않았다. 단 하나의 흠도 없이 완벽하게 디자인되어 개성 따윈 찾아볼 수 없는 주방. 다시 돌아온다면 장식을 새로 해야겠다. 아마도 폰테인이 도와주겠지.

신발을 차서 벗어버리고 푹신한 카펫 위를 걸어 거실로 갔다. 대리석으로 만들어진 벽난로 위에는 커다란 가족사진이 걸려 있었다. 리처드와 페이지, 조던과 나는 하얀색 티셔츠와 카키색 바지를 입고 있었다.

그날을 똑똑히 기억하고 있다. 같이 앉는 걸 거부한 뒤 리처드가 조던을 혼내자 아들은 울기 시작했다. 사진 속 미소는 진실해 보였지만 내 눈에는 슬픔이 보였다. 난 그 표정을 만들기 위해 얼마나 노력했는지 기억하고 있다. 사진은 이제 버려야겠다. 아이들을 위해서 놔두었는데 이제 페이지와 조던과 나만 새로운 사진을 찍어야 할 것 같다.

벽난로 왼쪽에는 내가 리처드에게 신발을 던졌던 흔적이 아직도 남아 있었다. 왜 던졌었는지는 기억나지 않지만 분명 그럴 만했을 것이다.

도대체 어쩌다가 우리가 이런 지경에 이른 걸까? 처음의 열렬한 사랑 뒤 서서히 그의 실체와 마주하며 생겨난 실망과 증오가 천천히 내 피부를 잠식하고 올라왔던 그날들이 떠올랐다. 그것들은 아주 교활하고 음흉하게 타고 올라와서 끝내는 날 얼려버리고 말았다.

나는 정말 그를 사랑했다. 하지만 그는 운동선수들이 트로피를 보듯 나를 사랑했던 것 같다. 우리가 처음 만났을 때 나는 아직 대학생이었고 리처드는 작은 방송사에서 리포터를 하고 있었다. 처음 몇 달 동안은 정말 불타오르고 반짝거리며 따뜻한 사랑을 했다. 서로에 대한 관심과 기쁨, 행복만이 가득했던 시기도 있었다. 하지만 이내 다투기 시작했고 대화는 차츰 사라져갔다. 그리고 리처드는 섹스를 대화방식으로 선택했다.

저 멀리서 들려온 사이렌 소리에 나는 현실로 돌아왔다. 그리고 리처드에 대한 생각을 흩어버렸다.

위층으로 올라가 침대 문 앞에서 오랫동안 망설였다. 처음 보는 것처럼 생소했다. 마치 박물관의 전시물을 보는 것 같았다. 여기는 근대 미국 가족의 거주지입니다. 여기 보시다시피 남자와 여자는 매트리스 위에서 가능한 멀리 떨어져서 자고 있죠.

방 중앙에 있는 커다란 사주식 침대 또한 바꿔야겠다. 저 침대가 너무 싫어져버렸다. 리처드는 우리의 5주년 결혼기념일 선물로 저 침대를 사줬는데 아직도 할부를 갚는 중이다. 내가…….

제일 위 선반을 열어 보석함을 찾았다. 여기저기 뒤져서 결혼반지와 약혼반지가 들어 있는 검은 벨벳박스도 찾아냈다. 다이아몬드가 매우 크게 박혀 있어 어두운 곳에서도 반짝거렸다. 리처드가 사준 사치스러운 선물들 중 하나였다. 리처드는 사랑이 밖으로 표출되어야 한다고 생각해서 지갑을 여는데 주저하지 않았다. 엄연히 말하자면 그 남자는 온몸이 후했다. 그게 리처드의 흠이었다. 후해도 너무 후했다.

그 순간 어떤 생각이 떠올라 얼른 반지 박스를 주머니 안에 쑤셔 넣었다.

아래층으로 가며 이웃에게 전화를 걸었다. 벨하버에서 돌아와도 아직 그 누구와도 연락이 닿지 않았다. 옆집의 셰일라나 노라, 엘레인, 그리고 코니도 전화를 받지 않았다. 이번 주 초에 모두에게 전화를 걸어 내가 이번 주에 잠시 돌아올 거라고 메시지를 남겼는데 그 누구도 답변을 주지 않았다.

옆집 뜰을 쳐다보았다. 언제나처럼 노라의 현관이 보였다. 셰일라의 휴대폰으로 다시 전화했다. 그녀는 언제나 휴대폰을 가지고 다녔다. 창문을 통해 그녀가 유리 테이블 위에 놓인 자신의 휴대폰을 들어 번호를 확인하는 모습이 보였다. 내 집 쪽을 한번 쳐다보더니 받지 않은 채 다시 휴대폰을 내려놓았다.

지금 날 따돌리는 건가? 왜?

나는 창문 옆에 앉아 분노가 치밀어 오르기만 기다렸다. 하지만 이상할 정도로 마음이 평온했다. 내가 이 여자들을 보고 싶어 했던 게 맞나? 아닌 것 같다. 게다가 그 여자들도 내가 보고 싶지 않았나 보다.

두 달 전만 해도 잔디밭을 지나 폭풍처럼 문을 두드리며 왜 전화를 받지 않는지 설명하라고 했을 것이다. 하지만 이젠 모든 게 달라졌다. 어떻게 너희가 나에게 그럴 수 있어 또는 난 친구라고 믿었는데 너희는 아니었던 거냐고 배신감에 울부짖는 드라마를 찍지 않아도 되는 내 안의 평온함에 감사했다. 글렌빌로 다시 돌아온다고 해도 쓸데없이 에너지를 소모해가면서 다시 그들과 친구가 되지는 않을 것이다. 더 좋고, 착하고, 새로운 친구를 찾겠지. 마담 마가렛이 말했듯이 오래된 것은 밀어버리고 새로운 것을 받아들일 것이다. 그건 사람에게도 적용되는 말이었다.

❧   ❧   ❧

천둥번개가 치더니 결국 빗방울이 떨어지기 시작했다. 하늘은 침침한 회색이지만 내 마음은 햇살로 가득했다. 침실 커튼은 필름처럼 아름답게 꼬여 있고 서로의 옷을 벗기기 바빠 미처 닫지도 않은 미닫이문이 반쯤 열려 있었다. 습관적으로 화장실에 들어갔지만 차가운 타일에 발이 닿은 순간 이곳엔 내 칫솔이 없다는 당연한 사실을 깨달았다.

이를 어쩌나 고민하다가 그냥 치약을 입안에 짜 넣고 손가락을 넣어 북북 비볐다. 나름 열심히 이를 닦은 후 물로 입을 헹구는데 등 뒤로 익숙한 시선이 느껴졌다. 불안한 예감에 고개를 돌리니 침대에 비스듬히 누운 데스가 나른한 눈으로 나를 보고 있었다. 이런 젠장, 잠이 덜 깨서 움직인 통에 화장실 문 닫는 걸 잊어버렸나 보다. 우선 급한 대로 얼른 문 뒤로 몸을 숨기고 머리만 빼꼼 내밀었다.

"잘 잤어요?"

데스가 눈빛만큼이나 나른하게 웃었다.

"왜 벌써 깼어요? 더 자지."

문 뒤에서 몸을 잔뜩 움츠린 채 그에게 머쓱하게 웃어 보였다.

"양치는 다 끝냈습니까?"

아아, 제발 아니기를 바랐는데 다 봤구나. 이럴 줄 알았으면 칫솔 정도는 하나 챙겨오는 건데.

"…… 그냥…… 대강요."

"그럼 이리 와요."

데스가 침대 위 그의 옆 자리를 손바닥으로 톡톡 쳤다. 방금까지 내가 누워 있던 자리였다. 아주 구미가 동하는 제의였지만 난 살짝 망설였다.

"그럼 눈 감아요."

날 보는 그의 초록빛 눈동자가 다시 반짝 빛났다. 그가 허리까지 이불을 덮은 채로 상체만 일으켜 턱을 괴고 앉았다.

"왜죠?"

내가 왜 이러는지 뻔히 알면서 데스가 능청을 떨어댔다. 그래, 저 예쁜 눈이 반짝거리는 순간 이미 짐작은 했다.

"적당히 좀 하시죠. 숙녀의 자존심을 좀 지켜주면 안 돼요?"

"숙녀의 자존심과 당신 벗은 몸의 상관관계를 내게 납득시켜준다면요."

"차라리 당신 집을 공짜로 치워달라고 해요. 그게 더 쉬울 것 같으니까. 난 당신 같은 이공계 인간이 못 되는 거 이미 아는 거 아니었어요?"

그러자 데스가 고개를 끄덕였다.

"나쁘지 않은 제안이긴 한데……."

"좋아요. 집 치워줄게요. 그러니까 눈 좀 감아요! 당신은 이불이라도 둘렀지, 난 이제 슬슬 추워지려고 한다고요."

"집은 내가 치울 테니 그냥 나와요."

"왜 결론이 그런 식으로 나는 거예요? 지금까지 내 협상안을 귓등으로 들은 거예요?"

"당신만큼이야 아니겠지만 집 정도야 내가 치우면 되니까 굳이 협상할 이유가 없습니다. 그것보다야 누드 감상이 훨씬 낫죠."

"이보세요, 의사선생님. 수시로 벌거벗은 사람들을 보는 직업군이신데 질리지도 않으세요?"

"그럴 리가요. 당신은 내 애인이고 당신이 말하는 그 사람들은 내 환자인데 그게 어떻게 같습니까? 쓰는 도구가 엄연히 다른데……."

데스가 씩 웃더니 손가락으로 다리 사이를 가리켰다. 그제야 도구의 의미를 깨달은 내 얼굴이 시뻘게지자 그가 턱을 괸 채로 키득키득 웃었다. 벨하버 주민들은 모두 속고 있다. 의사가운을 입혀놔야 그나마 점잖아지는 저 예쁜 초록빛 눈의 변태에게.

"이리 와요, 세이디. 난 홀딱 벗은 당신을 완전 사랑하니까."

"난 당신과는 달리 홀딱 벗은 나를 별로 안 사랑해요. 누구처럼 매일 조깅하는 몸이 아니라서요."

"진짜 안 나올 겁니까?"

"안 나가요. 난 지금 완전 누드고 당신은 그나마 가릴 이불이라도 있잖아요. 불공평해요."

"아, 그게 문젭니까? 그럼 진작 말하지 그랬어요."

그 순간 내 눈 앞에 하얀 천이 펄럭 날렸다. 설마 했는데 역시나였다. 데스가 이불을 휙 걷어차서 자기도 나처럼 아무것도 안 입고 있다는 것을 증명했다.

"자아, 착하지. 이리 와요."

데스가 꼭 이모네 개들을 부르는 듯한 말투로 날 부르며 매트리스를 툭툭 쳤다.

그 후 몇 시간을 누드가 주는 장점을 더듬으며 보냈다.

사실대로 말하자면 거의 하루 종일 침대에서 보냈다. 웃고, 뒹굴면서 말없이도 무척이나 재미있게 보냈다. 토스터 와플을 먹고 전자레인지에서 돌린 팝콘도 먹었다. 영화를 좀 봤고 자쿠지에서 셋은 다음 좀 더 서로를 놀려대다 낮잠을 잤다. 음식은 별로 맛이 없었고 영화 또한 밑도 끝도 없었지만 내 인생 최고의 날이었다. 데스랑 아무것도 안 하는 것이 그 누구와 그 어떤 일을 하는 것보다 재미있었다.

"이제 그만 가봐야 할 것 같아요."

우리의 데이트가 거의 24시간을 찍을 즈음에 결국 손을 들고 말했다. 나는 엄청 큰 데스의 병원복 바지에 그의 셔츠를 입고 있었다. 내 머리는 마구 헝클어져 있었고 칫솔이 간절했다.

"오늘 저녁에 다른 일 있습니까?"

주방 선반을 열며 데스가 물었다.

"딱히…… 별다른 건 없어요."

"그럼……."

"그렇지만 오늘 저녁에는 딱히 다른 일이 없어도 여기엔 있지 않을 거예요."

데스의 말을 얼른 가로채서 선언했다. 그러자 데스가 선반에 손을 얹은 채로 나를 돌아보았다.

"왜죠?"

"그냥요. 여기가 내 집도 아니고, 이틀 연속으로 있는 건 좀……."

"내가 자꾸 당신을 벗기려 들어서 그런 건 아니고요?"

데스가 싱긋 웃으며 정곡을 찔렀다. 하지만 100% 정확한 지적은 아니었다. 데스가 날 벗기려 드는 게 싫은 게 아니라 거기에 정신없이 빠져드는 내가 더 문제였다. 거기까지 생각이 미치자 나는 새삼 궁금해졌다.

"데스……."

"예?"

"나 예뻐요?"

별 다른 고민 없이 그가 고개를 끄덕이려 했다. 그래서 얼른 다시 말을 이어 붙였다.

"그러니까 객관적으로 말이에요. 누가 봐도 내가 예쁘고 사귀고 싶고 자고 싶어지고 그러냐고요."

데스가 잠시 고민하는가 싶더니 고개를 가로저었다.

"솔직히 취향을 좀 타긴 합니다."

그렇지. 그게 정답이지.

"그럼 성격은요? 누가 봐도 사랑스럽고, 친화적이고, 상냥하고 그런가요?"

"흐음, 그것도 좀 취향을 타는군요."

"그런데 왜 나예요?"

순간 데스가 픽 웃음을 터뜨렸다.

"글쎄요, 이것도 취향의 문제 같은데요?"

"데스, 난 진지해요."

나도 모르게 정색했나 보다. 나를 빤히 보던 데스가 웃음기를 지우고는 내 앞으로 성큼성큼 다가왔다.

"뭐가 문제죠? 내 눈에는 그저 예쁜 당신이 남에게는 그 취향에 따라 조금 달라 보일 수 있는 거? 내게는 그저 좀 깔끔하구나 느껴지는 당신의 정리 습관이 남에게는 강박증적 정신병으로 보일 수도 있는 거? 아니면 당신이 애가 둘 딸린 이혼녀라는 거?"

침묵은 때로는 긍정이 되는 법이었다. 데스가 그런 나를 보며 낮은 한숨을 뱉었다.

"차라리 설명할 수 있으면 나도 좋겠습니다. 그럼 가끔은 답답할 정도로 완고한 당신을 좀 더 쉽게 납득시킬 수 있을 테니까. 그럼, 반대로 한번 생각해보죠. 당신이 그런 말을 한 적 있죠? 남자의 나쁜 점을 보려고만 들던 당신이 내게선 좋은 점이 보인다고요."

내가 말없이 고개를 끄덕이자 그가 살짝 미소 지었다.

"나도 그렇습니다. 나도 당신처럼 결혼에 실패했고, 그 이후로는 여자를 만나는 기준이 까다로워졌어요. 의도한 것이 아니었음에도 만나는 상대를 이전 아내와 은연 중에 비교하기도 했습니다. 내가 아내에게 참을 수 없던 부분을 만나는 여자에게서 찾아내고는 진저리를 치는. 그런데 당신을 만난 후 지금까지 단 한 번도 아내와 당신을 비교해본 적 없어요. 당신과 아내가 너무 달라서가 아니라 그냥 당신은 당신으로만 보입니다. 이 정도면 내가 당신을 좋아하는 적당한 이유가 될까요?"

뭔가 마음속의 구름이 걷히는 듯한 기분이었다. 하지만 데스 역시 나처럼 불완전한 존재이고, 나와 같은 고민을 했다는 것에 대한 만족감은 아니었다. 내가 그를 사랑하게 된 이유를 알 수 없듯이 그도 나를 사랑하게 된 이유를 알 수 없다는 게 기뻤다.

"그러니까 집에 가지 말고 나랑 있어요."

데스가 살짝 고개를 숙여 내 귓가에 속삭였다.

"결국 결론은 그거예요? 아쉽다. 방금까진 완전 멋있었는데……."

일부러 과장되게 실망한 표정을 지었지만 데스는 속지 않았다.

"와아, 완전 철벽이네. 갈고 닦은 혼신의 멘트조차 안 통한다면 어쩔 수 없죠. 그럼 치즈를 듬뿍 얹은 마카로니 어때요?"

"으으으, 완전 비겁해."

"올리브도 곁들여서 먹으면 완전 맛있을 텐데. 그리고 당신이 맘에 드는 영화를 고를 수 있는 우선권도 줄게요."

탄수화물이랑 B급영화라니, 정말 악마의 유혹이다.

"그래도 안 돼요. 이젠 정말 이를 닦아야 한다고요."

"그냥 내 걸 같이 쓰면 됩니다. 난 충치도 없으니 괜찮을 거예요."

"으윽, 싫어요. 침대를 같이 쓴다고 칫솔까지 같이 쓰는 건 좀 아닌 것 같은데요."

"내일부터 최소한 닷새 동안은 정신없이 바쁠 겁니다. 사랑하는 애인을 전쟁터로 보내면서 키스도 안 해줄 겁니까?"

그러니까 닷새 동안 섹스 기근이 몰아칠 테니 기회 있을 때 실컷 먹어두라 이거지?

와아, 완전 비겁해. 금욕을 무기로 이런 엄청난 협박을 하다니!

이모 집 문을 열고 들어간 순간 재스퍼와 폰테인의 시선이 내 상체를 관통할 듯 날아왔다. 그럴 만도 했다. 내 옷 대신 데스의 셔츠를 입고 들어왔으니까.

"이모는 어디 가셨어?"

최대한 아무렇지도 않게 행동하며 사과를 과일바구니에서 꺼냈다.

"엄마는 해리 아저씨랑 크리스토퍼 월켄 영화제에 가셨어. 그런데 옷이 아주 멋지네."

재스퍼가 나를 위아래로 훑어보며 말했다.

"어제 저녁엔 어디 갔다 온 거야, 이 암코양이야?"

폰테인이 물었다.

"알노에 갔었지. 그리고 오늘 저녁은 데스 집에서 만들어 먹을 거야."

"하루하고도 반나절을 그 집에서 보내지 않았어? 아주 발정이 났네."

"칭찬 고마워. 그리고 재스퍼, 여기서 좀 기다려. 너에게 보여줄 게 있어."

얼른 내 방으로 달려가서 글렌빌에서 가져온 벨벳 박스를 꺼냈다. 그리고 다시 번개처럼 주방으로 뛰어 내려가 재스퍼 앞에 내려놨다.

"이게 뭔데?"

"열어봐. 얼른."

"세이디, 이건 네 결혼반지잖아? 이걸로 뭘 어쩌라고?"

"이걸 팔아서 네 돈과 보태면 네가 그때 보석상에서 봤던 반지를 살 수 있을 거야."

그러자 재스퍼가 펄쩍 뛰었다.

"말도 안 돼. 세이디, 고맙지만 이건 정말 아닌 것 같아. 게다가 이 반지는 엄청 크잖아."

"알아. 하지만 난 필요 없어. 어차피 가지고 있어 봤자 리처드와 얽힌 나쁜 기억밖에 더 나겠어? 그럴 바엔 차라리 더 가치 있는 일에 보태는 게 낫지. 난 이제 더 이상 보석이 필요 없어. 하지만 넌 지금 꼭 필요하잖아. 이건 나에겐 그냥 재앙일 뿐이지만 너와 베스에겐 다르지. 네가 이 반지를 써준다면 난 정말 기쁠 거야."

"형, 난 세이디의 제안이 나쁘지 않은 것 같아. 메이슨 네 가게에선 교환이나 매매도 해. 빈티지 쥬얼리를 여러 개 구입해본 적이 있거든."

"정말 괜찮겠어? 후회 안 해?"

재스퍼가 진지하게 물었다. 하지만 내 생각은 확고했다. 이건 진실로 옳은 행동이었다.

"후회 안 해. 절대로!"

재스퍼의 결혼반지 문제를 해결한 후 데스의 집으로 다시 건너갔다. 데스는 식재료를 사러 잠시 나가 집이 빈 상태였다.

잠시 집 안을 어슬렁어슬렁 돌아다니다가 습관적으로 집 안을 치우기 시작했다. 싱크대에서 접시를 몇 개 닦고 소파의 베개를 정리한 다음 침대 시트 각을 칼같이 날렵하게 잡고, 신발들은 가지런히 정리해 놓았다. 문 앞에 잡다하게 쌓인 개봉하지 않은 편지들과 잡지들도 정리했다.

잡지를 한쪽으로 정리한 뒤 쓸모없는 편지들은 한쪽에, 중요하게 보이는 편지들은 다른 쪽에 정리해 놓았다. 한참을 그렇게 바쁘게 빈 집을 들쑤시고 있는데 데스가 들어왔다.

"생각보다 빨리 돌아왔군요."

데스는 내가 정리해놓은 거실과 주방을 쓱 둘러보았다. 그 순간 내가 주제넘은 짓을 했다는 것을 깨닫고 후회했다.

데스가 아무 말 없이 주방으로 들어가 바짝 마른 그릇타월 옆에 있는 조리대 위에 장 본 것을 올려놓았다.

"내가 집을 비운 사이에 많이 바빴나 보군요."

역시나 주제넘었다. 이럴 땐 얼른 사과해야 한다.

"미안해요, 제가 좀 습관이……."

"난 괜찮으니 미안해할 필요 없어요."

데스가 맨 위에 올려져 있던 잡지를 손에 들고 고개를 갸웃거렸다.

"이거 내가 언제 받았던 거지?"

"시간별로 정리했어요. 오래 된 것부터 새로운 것까지."

데스는 조리대 위에 손가락 끝을 대며 미소지었다.

"대단하군요. 이 짧은 시간에 이렇게까지 정리를 해놓다니. 혹시 옷도 색깔별로 정리해요?"

"그게…… 당연한 거 아닌가요?"

내 대답을 듣기 무섭게 데스가 푸훗 하고 웃음을 터뜨렸다. 아, 나는 모든 집이 어련히 다 그러려니 했는데 딱히 그런 건 아닌가 보다. 그가 장 본 물건을 하나씩 꺼내며 대수롭지 않은 말투로 툭 던졌다.

"그러게요. 내가 오랫동안 집을 떠나 있었더니 모든 옷은 깔별로 정리해야 한다는 원칙을 잊었나 봅니다. 로빈이 꼭 당신 같거든요. 둘이 만나면 참 잘 맞을 것 같아요."

데스가 가족을 거론한 순간 나도 모르게 얼굴이 딱딱하게 굳고 말았다. 우리가 벌써 가족을 소개받을 만큼 깊은 관계인가 하는 의문이 내 머릿속을 치고 들어온 탓이었다. 내 표정이 의미하는 바를 눈치챘는지 그의 표정도 함께 굳었다.

데스는 말없이 장 본 것을 정리하기 시작했다. 그리고 나는 새삼 다시 정리할 것도 없는 거실을 괜히 분주하게 돌아다니며 치우는 척을 했다. 그리고 그날 내내 내 기분은 복잡 미묘했으며 데스 또한 그런 듯했다.

곤히 잠든 데스의 곁에 누워 나는 저녁때의 일을 곰곰이 생각해보았다. 내 얼굴이 굳어지자 떠오른 데스의 묘한 표정이 마음 한 구석을 내내 불편하게 했다. 가족을 거론할 정도로 우리 관계가 깊어진 것이냐는 나의 무언의 질문에 그는 한 마디의 속 시원한 대답도 돌려주지 않았다. 이는 가족을 거론한 그의 말이 순간적인 말실수이고, 그 또한 그런 말을 꺼낸 걸 후회하고 있다는 증거였다.

하지만 데스에게 서운한 건 아니었다. 내가 글렌빌의 내 생활을 포기할 수 없듯이 데스 또한 원래 자신이 속한 세계와 생활이 있기 때문이었다. 우리는 사랑하는 상대를 위해 모든 걸 기꺼이 포기할 수 있는 열정적인 10대 - 예를 들어 십대 때 사랑에 빠진 로미오와 줄리엣처럼 - 가 아니었다.

나는 이 여름이 지나면 글렌빌로 돌아가야 하고 데스는 머지않아 풀만 선생님의 대리 의사가 아닌 정식 의사로써 그를 원하는 병원으로 떠날 것이다. 물론 라일리라는 스카우터가 데스에게 벨하버에 남아달라는 제의를 했다지만 데스는 한 번도 이곳에 남겠다는 이야기를 한 적이 없다. 그건 그가 이곳에 남을 뜻이 없다는 무언의 의사 표현이 분명했다. 솔직히 대도시에는 큰 병원이 널렸다. 하버드 의대를 나온 유능한 의사가 군이 벨하버 같은 촌구석에서 동네 의사나 하고 있을 이유가 없지 않은가. 입장을 바꿔 내가 데스라도 라일리의 제안은 재고의 가치도 없었다. 결국 우리는 이 여름이 지나면 각자의 길을 가게 될 것이다. 새삼스럽게 나와 데스의 결말을 깨닫게 되자 꽤나 우울해졌다.

"데스?"

"응?"

"당신이랑 있어서 참 좋아요."

데스가 나를 더 가까이 끌어안으며, 반쯤 잠이 든 채 중얼거렸다.

"나도요."

잠이 덜 깬 눈을 비비며 화장실로 들어선 순간 나는 놀라 굳어버리고 말았다. 데스의 것 외에 내 것임이 분명한 새 칫솔이 꽂혀 있는 걸 발견한 탓이었다. 급하게 뛰는 심장을 애써 다스리며 그 칫솔을 신데렐라의 유리 구두라도 되는 것처럼 경건하게 집어 들었다.

누군가는 그렇게 말할지도 모른다. 그냥 칫솔 하나 사둔 게 뭐 그리 대수냐고 말이다. 하지만 나는 이 상황이 눈물이 핑 돌 만큼 감동적이었다. 이 칫솔은 내가 언제든 데스에게 갈 수 있는 열쇠와 같다.

15

리처드의 아파트 앞에서도 텔레비전 소리가 크게 터져 나오고 있었다. 두 번째로 힘껏 문을 두드리자 조던이 문을 열었다.

"안녕, 엄마."

조던이 안겨오며 나를 껴안았다. 언제나 기분 좋은 포옹이다.

"안녕, 예쁜이?"

리처드가 웃으며 다가왔다. 아아, 저 밉살스러운 입을 확 찢어 버리고 싶다.

"이사 온 집이 꽤 아늑하네."

지극히 인사치레인 내 말에 리처드가 이죽거리며 웃었다.

"아늑하다기보단 썰렁한 거겠지. 당신이 우리가 쓰던 가구를 전부 가져갔으니 말이야."

"애들은 준비가 다 된 거야?"

상대할 가치도 없다 싶어 아이들을 찾았다. 최대한 이곳에서 빨리 벗어나는 게 상책이었다.

"뭐가 그리 급해? 뭐라도 마시고 가."

"됐어. 빨리 가야 돼. 계속 운전해야 되잖아."

"아이들이 계속 얘기하는 그 데즈가 뭔가 하는 사람이랑 뜨거운 데이트라도 하나 보지? 도대체 그놈이 누구야?"

"그냥 친구야. 당신이랑은 전혀 상관없는 사람이고."

"친구라고?"

리처드가 벽에 삐딱하게 기댔다.

"친구, 좋지. 심각한 관계인 거야?"

"다시 한 번 말하는데 당신이 신경 쓸 이유가 전혀 없는 사람이야. 알겠어?"

리처드가 다시 히죽거렸다.

"아, 심각하다는 말이군. 그리고 이름이 데즈가 뭐야! 오토바이 폭주족에게나 어울릴 이름이잖아."

계속 상대해봤자 나만 피곤할 뿐이었다. 서둘러 아이들의 신발을 찾아내서 소리쳤다.

"얘들아, 어서 가자. 빨리 짐 챙겨."

페이지가 한쪽 발로 깡충깡충 뛰어왔다.

"엄마, 내 다른 쪽 신발은?"

"여기 있어. 어서 신어."

요란법석을 떨며 온갖 물건들을 더블백에 구겨 넣었다. 이것저것 갤 시간도 없이 최대한 빨리 이곳을 벗어나 이모 집으로 돌아가고 싶었다.

"아빠, 내 주스 마시지 마세요. 남겨둬요."

조던이 말했다.

"알았어, 제이. 그렇게. 세이디. 그렇게 빨리 가야 해? 그러지 말고 피자 시켜서 와인 한 잔 어때? 그 새로운 친구에 대해서 좀 말해줘 봐. 아니면 더 좋은 방법이 있어. 옛날처럼 한번 어때?"

아이들한테는 만화영화나 틀어주고 다른 방으로 숨어들어가 빨리 섹스하자는 뜻이다. 이런 미친놈, 이혼한 전처한테 이 무슨 개수작이래!

"안 돼. 할 일이 많아. 집에 잠시 들렀다가 다시 벨하버로 넘어갈 거야."

"집을 확인할 필요는 없어. 그건 내가 하면 되니까. 알잖아."

"고맙긴 하지만 필요 없어. 돌아가기 전에 가져갈 것들이 있거든. 애들아, 아빠한테 뽀뽀해줘. 이젠 가야 돼. 나중에 연락할게."

문을 열자 아이들이 뛰쳐나갔다. 그 순간 리처드가 내 팔을 잡았다.

"세이디. 사실을 말해봐. 그 남자랑 깊은 관계야?"

"당신이랑은 상관없다고 분명 말했어. 내 전남편님……."

❧ ❧ ❧

"톰이랑 타샤는 좋은 사람들입니다. 그러니 너무 긴장하지 마십시오."

데스가 운전대를 돌리며 말했다.

"긴장한 거 아니에요. 왜 내가 긴장했다고 생각해요?"

"오늘 아침 내내 아무 말도 안 했고 지금 입술에서 피가 나고 있거든요."

놀라 입술을 가린 채 침묵했다. 사실 지금 우리는 데스와 의대에서 제일 친했던 친구인 법의학자 톰과 피부과 의사인 타샤의 보트를 타러 가는 길이었다. 여기서 최악인 건 타샤가 데스의 전처와 친구 사이란 것이었다.

항구에 도착한 데스와 나는 팁시터비, 고대디, 블루벨벳을 지나고 브레이킹 윈드와 블로우 미도 지나쳤다. 부두 끝에 도착하자 큰 파란색 폰트로 '보톡스'라고 써져 있는 보트가 기다리고 있었다. 뭐지, 온몸으로 피부과 의사의 요트라고 외치는 저 작명 센스는.

"데스! 여기야!"

보트 위에서 여자의 환호성이 들렸다.

다행히 톰과 타샤는 거들먹거리는 하버드 엘리트가 아닐까 했던 내 걱정과는 전혀 다른 사람들이었다. 톰은 성긴 금발에 엄청 큰 이를 가지고 있었으며 타샤는 팔다리가 짧고 통통했다. 검은 곱슬머리는 방울처럼 위쪽으로 묶어놔서 커다란 인형의 귀처럼 보였다. 그녀는 검은 기능성 수영복을 입었지만 화려하지는 않았고 회색 트레이닝 바지는 허리를 고정하면서 아래쪽을 접어놔 다리가 다 보였다. 나를 너무 촌사람으로 보지 않을까 하는 걱정이 내가 너무 쫙 빼입은 게 아닌가 하는 걱정으로 변했을 정도였다.

우리는 보트 안에 짐을 던져두고 항해를 시작했다. 세 사람이

밧줄을 감고 잡아당기며 항해를 해가는 모습은 매우 흥미로워 보였다. 항해는 즐거웠고, 톰과 타샤도 좋아졌다. 둘 다 재미있고 품위 있으며 편한 사람들이었다.

데스는 굉장히 들떠 보였다. 생각해보니 데스가 우리 가족 외에 다른 사람들과 있는 모습을 처음 본 것 같았다. 내가 알지 못하는 다른 데스였다. 씁쓸하면서도 달콤한 현실이었다.

"뭐 더 필요한 건 없나요?"

타샤가 물었다.

"괜찮아요. 그리고 배고플까 봐 간식을 좀 싸왔어요."

타샤가 미소를 지었다.

"이미 봤어요. 정말 맛있을 거 같던데요."

"세이디의 사촌이 셰프거든."

데스의 말에 타샤가 그의 옆구리를 쿡 찔렀다.

"하여간, 데스 넌 이게 문제야! 이럴 때는 세이디가 만들었다고 말해주는 거라고."

'아, 그런 거야?'라는 표정으로 타샤와 나를 번갈아보는 데스의 멍한 표정에 나도 모르게 픽 웃고 말았다. 그러자 타샤도 웃으며 말했다.

"저 답답한 친구 대신 제가 사과할게요. 데스가 원래 좀 저래요. 저런 고지식한 녀석이랑 연애하려니 답답하죠?"

'다행히 침대에서는 안 그래요'라는 말은 속으로만 하며 나는 그저 말없이 웃기만 했다.

"나도 저 녀석 고지식함에 된통 당한 게 한두 번이 아니예요.

한 번은 어땠는지 알아요?"

톰이 우리 사이에 끼어들었다.

"대학 때 기말고사에 늦은 적이 있어요. 그 전날 우리 둘 다 끔찍한 배낭여행을 갔다 왔거든요. 그래서 교수님한테는 시험 치러 오다가 강도를 만났다고 거짓말을 했죠. 그 방법만이 우리가 살아남을 유일한 길이었는데 여기 있는 조지 워싱턴이 있는 그대로를 아주 솔직하게 실토했어요!"

"그땐 그게 최선이었어."

데스가 항변하자 톰이 '답답쟁이 샌님은 닥쳐라!' 라는 표정을 지으며 타샤 쪽을 돌아보았다. 그러자 타샤가 웃으며 거들었다.

"저도 그날 거기 있었는데 엄청 웃겼어요. 저 덤 앤 더머가 교수님 앞에서 서로를 비난하면서 싸우기 시작했거든요."

"그래서 어떻게 됐어요?"

내 물음에 톰이 새삼 그때가 생각나는지 고개를 절레절레 저었다.

"저는 거짓말한 죄로 알파벳 하나가 내려갔고 이 배신자는 멀쩡했죠."

"그건 미안하게 생각해."

데스의 즉각적인 사과에 모든 사람이 어이없이 웃고 말았다.

"데스가 말해줬는데 정리하는 걸 정말 잘하신다면서요? 저희 집에도 좀 필요해요. 유모랑 청소해주시는 분이 계셔도 말이죠."

"유모도 계셨어요? 아이들이 있는 줄 몰랐어요."

"남자아이만 셋이에요. 여섯 살, 일곱 살 그리고 아홉 살. 지독하게 말을 안 들어요. 저희는 보트로 도망쳐 온 거예요. 제가 듣기론 그쪽은 둘이라면서요, 맞죠?"

테스가 그들에게 내 생각보다 훨씬 더 나에 대해 많이 말한 듯했다.

"네. 페이지는 여섯 살이고 아들 조던은 네 살이에요."

그러자 테스가 어느새 우리에게 다가와 대화에 끼어들었다.

"페이지는 완전 재미있어. 언제나 감정이 풍부하고 드라마틱하지. 그리고 머리카락이 계속해서 움직여. 조던은 네 아들 샘이랑 비슷해. 논리적이고 언제나 무언가를 만들고 있어. 그리고 그 앤 처음에는 날 안 좋아했어."

우리 애들에 대해 신이 나서 이야기하는 테스에게 나는 솔직히 좀 놀랐다. 그의 목소리에서 느껴지는 건 그저 익숙함일까 아님 애정일까?

보트클럽에서의 저녁은 항해의 경험을 넘어섰다. 음식이 우리 테이블로 오기 전에 테스가 내 옆 벤치에 앉았다. 그의 팔은 내 어깨를 감싸고 머리를 만지며 장난치고 있었다.

"기다리는 동안 뭐라도 마실래요?"

"예."

"어떤 게 좋아요?"

"그냥 아무 거나요."

남자들이 마실 걸 가지러 멀어지자 타샤가 얼른 나를 돌아보았다. 그녀의 빛나는 눈은 무언가를 가늠해보는 듯했다. 그녀가 미소를 지으며 가까이 다가왔다.

"데스가 이러는 건 처음 봤어요."

그녀가 말했다.

"어떻게요?"

"사랑에 푹 빠진 듯한 거? 안달이 나 참을 수 없다는 듯이 말이예요. '기다리는 동안 뭐라도 마실래요?'라니. 전 데스를 오랫동안 알고 지냈는데 데스가 저렇게 멍청해 보이는 건 처음이에요."

나는 바지 앞쪽에 만들어진 주름을 손으로 잡아 폈다.

"그래서…… 좋은 건가요 아님 나쁜 건가요?"

"좋은 거죠. 다만 그런 모습이 익숙하지 않아서 좀 오글거릴 뿐. 계속 보면 귀여워질지도 모르겠네요."

타샤는 벤치 앞쪽으로 몸을 당기며 팔꿈치를 무릎 위로 올려놓았다.

"어쨌든 좋은 일인 것 같아요. 데스는 좋은 남자지만 지나치게 고지식하거든요. 거기다 몇 년간 좀 힘든 일이 있다 보니 그게 더 심해졌죠. 그런데 많이 활발해진 것 같아요. 아마도 당신을 만나서 생긴 변화 같네요."

"힘든 일요?"

"네. 요 몇 년간은 데스에게 정말 힘든 시기였어요. 아버지가 돌아가신 충격에 미처 벗어나지도 못했을 때 스테파니 그 망할 년이 완전히 카운터펀치를 먹였거든요."

타샤의 입에서 심한 욕이 나오자 나도 모르게 눈이 휘둥그레졌다. 욕을 했다는 자체보다는 그 욕의 대상인 스테파니가 타샤의 친구이자 데스의 전처라는 데 있었다.

"스테파니요? 혹시 데스의 아내분?"

"예."

"두 분 친구 아닌가요?"

그러자 타샤가 사뭇 기분 나쁜 듯 눈썹을 찡그렸다.

"예, 친구였죠. 이 망할 년이 데스에게 그런 짓을 하기 전까진요. 데스도 내 소중한 친구라고요."

나는 한순간 '그런 짓'이 무엇인지 물어야 할지 말아야 할지 망설였다. 이건 데스의 개인사인데 그걸 물을 권리가 과연 내게 있을까? 뭐라 말도 못하고 고민하고 있는데 타샤가 고개를 갸웃거리며 되물었다.

"데스가 아무 말도 안 했나요?"

"예……."

"그렇군요. 하긴 데스 성격에 전처의 허물을 나불나불하지는 않았겠죠."

그녀는 끙 하며 벤치에 기댄 뒤 머리를 흔들었다. 나는 기다렸다. 병적인 궁금함이 온몸을 뒤덮었지만 기대되기도 하고 두렵기도 했다. 당연히 그의 전처가 성질 더러운 여자여서 데스를 다시 침대로 끌어들이지 않았으면 했지만 또 한편으로는 그녀가 데스의 마음을 아프게 했다는 사실이 나를 힘들게 했다.

"그럼 스테파니에 대해 데스에게 들은 건 아무것도 없나요?"

"제게 얘기 해주었던 건 둘 다 너무 어렸고 고집이 셌다는 거랑의대 다닐 당시에 결혼했다는 정도예요. 결혼이 실패한 건 둘 다 우선적으로 생각하는 게 달랐다고만 들었거든요."

"생각하는 바가 다르다?"

타샤가 차갑게 비웃었다.

"와우, 정말 짧게 얘기해줬네요. 그년이 어쨌는가 하면요……."

"아가씨들, 주문하신 술 나왔습니다."

톰이 술잔을 들고 오며 떠들썩하게 소리쳤다. 그 순간 우리의 은밀한 대화는 부득이하게 끊겼다. 결국 나는 데스의 전처에 대한 결정적인 말은 듣지 못했다.

아쉽기도 하고 다행이기도 한 모순적인 마음을 품은 채 데스가 내민 잔을 받아들었다. 술은 향기롭고, 내 곁을 지키는 데스는 다정하고 따뜻했다. 그럼에도 의문으로 흐려진 내 머릿속은 쉬이 개이지 않았다.

16

"이 그림 어떠니? 방금 전에 완성했단다."

이모가 이젤에서 한걸음 물러서며 페이지와 조던, 폰테인과 내가 그녀의 상상력을 칭찬해주기를 기다렸다. 하지만 내 눈에는 초록색의 무엇가가 믹서에서 튀어나와 캔버스 위에 달라붙은 것으로밖에 안 보였다.

"와우, 엄마. 획들이 정말 획기적인데?"

폰테인이 말했다.

"고맙구나. 작품명은 '라비올리를 먹는 피라냐' 란다."

나는 눈을 가늘게 떠보았다. 이런 세상에! 정말 그렇게 생겼다.

"엄마, 어떤 아저씨가 문 쪽으로 오고 있어요."

조던이 플라스틱 헬리콥터로 창문 밖을 가리켰다.

내가 알지 못하는 검은색 차가 서 있었다. 그리고 잠시 후 문에서 노크 소리가 들리자 개들이 미친 듯이 짖어대기 시작했다. 문을 열자 두꺼운 안경테에 더워 보이는 폴로 티셔츠를 입은 소심해 보이는 남자가 서 있었다.

"안녕하세요?"

"터너 부인? 세이디 터너 부인?"

남자는 나에게 두툼한 봉투를 건네주고 아무런 설명도 없이 자신의 차로 돌아가버렸다.

봉투를 꺼내들고 살펴보는 순간 내 속이 부글부글 끓어오르기 시작했다. 반송처가 리처드의 변호사 주소인 퀜드류, 그래엄 & 볼스테드로 되어 있었다. 이 봉투에 나한테 이로운 게 들어 있을 리 없다. 그리고 예감은 적중했다.

미처 몇 줄 읽지도 못하고 다리가 풀린 나는 그만 의자에 풀썩 주저앉고 말았다.

"왜 그러니, 세이디?"

하얗게 질린 내 얼굴을 보며 이모가 걱정스레 물었다.

"리처드가 다시 재판을 걸었어요. 아이들의 공동보호권과 집을 달라네요."

"그 새끼 미친 거 아니야? 이혼의 책임은 전적으로 그 망할 놈한테 있잖아? 그런데 무슨 권리로?"

폰테인의 톤이 평소보다 높아졌다.

"이 서류에 따르자면, 그리고 제가 이해하는 게 맞다면, 제가 집을 내버려두고 나돌아다니면서 아이들을 바람직하지 못한 환경에 노출시켰다고 되어 있어요."

"개자식, 왠지 그 지랄을 하다가 왜 갑자기 조용해졌나 했더니."

폰테인이 이를 갈며 내게 등을 돌렸다. 지난 몇 주간 무의식 속에서 따로 놀던 불안들이 하나로 완성되면서 그림이 그려졌다. 비로소 리처드가 지금까지 친절하게 아이들을 벨하버까지 데리러 온 것도, 집을 확인한 이유도 이해가 되었다. 나와 데스의 관계에 관심을 가졌던 것도 질투가 아니라 날 공격할 총알을 찾기 위해서였고, 폰테인과 한 집에 사는 것에 대해 어느 순간부터 말하지 않은 것도 아이들이 안 좋은 환경에 있다는 걸 판사에게 어필하고 싶었던 거였다. 내 망할 전남편은 내 집과 아이들을 훔쳐가기 위해 지금껏 수를 쓰고 있었던 것이다.

"이모, 전화 좀 해야겠어요. 아이들을 좀 돌봐주시겠어요?"

"당연하지. 필요한 시간만큼 아이들을 보고 있으마. 분명 방법이 있을 거야."

얼른 방으로 뛰어올라가 내 변호사인 쟈넷에게 전화를 했다. 그리고는 페니에게 전화했지만 자동응답기만 연결이 될 뿐이었다. 다음번에는 데스에게 전화를 걸었다. 하지만 신호음이 울리기도 전에 끊어졌다. 일하고 있는 게 분명했다. 지금은 전화해서 리처드의 계략을 떠들어댈 때가 아니었다. 대신에 문자로 연락해서 저녁을 먹으러 올 수 있냐고 물어보았다. 일이 너무 넘쳐나 옴짝달싹도 할 수 없다고, 노력은 하겠지만 약속은 할 수 없다는 답장이 왔다. 그의 문자에 미소를 지었다. 그를 만나지 못하는 건 서운하지만 지키지 못할 약속 따윈 하지 않는 그의 성품이 새삼 맘에 들었다.

"세이디, 여기서 포기 안 할 거지? 나도 돈을 보탤게."

열린 문에 팔을 대고 선 채 폰테인이 내 눈치를 보았다.

"폰테인, 그런 표정 하지 마. 절대 네 잘못 아니야."

"그래도 미안한 건 사실이야. 내가 그 망할 놈한테 빌미를 준 거니까. 지난 일 년간 네가 이혼소송을 진행하는 동안 단 한 번도 양육권 이야기가 나온 적 없는데, 이제 와서 이러는 것도 지금 상황이 승산이 있다고 생각해서 덤비는 거잖아. 만약 내가 이 집을 나가는 게 소송에 유리하다면 당장 나갈게."

폰테인이 약 올라 미치겠다는 듯 머리를 마구 헝클었다.

"아니야, 폰테인. 절대로 네 탓이 아니야. 넌 우리 애들과 정말 잘 지내줬어. 그리고 어차피 난 글렌빌로 돌아갈 거야. 아마 이게 돌아가라는 사인인지도 몰라."

"내 생각엔 이쪽으로 이사 오라는 사인일 수도 있어. 난 네 재능을 고객들에게 소개시켜주고 돈을 쪽쪽 빨아먹고 싶은걸. 데스 랑은 혹시 여기로 이사 오는 문제를 의논해본 적 있어?"

"아니."

"그럼 이야기를 해보는 게 어떨까? 그 스카우터는 데스가 풀만 선생님을 대신해서 이곳에서 일해줬으면 한다잖아. 만약 네가 이 곳으로 완전히 옮겨온다면 데스도 이곳 병원에서 일하려 하지 않을까?"

"그런 생각을 아예 하지 않은 건 아니야. 하지만 데스는 이에 대해 한 마디도 하지 않고 있어. 그러니 주제넘은 짓은 하고 싶지 않아. 그리고 일단은 리처드 일부터 해결하자. 알았지? 그리고 나서 데스에게 뭐라고 할지 생각해볼 거야."

　내 전화가 맘에 걸렸는지 데스는 저녁에 잠깐 시간을 내서 집으로 찾아왔다. 아이들은 폰테인과 모노폴리를 하고 이모는 인터넷으로 카드를 치고 있었다.
　"안녕하세요, 아저씨. 오늘은 삼촌처럼 스타일이 있네요."
　페이지가 언제나처럼 데스에게 달려들었다.
　"응?"
　데스의 물음에 딸이 그의 턱 쪽을 가리켰다.
　"수염."
　"아하."
　데스가 그제야 알았다는 듯 고개를 끄덕이자 조던이 바로 막 그린 그림을 가져왔다.
　"이거…… 소를 그린 거니?"
　데스가 자신 없이 묻자 조던이 고개를 저었다.
　"로켓이요."
　데스가 그림을 돌려서 다른 각도에서 쳐다보았다.
　"최신식이구나."
　데스는 내게 키스를 해주기 위해 몸을 숙이다가 손을 들었다.
　"미안, 긴 시간 있지는 못할 것 같아요. 병원이 지금 너무 정신 없이 돌아가서. 저녁 먹는다는 핑계로 잠깐 와 봤습니다. 별일 없죠?"
　데스는 꾀죄죄하고 피곤해 보였다. 그를 보는 순간, 리처드가 보낸 쓰레기를 데스의 어깨에 올려놓기엔 너무 짐이 무겁다는 생각이 들었다. 내일 얘기해도 되겠지. 좀 쉬고 나면 데스는 내 마음을 공감해주고 사랑해주고 내가 필요한 모든 도움을 줄 거다.

"데스, 온 김에 밥 먹고 가."

재스퍼가 식당에서 우리를 불렀다. 시끄러운 버펄로 떼처럼 우리는 의자에 앉았다. 조던과 페이지가 데스의 바로 양쪽에 앉아버려서 나는 반대편에 앉을 수밖에 없었다. 맞은편에는 폰테인과 베스가 재스퍼의 양쪽에 앉았다.

"얘들아, 너희들에게 할 말이 좀 있단다."

식탁에 앉으며 이모가 말했다.

"뭔데요, 엄마? 아, 그리고 깜박했는데 이 당근에는 생강 버터 발라놨어요."

재스퍼가 그릇을 내려놓으며 미리 경고했다.

"올해는 생일 파티를 좀 빨리 하고 싶구나. 그리고 해리도 초청했으면 해. 내 진짜 생일 때는 그 사람이 여기 없을 거거든."

"나는 엄마가 그 사람한테 관심 없는 줄 알았는데? 그 뭐냐, 고소공포증이 있다는 걸 알게 된 후로 말이야."

폰테인이 브로콜리를 입에 넣으며 말했다.

"그런 것 때문에 사람을 싫어할 수는 없단다. 정말 많이 놀랐어. 같이 스카이다이빙 하러 가자고 예약을 했는데 안 간다는 거야."

"다음번에 만나면 고맙다고 해야겠네요! 엄마, 천천히 좀 살면 안 돼요?"

"아니. 서둘러야 해. 난 시간이 별로 없거든."

순간 데스가 포크를 떨어뜨렸다. 갑자기 난 큰 소리에 모든 이의 시선이 데스에게 쏠렸다.

"죄송합니다."

데스가 얼굴이 벌겋게 되어 사과했다. 다들 신경 쓰지 않았지만 난 데스가 좀 이상하게 느껴졌다. 웬만한 일엔 당황하지 않는 데스의 평소 모습과 많이 다른 듯해서였다.

"사람 일이란 알 수 없어. 저번 날에는 아니타가 차 안에서 뜨거운 커피를 흘렸거든. 그때 다리 위에서 운전을 하고 있었는데 조금만 더 나갔어도 난간에서 떨어졌을 거라더구나."

"엄마, 꼭 그런 말을 해야 해요? 식사 자리의 화제치곤 듣기 거북하네요."

재스퍼가 투덜거렸다.

"그냥 그렇다는 거야. 사람들은 매일 죽어. 그러니까 단 일 분이라도 낭비하면 안 돼. 나 또한 힘이 남아 있을 때 최대한 많이 돌아다닐 거야. 내 생각에는 팔 월 두 번째 주 주말이 파티하기에 정말 좋을 거 같아."

"엄마. 겨우 열흘밖에 안 남았잖아!"

폰테인이 씩씩거렸다.

"열흘 내에 완벽한 파티를 준비할 수는 없어요. 내일 당장 초대 편지를 보내도 사람들한테는 엄청 부담될 거란 말이야."

"올 수 없으면 안 오면 되는 거야. 하지만 너무 화려한 건 피했으면 좋겠어. 너랑 세이디가 파티 준비를 하고 재스퍼가 케이크를 만들어주면 됐지. 뭐 더할 게 있겠니?"

"테마가 필요하단 말이야! 장식도 필요하고, 음악도 필요하고, 의자까지도! 그냥 평범하게 할 수는 없어. 사람들이 내 파티에 올 때는 기대가 엄청 높다고요!"

폰테인의 반박에 이모가 딱 잘라 말했다.

"이건 내 파티야. 네가 시간이 없다면 내가 계획하마."

이모가 샐러드를 입에 넣으며 뚱하게 대꾸했다. 이러가다 모자 간에 싸움이 나겠다 싶어 얼른 대화에 끼어들었다.

"이모, 폰테인과 재스퍼는 이모의 생일파티를 잘 꾸미고 싶은 거지 싫다는 게 아니에요. 다만 너무 늦게 말씀해주셔서 다들 당황한 것뿐이죠."

"내가 원하면 해줄 수 있는 거잖니. 그렇지, 데스?"

데스가 허겁지겁 음식을 입 안으로 쓸어 넣다가 이모를 빤히 쳐다봤다.

"제가 어떻게 생각하든 상관없습니다. 그건 이모님이 결정하실 일입니다."

데스가 다시 음식을 퍼먹기 시작했다. 데스는 오늘 정말 이상했다. 너무 피곤해서 저러나? 이모가 데스를 잠시 쳐다본 후 이상한 표정을 지었다. 하지만 너무 빨리 나타났다 사라져서 내가 본 게 진짜인지 알쏭달쏭했다. 이모가 다시 재스퍼에게 몸을 돌렸다.

"재스퍼, 생일 음식 만들어줄 거지?"

"예, 알겠어요. 하루 정도는 일을 빼야겠네요."

베스와 내가 저녁에 사용한 접시들을 닦는 동안 이모와 데스는 데크로 나갔다. 그런데 문 너머로 보이는 데스와 이모는 그냥 일상적인 대화를 하는 게 아니었다. 데스는 손에 힘을 꽉 준 채 이모에게 가까이 다가갔고 이모 역시 손을 허리에 올리고 턱을 고정시킨 채 데스를 마주보고 있었다.

월터 삼촌은 이모의 저런 모습을 볼 때마다 이모 안에서 아일랜드인이 일어서고 있다고 표현했었다. 데스가 뭔가 요구하고 이모는 그걸 거절하는 것 같았다.

"두 분이 무슨 얘기를 하시는 걸까요?"

베스가 내 뒤로 오며 물었다.

"잘 모르겠어요. 데스는 저녁 내내 이상했거든요. 가서 알아보려고요."

내가 데크에 나가자 데스는 머리가 아프다는 듯이 관자놀이를 양손으로 누르고 있었다.

"절 이런 일에 끌어들이시면 안 돼요, 이모님. 이건 정말 말도 안 된다고요."

둘의 대화는 내가 나타나자 바로 중단되었다. 둘 다 찾으면 안 되는 물건을 찾다 들킨 아이들처럼 놀랐다.

"이모가 당신을 무슨 일에 끌어들였는데요?"

내 물음에 데스의 얼굴이 창백해졌다.

"이모님의 생일에 관해서 나한테 중간에 물어 보셔서……."

"진짜로?"

이모가 언제 포경수술을 했는지 아니면 언제 첫경험을 했는지 따위를 물어봤을 때보다 더 당황했다고? 생일파티를 계획하는 건 그런 문제들에 비해 너무 작다.

"미안하지만 세이디, 난 아침 일찍 교대해주러 가야 하고 좀 피곤합니다. 집으로 가야 할 것 같아요."

이모가 데스의 팔을 토닥였다.

"서로 의견이 다른 상황에 몰아 넣어 미안하구나."

"괜찮습니다. 안녕히 주무세요, 이모님."

이모가 들어가버리자 저녁 내내 불안했던 마음이 꿈틀거렸다.

"이모가 또 귀찮게 했나 보네요. 미안해요."

"당신이 내게 미안해할 일은 없습니다. 다만 요즘 내 주변에 너무 많은 변화가 있어서 좀 혼란스러울 뿐입니다."

"무슨 변화요?"

데스가 재빨리 날 끌어안았다. 그리고 바로 돌아섰다.

"아무것도 아닙니다. 이젠 정말 가야 할 것 같아요. 내일 전화하겠습니다."

데스가 말 그대로 데크에서 뛰쳐나가듯 앞문으로 나가더니 모두에게 손을 흔들고 조용히 사라졌다. 뭔가 불안하다. 지금 대체 무슨 일이 일어나고 있는지 알고 싶었다. 이모는 거실 테이블 옆에 멍하게 서 있었다.

"이모 도대체 뭐가 어떻게 된 거예요? 그리고 파티에 관해서라고 거짓말할 생각 마세요. 뭔가 다른 게 있는 게 분명해요."

난 이모가 우는 건 한 번도 본 적이 없었다. 그리고 나에게는 절대 보여주지 않을 거라는 것도 알고 있었다. 그런데 처음으로 이모가 눈물을 훔치는 것을 목격했다. 이모는 눈을 훑어 눈물을 없애고 억지로 미소를 지었다. 하지만 이미 내 심장은 얼어붙고 말았다.

"베스, 애야. 우리 작은 애들을 데리고 위에 올라가서 잠옷으로 좀 갈아입혀주지 않을래? 내가 큰 애들하고 할 얘기가 좀 있단다."

모두들 조용해졌다. 긴장감에 공기마저 떨고 있었다. 모두들 이모의 이번 발표가 양궁을 배운다거나 미스 아름다운 할머니 대회에 출전한다거나 하는 게 아니란 걸 예감하고 있었다.

베스가 끄덕이며 아이들을 몰고 방에서 사라졌다. 남은 우리는 테이블 근처에 앉았다. 이모가 다시 고개를 들었을 때엔 눈시울이 촉촉하게 젖어 있었다.

"애들아, 이렇게 즐거운 저녁을 먹을 수 있게 해줘서 고맙구나. 생일 파티 날짜를 바꾸는 게 이렇게 큰 문제를 일으킬 줄은 몰랐어. 피하고 싶었지만 말해줄 게 있단다."

이모가 깊이 숨을 들이마시고 내뱉었다. 일 초가 영원처럼 길었다.

"내게 작은 암이 있는 것 같아. 그래서 항암치료를 받기 전에 파티를 하고 싶구나."

방 안의 공기는 독처럼 탁하고 무거웠다. 난 폰테인의 손을 꽉 쥐었다. 내가 생각한 걸 말한 게 분명한가?

"그게 무슨 뜻이에요? 작은 암이라니?"

"무슨 도토리 무언가 그랬단다. 이름이 정확히 기억나지는 않아. 잠시만, 어딘가에 적어놨을 거야. 종이가 가방 안에 있거든."

잊어버렸다고? 누가 자기 암이 뭔지 까먹는 거야? 방이 빙글빙글 돌면서 나를 압박해왔다.

우리는 그냥 조용히 이모가 가방을 뒤적이는 것을 보고 있었다. 이모는 가방에서 파우더, 립스틱, 그리고 카우벨 등을 테이블 위에 올려놓은 후 종이를 찾았다.

"여기 있구나. 여기를 보자면 난 침윤성 관 암종이 있단다."

이모가 팔을 들고 한곳을 지그시 눌렀다.

"여기 어딘가에 있다고 했단다. 하지만 의사 선생님이 말씀하시길 나쁜 와중에서도 좋은 소식인 게 이건 나쁜 암이 아니라고 하더구나. 치료가 가능하거든."

"모든 암은 나빠요, 엄마."

재스퍼가 말했다.

"아, 물론이지. 하지만 최악의 암은 아니란다. 수술이랑 약간의 항암치료를 하면 금새 좋아질 거야."

이모의 입술이 낙관적인 말과는 다르게 떨리기 시작했다. 나는 뭐라고 해야 할지 몰랐다. 우리 모두다 똑같았다. 리처드가 아이들과 집을 훔쳐가는 것보다 이번 뉴스가 더 끔찍했다. 하지만 이모는 뼈아픈 침묵을 평소처럼 활기차게 깨버렸다.

"이제 다들 알았겠지? 하지만 벌써부터 아픈 노인네 취급당하는 건 거절하겠어. 난 지극히 멀쩡하고 기분도 아주 좋단다. 요새는 의술이 많이 발달되어서 고치지 못하는 병이란 거의 없다는구나. 얼마나 놀라운 일이냐? 그러니까 무슨 큰일이라도 난 것처럼 호들갑 떨지 말았으면 좋겠구나. 그리고 이 방 밖에 있는 누구에게도 말하지 않았으면 좋겠구나, 알았지?"

이모가 우리 모두에게 다짐을 받아냈다.

"하지만 데스는 제외야. 내가 검사할 때 도와줬거든."

작은 방은 점점 더 날 압박했고 마침내는 벽이 나를 짓누를 것처럼 가까워지고 있었다. 데스는 알고 있었어? 도대체 얼마나 오랫동안 혼자만 알고 있었던 거지?

"이모, 그 검사를 언제 하셨던 거죠?"

내가 물었다.

"3주 전. 그리고 어제 결과를 받았단다."

이모는 종이를 다시 가방 안으로 넣고 파우더를 꺼냈다. 그리고는 아무 일도 없다는 듯이 화장을 고치기 시작했다.

"3주 전이라고? 엄마! 왜 말 안 해준 거야?"

폰테인은 소리지르고 재스퍼는 이모가 벌써 귀신이라도 된 것처럼 쳐다보기 시작했다.

"왜냐하면 다들 걱정할 거라는 걸 알고 있었으니까. 게다가 무슨 소용이 있니. 어제 나온 결과가 없었다면 아무런 얘기도 할 수 없었단다. 하지만 데스가 정말 많이 도와주었어. 아는 의사가 있으니까 무슨 영화배우라도 되는 것처럼 대접을 해주더구나. 진짜 셜리 맥클레인이 된 느낌이었단다."

난 이제야 현실을 받아들이기 시작했다. 데스가 이모를 모시고 갔었던 거다. 지난 3주간 사실을 알면서도 지금까지 말을 안 해준 거였다.

"애들아, 이젠 그만하렴. 내일 모레에 어차피 의사 선생님하고 약속이 있어. 그때 가면 더 자세히 알 수 있을 거야. 그리고 나랑 같이 가고 싶으면 같이 가자꾸나."

이모의 말에 폰테인이 의자에서 거칠게 일어났다. 그리고 창가에 기대 손톱을 물어뜯기 시작했다.

"이건 비극이 아니란다. 내 말 알겠니? 내 인생은 아직 끝난 게 아니야. 그리고 너희 인생도 마찬가지지. 하지만 커다란 파티를 열어주지 않는다면 난 죽은 후에 너희를 계속 쫓아다닐지도 몰라. 알겠니?"

"엄마, 이건 장난이 아니에요."

재스퍼가 조그맣게 중얼거렸다. 이모는 재스퍼의 손을 토닥였다.

"아니라는 건 나도 알아. 하지만 계속 우울해 있어도 달라질 것은 아무것도 없단다. 그러니까 그만 울적해하고 이제 내 파티를 계획하렴."

우리는 믿을 수 없다는 듯이 서로를 쳐다봤다. 그때 폰테인이 크게 헛기침을 하더니 이 모든 답답함을 벗어버리듯 말을 꺼냈다.

"평소 때 오는 사람들을 다 불렀으면 하시는 거죠?"

"물론이지."

"그건 제가 책임질게요."

모든 사실을 부정이라도 하듯 우리는 바쁘게 움직였다. 치료 계획에 대해서 말을 꺼내긴 해야겠지만 나중에 해도 괜찮다는 듯이 무시하고 이모가 원하는 풍선 부케라든가, 마리아치 밴드 그리고 삼촌이 태국에서 사가지고 오신 실크 드레스가 파티에 어울릴 지를 심각하게 의논하기 시작했다. 그 후부터 우리는 정신없이 바빠졌지만 나는 여전히 파티 준비에 집중하지 못했다. 이모와 리처드만 해도 충분히 충격적인데, 데스가 3주 간이나 이모의 상태를 숨겨왔다는 사실에 더없는 배신감을 느꼈기 때문이었다. 그가 나를 정말로 사랑했다면 조금이라도 날 진지하게 생각했다면 내게 진작 이 사실을 말해주어야 했다. 나는 오늘 두 남자에게 또 속고 말았다. 하나는 내 망할 전남편, 또 하나는 진지하게 함께할 미래를 감히 꿈꿔 본 남자였다.

데스의 집에는 여전히 불이 켜져 있었다. 피곤해서 일찍 잔다고 했는데 그것도 거짓말이었다.

현관문을 거칠게 두드리자 그가 문을 열어주었다. 그는 많이 지쳐 보였지만 나는 내 감정에 사로잡혀 거기까지 신경 쓸 겨를이 없었다.

"어떻게 이럴 수가 있어요. 그런 심각한 일을 알고도 어떻게 나한테 한 마디 상의도 안 했냐고요?"

데스가 방어라도 하듯이 손을 올렸다.

"세이디, 결과가 나온 건 어제였습니다. 그리고 진료기록은 본인 외에는 알려줄 수 없고요."

"데스, 난 가족이에요. 당연히 알 권리가 있다고요."

"다른 방법이 없었습니다. 적어도 당신에게는 알리고 싶었지만 이모님이 그걸 바라지 않으셨어요. 그리고 꼭 오늘 이런 식으로 날 몰아붙여야 합니까? 난 분명히 피곤하다고……."

"거짓말하지 말아요. 당신은 그저 날 피하는 것뿐이잖아요."

"세이디!"

데스의 언성이 조금 높아졌다. 하지만 나는 유감스럽게도 이미 반쯤은 이성을 잃은 상태였다. 이모의 상황에 대한 절망감, 리처드가 내 아이들을 빼앗아갈지도 모른다는 불안감, 그리고 데스가 날 속여왔다는 배신감, 이 모든 것이 뒤엉켜 나는 말도 안 되는 시비를 거는 못된 계집애가 되어가고 있었다.

"당신은 이래서는 안 되었어요. 나한테만은 속여서는 안 되었다고요. 비밀 또한 거짓말이에요. 그렇게 당신을 믿으라고 하더니 그 결과가 이건가요?"

데스의 얼굴이 점점 더 굳어가고 있었다. 하지만 나는 내 감정에만 치우쳐 그의 변화를 전혀 눈치채지 못하고 있었다. 그것이 내게 어떤 부메랑이 되어 돌아올지 전혀 예상하지 못한 채.

"세이디, 난 이모님의 부탁을 들어드린 것뿐입니다. 거기에 대해서 불만이 있으면 이모님한테 가서 따지세요."

"하지만 당신은 의사잖아요. 벌써 3주나 지났는데 일찍 알았으면 그동안 치료 계획이라도 세울 수 있었잖아요."

"내가 의사인 건 맞습니다. 하지만 이모님의 주치의는 아니죠."

데스가 내게서 등을 돌리며 소파의 윗부분을 움켜쥐었다. 분을 삭이는 듯한 그의 뒷모습이 반쯤 미쳐 있는 내게는 회피로만 보였다. 그래서 더욱 화가 났다.

"이모님께 소개해드린 의사 분은 이 분야에서 최고의 실력을 지닌 분입니다. 거기까지가 제 역할이고요. 이모님의 병은 내 영역이 아니에요. 그러니 나에게 이러지 말고 그 의사분과 이야기를 해보도록 해요."

내 눈에서 눈물이 떨어지기 시작했다.

"그 누구도 준비되지 않았어요. 모든 게 너무나 갑작스럽다고요. 당신이 지난 3주간 날 이런 식으로 속이지 않았다면 이렇게까지 화가 나지는 않았을 거예요."

"젠장!"

계속 등을 돌리고 서 있던 데스가 소파의 머리를 세차게 주먹으로 내리쳤다. 그 순간 나도 움찔했다. 데스가 정말로 화가 났다는 걸 깨닫고서야 나는 제정신이 돌아왔다.

"허구한 날 그놈의 거짓말 거짓말! 대체 당신은 날 뭐로 보는 겁니까? 대체 내 인내심을 어디까지 시험할 작정이냐고요!"

데스가 돌아서며 격렬하게 소리쳤다. 처음으로 듣는 그의 고함 소리에 심장이 쿵 내려앉았다.

"데스……."

"이제 그만합시다."

데스가 폭풍 직전의 고요함을 품은 채 다시 목소리를 낮췄다. 순간 나는 걷잡을 수 없는 불안감에 사로잡혔다.

"그게 무슨 말이에요?"

"말 그대로입니다. 끝내는 거죠. 매번 거짓말쟁이로 매도당하는 것도, 언제나 못 믿을 인간으로 낙인찍히는 것도 이제 지긋지긋합니다."

그야말로 청천벽력 같은 선고였다. 이런 결과를 예상치 못했던지라 눈앞이 노래지고 머리가 핑 돌았다.

"그러니까…… 나더러 당신에게 떨어져 나가라?"

"아니요. 그냥 원래대로 돌아가는 겁니다. 당신에게 붙었던 건 나니까 내가 떨어지면 되는 겁니다."

"데스⋯⋯."

"애초에 당신이 좋아서 접근한 것도 나고, 날 경계하는 당신을 꼬드겨 침대로 끌어들인 것도 납니다. 당신에게 끝내 믿음을 주지 못한 것도 나고요."

데스의 목소리는 너무나 지쳐 있었다. 그제야 그의 얼굴이 반쪽이 되어 있다는 걸 깨달았다. 아차 싶으면서 내 얼굴도 점점 창백하게 바래고 있었다.

"난 내가 그래도 나름 성실하고 사랑하는 상대에 충실한 남자라 여기며 살아왔어요. 비록 스테파니와의 결혼생활은 실패했지만 이 실패에 관련한 내 잘못은 그리 크지 않다고 여겼습니다. 하지만 오늘 겪은 일과 날 여전히 믿지 않는 당신을 보니 확실히 알겠군요. 모든 문제는 나에게 있었습니다. 난 당신과 스테파니 누구에게도 믿음을 주지 못했어요."

데스의 목소리에 쇳소리가 섞여들었다. 날 마주한 초록빛 눈은 짙은 회환을 담은 채 짙게 가라앉아 있었다.

"세이디, 할 말이 있습니다. 타이밍이 안 좋기는 하지만 어쩔 수 없군요."

데스가 머리를 훑으며 숨을 가다듬기 시작했다. 점점 불안한 기분이 들었다. 그리고 이런 종류의 예상은 틀린 적이 별로 없다. 그럼에도 이 화제를 피할 수 없다는 사실이 나를 잔인하게 옥죄었다.

"스카우트 제의가 들어왔습니다. 시애틀에 있는 병원인데 최대한 빨리 일을 시작해달라더군요."

시애틀? 워싱턴에 있는 거? 벨하버랑은 멀리 멀리 떨어져 있는 거기?

"얼마 동안요?"

겨우 입을 열어 묻는 내 목소리 또한 걷잡을 수 없이 떨렸다.

"아마도 평생."

지구의 축이 거칠게 흔들리는 것 같았다. 평생이란 생각보다 긴 시간이었다. 내 결혼생활이 지속된 기간보다 훨씬 더 길었다.

"그래서 간다고요? 시애틀로?"

목소리는 내 목소리였지만 전혀 내가 말한 것 같지 않았다. 뇌가 천천히 무너지는 것만 같았다.

"의사로서는 최고의 기회죠. 안 간다고 하는 건 멍청한 짓입니다."

나는 조용히 끄덕였지만 말이 나오지는 않았다.

"진심으로 당신과 함께하고 싶었습니다. 하지만 더는 그렇게 안 될 것만 같군요. 미안합니다."

데스가 다시 등을 돌렸다. 소파 머리를 쥐어뜯을 듯 움켜쥐는 그의 손에 하얗게 핏줄이 도드라져 있었다.

"그만 나가주십시오, 이젠 정말 다시는 당신을 보고 싶지 않습니다."

어떻게 집으로 돌아왔는지 기억이 나지 않았다. 밖으로 나오면서 데스에게 뭐라고 했는지도 기억나지 않았다. 집에 돌아와서는 침대에 누워 베개에 얼굴을 묻고 울기 시작한 것만 기억이 난다. 인생 최고의 마라톤을 뛰었지만 손톱만큼의 차이로 져버린 것 같은 느낌이었다.

데스는 날 떠날 거고, 이모는 죽어가고, 리처드는 내 소중한 아이들을 뺏으려 하고 있었다.

모든 게 뒤죽박죽 뒤엉키고 머릿속은 총 맞은 것처럼 멍해졌다. 그렇게 내 생애 최악의 밤이 지나가고 있었다.

17

변호사인 쟈넷은 우아하다는 표현이 참 잘 어울리는 사람이었다. 모든 방면에 뛰어난 여자라서 평소에는 가까이하고 싶지 않는 타입이었다. 그녀는 두려움이 없고 언제나 위풍당당하며 옷차림마저 세련되었다. 또 그녀의 피부는 모카라떼를 연상시켰고 까맣고 힘이 넘치는 눈은 레이저처럼 거짓말을 꿰뚫어보는 재능이 있었다.

그녀는 상황에 따라서는 조용하게 설득을 하다가도 한순간 돌변해서 거칠게 밀어붙이기도 했다. 창의적인 욕을 다발로 내뱉는 것도 좋아했다. 유능한 만큼 변화무쌍해 정말 무서운 사람이지만 다행히 그녀는 내 편이었고 현재 나는 리처드를 증오하는 만큼 그녀를 좋아했다.

쟈넷은 테이블 위로 올려놓은 얇은 가죽 가방 안에서 몇 장의 서류를 꺼냈다. 벨하버에 있는 작은 커피숍에서 만나기로 한 건 내가 글렌빌로 돌아가기 싫었기 때문이었다. 그 무엇이든 나를 리처드와 가깝게 하고 이모에게서 멀어지게 하는 건 싫었다.

"그쪽 변호사랑 얘기해봤어요."

쟈넷이 말했다.

"리처드는 그냥 겁을 주는 거예요. 처음부터 우위에 서서 협상할 때 써먹으려고 하는 거죠."

의자를 바싹 당겨 쟈넷에게 가까이 갔다.

"그래서 리처드가 진짜로 원하는 게 뭔 것 같아요?"

"내 정보원에 의하면 리처드는 집을 원하는 것 같아요."

"그게 다예요? 아이들을 데려간다고 협박하는 게 집 때문이라고요?"

"리처드를 알잖아요. 무조건 럭셔리와 돈에만 관심이 있는 사람이잖아요. 그의 아파트는 완전 엿 같고 세이디가 살고 있지 않는 집에 아직도 대출금을 내고 있으니까요. 분명 그쪽 변호사들이 리처드를 설득해 양육권 카드를 뽑게 만들었을 거예요. 세이디를 겁줘서 혼란스럽게 만드는 거죠."

"확실히 겁이 나긴 했어요."

쟈넷이 인상을 찌푸리며 안경을 고쳐 썼다.

"그런 쓰레기들의 수작에 말려들지 말아요, 세이디. 싸워서 이길 수 있어요."

"집은 별 상관없어요. 제가 온전하게 양육권을 가질 수 있다면 말이에요."

자넷이 서류의 여백에 뭔가를 쓰기 시작했다.

"지금 글렌빌의 부동산은 꽉 찬 상태예요. 분명 조금 작지만 괜찮은 집을 찾아 살 수는 있겠죠. 하지만 돈은 어떻게 할 건데요?"

"사실은 이쪽으로 이사 올 계획이에요. 뭔가를 찾아내기 전까진 이모 집에서 살아도 되고요. 혹시 알지 모르겠지만 일을 시작했어요. 이곳 벨하버에는 돈은 많고 집 안은 난장판인 사람들이 많이 살거든요. 그다지 많이 벌지는 못하지만 전망은 있어요."

쟈넷은 내 조건부 항복에 실망한 것 같았다. 나하고 리처드가 싸우면 싸울수록 그녀의 주머니가 채워질 테니까. 게다가 그녀는 나만큼 리처드를 엿먹이고 싶어했다. 아마 리처드가 그녀의 전남편을 생각나게 하는지도 몰랐다.

"세이디, 이건 잘 생각해야 해요."

"날 믿어요. 충분히 생각해봤어요. 벨하버로 이사 오는 게 옳은 선택인 것 같아요. 이모랑 폰테인은 엄청 흥분한 상태예요. 아이들은 디즈니랜드로 이사 오는 것처럼 좋아하고 있고요. 그게 양육권에 무슨 문제가 되진 않겠죠? 만약 그렇다면 다른 방법을 생각해봐야 하니까요."

"그게 문제가 될 거라고는 생각하지 않아요. 뭐 다른 걸 세이디한테서 뽑아낼 게 있다면 또 모르지만요. 혹시 내가 모르는 재산목록이 또 있나요?"

"그런 게 있을 리가요."

"알겠어요. 일단은 내일 전화해서 리처드네 변호사들이랑 협상을 할 거예요. 하지만 그냥 집을 줘버릴 수는 없어요. 리처드가 그 집을 세이디한테서 사가도록 만들 거예요. 약속하죠, 그 양육권 말은 다시는 나오지 않을 거예요. 당신 사촌에 관해서 말이 나오게 한다거나 하는 짓은 완전 엿 같은 짓이에요. 멍청한 리처드가 모르고 있는 중요한 사실이 있어요. 당신에게서 집을 빼앗으면 처음부터 자신이 걱정된다고 호소하던 나쁜 환경에 아이들을 강제로 처넣게 된다는 걸요. 난 적절한 타이밍에 이 카드를 꺼내들 거예요. 그러니 걱정하지 마세요, 세이디. 양육권을 빼앗기는 일은 절대 없을 거예요."

며칠 만에 처음으로 듣는 좋은 소식이었다.

차를 몰고 벨하버로 돌아오는 길에 나는 저도 모르게 데스의 집 앞에 차를 세웠다. 그리고 정신이 퍼뜩 들었을 때는 이미 문 앞에 오도카니 서서 빈 집을 응시하고 있었다. 그날 밤의 소동이 있은 다음날, 데스는 말 한마디 없이 사라졌다. 마치 애초부터 이곳에 존재하지 않았던 것처럼.

손바닥으로 눈을 가린 채 숨죽여 울음을 터뜨렸다. 그날 그를 몰아세운 건 분명 내 잘못이었다. 하지만 그가 왜 그런 식으로 반응했는지는 여전히 이해가 잘 가지 않았다. 그가 얼마나 다정하고 인내심이 많은 사람인지 잘 알기에 더욱 그랬다.

그렇게 한참을 울고 있는데 등 뒤로 불편한 시선이 느껴졌다. 지나가는 관광객인 듯한 두 사람이 닫힌 문 앞에서 우는 나를 이상한 눈으로 쳐다보고 있었다. 나도 모르게 열쇠를 꺼내 문을 열었다. 왠지 여기서 문을 열지 않으면 이상한 의심을 받을 것 같아서였다. 데스가 이 집의 열쇠까지 내게서 빼앗아가지 않은 게 천만다행이었다.

집 안에는 이삿짐 박스가 흉하게 배를 연 채 나뒹굴고 있었다. 내가 정리해 놓은 잡지와 신문은 조금 건드린 흔적을 빼곤 그 순서 그대로 남아 있었다. 아마 짐을 싸려다가 하루 빨리 여기를 떠나고 싶다는 마음에 그냥 버려두고 간 듯했다. 어차피 이사 업체를 부르면 될 일이니까.

하릴없이 그의 흔적이 배인 듯한 잡지를 쓰다듬고, 주방 조리대를 따라 천천히 걸어보았다. 데스의 흔적을 이런 식으로라도 따라가며 나는 지금 이 순간에도 데스를 그리워하고 있었다.

순간 전화 벨소리가 요란하게 울렸다. 나도 모르게 쏜살같이 달려가 전화기를 낚아챘다. 주인이 없는 빈 집에 들어와서 전화까지 받는 건 정말 있을 수 없는 일이지만 그만큼 다급했다. 혹시 데스의 전화가 아닐까 하는 실낱같은 희망이 날 맹목적인 여자로 만들고 있었다.

"여보세요, 데스!"

"데스몬드 맥나이트 씨 가족 되십니까?"

전화기 너머 들려오는 낯선 음성에 다리에 힘이 확 풀렸다.

"지금 맥나이트 씨는 안 계시는데요. 무슨 용무신가요?"

"그렇습니까? 아, 곤란하네. 여기는 ○○보험회사입니다. 사흘 전에도 연락을 드렸는데 아직 그에 대한 답변이 없으셔서요. 휴대폰을 계속 안 받으시기에 부득이하게 집으로 전화를 드렸습니다."

"중요한 일이면 말씀해주세요. 메모 남겨드릴게요."

"예. 스테파니 맥나이트 씨에게 보내드릴 서류가 있는데 주소 확인을 좀 부탁드립니다. 이전 주소에서 반송되어 와서요."

스테파니 맥나이트, 데스의 전처. 순간 머리가 띵하게 울렸다.

"아, 맥나이트 씨께서 이사를 와서 그렇게 되었나 보네요. 그런데 무슨 서류인가요?"

"보험갱신서류입니다."

"예, 그럼 여기 주소가요……."

전화를 끊은 후 소파에 털썩 주저앉았다. 괜한 짓을 했나 싶긴 해도 뭔가 중요한 서류 같아 받아놓긴 해야 할 것 같았다. 문제는 그 서류를 어떻게 전해주냐였다. 데스의 휴대폰으로 전화를 해볼까 하다가 이내 마음을 접었다. 내 전화를 안 받는다는 건 그렇다 쳐도 보험사의 전화까지 받지 않는다는 건 그가 그 누구의 연락도 받고 싶어 하지 않는다는 방증이기에.

문득 머릿속으로 떠오르는 누군가가 있어 스쳐 얼른 명함 케이스를 열어보았다. 그리고 타샤의 명함을 꺼내 바로 전화를 걸었다. 타샤라면 데스와 연락이 닿을지도 모른다는 희망 때문이었다.

"아, 세이디! 안녕! 그동안 잘 지냈어요?"

타샤가 여전히 기운차게 인사를 전해왔다.

"예, 타샤. 잘 지냈어요?"

"나야 당연히 잘 지내죠? 당신의 그 조지 워싱턴은 어떻게 지내고 있나요? 아, 내가 괜한 말을 했네요. 지금 행복해 죽는 그 남자에게 이런 안부 따위가 무슨 소용이람."

타샤는 아무래도 나와 데스가 끝났다는 사실을 모르는 듯했다. 지금 그런 이야기를 꺼내봤자 분위기만 어색해질 듯해서 얼른 이야기를 돌렸다.

"타샤, 물어볼 게 있어요. 데스가 지금 벨하버에 없어요. 게다가 바쁜지 연락이 안 되는데, 당신이 혹시 데스와 연락이 닿으면 서류를 좀 전해줄 수 있을까요?"

"무슨 서류요?"

"보험회사에서 보내준다는 서류인데요, 스테파니 씨의 서류인 것 같아요. 아무래도 이 문제에 제가 끼긴 좀 그래서."

"스테파니요! 그 망할 쌍년이 왜!"

순식간에 타샤의 목소리가 높아졌다. 전화기 너머로 그녀의 씩씩거리는 소리가 들려왔다.

"그깟 서류 따위 찢어버려요. 전해줄 필요도 없어요."

"그래도 괜찮을까요?"

내가 걱정스럽게 묻자 타샤가 다시 뾰족하게 대꾸했다.

"어차피 둘이 부부일 때 만든 서류일 테고, 급하면 스테파니가 알아서 하겠죠. 미친년, 아무리 새 남자 만나서 결혼한다지만 최소한 데스와의 문제는 깔끔하게 해결을 해놨어야지. 보나마나 뻔해요. 그 계집애 성격상 제 주변 문제를 하나도 정리해놓지 않았겠죠. 언제나 데스에게 떠맡기고 제 할 일만 얌체같이 챙겼으니까요. 아마 그 서류가 데스에게 연락이 간 것도 스테파니가 응급연락망에 데스를 삭제하지 않아서 생긴 일일 거예요."

"스테파니 씨가 결혼을 한다고요?"

타샤에게 되묻는 내 목소리에 쇳소리가 섞여들었다. 심장이 미친 듯 뛰고 눈앞이 아득해졌다. 보험회사는 분명 사흘 전에 데스에게 연락을 했다고 했다. 사흘 전은 나와 데스가 이모의 일로 크게 싸운 날이었다. 그제야 데스의 얼굴이 반쪽이 될 수밖에 없었던 이유가 이해가 갔다. 그날 데스는 전처의 결혼 소식과 거짓말쟁이라는 내 공격을 연타로 받은 것이었다. 그가 평소답지 않게 격했던 건 바로 그 때문이었다.

"망할 년! 새 남자 만나서 임신해서 결혼할 정신은 있고 비상연락망에 있는 전남편의 신상은 삭제할 겨를이 없었다니 정말 어이없네요. 스테파니가 하는 짓이 다 그렇죠. 정말 짜증나네요."

"임신이라고요? 스테파니 씨가 임신도 했어요?"

"예. 정말 미친년이죠. 데스에게 그딴 짓을 해놓고선 어떻게 임신까지⋯⋯."

내가 차마 아무 말도 못하고 침묵하자 타샤가 전화기 너머로 몇 번 헛기침을 했다. 그리고 조심스레 말을 이었다.

"저어, 세이디. 내가 그때 보트에서 하다가 말았던 말 혹시 기억해요?"

"예, 데스의 결혼에 관해서 말이죠?"

"예, 그때 미처 못 했던 이야기를 이참에 해줄게요. 데스 성격에 죽어도 그 말은 안 할 테니까요. 아무래도 세이디는 아는 게 좋을 것 같아요."

타샤가 잠시 뜸을 들이다 다시 말했다.

"데스와 스테파니는 의대에서 만나서 결혼했어요. 데스는 아이를 원했지만 스테파니는 아이를 가지기 싫다고 고집을 피웠죠. 결국 데스가 스테파니의 말을 들어줬어요. 어쨌든 데스는 스테파니를 사랑했고, 성실한 남편이 되고 싶어 했으니까요. 그런데 결혼 4년째 되던 해에 스테파니가 임신을 했어요. 하지만 그 망할 년이 데스에게는 일언반구 없이 낙태를 해버렸어요. 그걸 알게 된 데스는 거의 반미치광이가 되었죠."

폐 안의 공기가 다 빠져나가버리는 듯한 느낌이었다. 데스가 당시 느꼈을 절망과 고통이 생생하게 느껴져 가슴이 에일 듯 아팠다.

"대체 왜요? 사랑해서 한 결혼 아닌가요?"

"물론 스테파니는 데스를 사랑했겠죠. 데스는 잘생기고 성실하고, 전도유망한 의사였으니까요. 어떤 여자든 훈장처럼 달고 싶어 할 남자였거든요. 스테파니는 그런 데스를 제 훈장으로 삼았고, 딱 그만큼만 데스를 사랑했어요. 그래서 아이는 필요가 없었죠. 당시 레지던트가 1년이나 더 남아 있었거든요. 아이가 제 앞길을 막을 거란 생각 하나로 뱃속의 생명을 아무 미련 없이 죽인 거죠. 스테파니는 처음부터 데스에게 임신했다는 말도 하지 않았어요. 데스가 아이들을 좋아하는 건 당신도 알죠? 제 아이가 그런 식으로 허무하게 세상을 떠난 걸 알게 된 순간 데스는 변했어요. 태어나지도 못한 아기가 사방에서 억울하게 울어대는 환청에 시달려 지금껏 살던 집도 팔아버리고, 이곳저곳 떠돌기 시작했어요. 여자에 대한 혐오감까지 생긴 것 같았죠. 데스 정도의 경력을 지닌 의사가 대리 의사나 하며 떠돈다는 건 있을 수 없는 일이라고요. 이게 다 그 못된 년 때문이에요. 그런데 그년은 지금 새 남자를 만나서 임신까지 했다고요. 데스에게 그런 상처를 주고 어떻게 지가 그래요? 정말 세상에 별별 미친년이 다 있다니까요."

자기가 말하고도 기가 막힌 지 타샤가 혀를 끌끌 찼다.

"세이디, 나는 말이죠. 데스가 이젠 행복해질 때가 되었다고 생각해요. 지금껏 그만큼 힘들었으면 이제 된 거 아닌가요? 스테파니 하는 짓이 짜증나긴 해도 이제 나도 잊을 거예요. 데스 곁엔 당신이 있으니까요. 당신이 내 말을 다 믿어 줄진 의문이지만 데스는 분명히 변했어요. 잘 웃고, 농담도 하고. 얼마 전에 전화로 물어보니 환청에 의한 불면증도 사라졌다고 하더군요. 내가 '정말 잘 됐네!'라고 하니까 당신하고 잔 그날부터 그게 없어졌데요. 정말 몇 년 만에 푹 잤다고요."

처음 데스의 집에서 묵었던 그날, 내 곁에서 고른 숨을 내쉬며 자던 데스의 모습이 떠오르자 그만 눈물이 핑 돌았다. 보통사람에게는 일상인 잠과 아이들. 그런 평범한 일상이 그에게는 얻고 싶어도 얻을 수 없는 절실한 것이었다는 사실에 가슴이 너무 아팠다. 그런데 그런 그를 나는 숨도 못 쉬게 몰아붙였다. 그럼에도 그는 자신이 문제다 자책하며 날 떠났다. 적어도 이번만은 그가 틀렸다. 문제는 내게 있었다. 진실한 믿음을 받아들일 자세가 되어 있지 않은 내가 문제였다. 그러니 내가 해결해야 한다. 스스로 내 문제를 직시하고, 그에게 내 사과를 진정성 있게 전해야 할 것이다.

"타샤, 부탁 한 가지만 해도 될까요?"

"예?"

"사실 데스는 일 때문에 여기에 없는 게 아니에요. 데스와 연락을 하고 싶으니 좀 도와주세요. 전 반드시 데스에게 사과해야만 해요."

며칠이 지났지만 여전히 데스에겐 연락이 오지 않고 리처드의 변호사들은 틈만 나면 날 괴롭히는데 여념이 없었다. 평소 같았으면 이 상황을 더는 견디지 못하고 짜부라졌겠지만 나는 내가 봐도 대견할 정도로 잘 버티고 있었다. 오직 내가 두 아이의 엄마이자 한 사람의 여자이기 때문이었다. 난 아이들을 지켜야 하고, 내가 사랑하는 남자를 되찾아야 한다는 뚜렷한 목표가 있었다. 그래서 그 어느 때보다 의욕과 활기에 불타고 있었다.

"마담 마가렛이 말하는데 강에는 깃털들이 떠다니며 두 마리의 백조가 양쪽에서 헤엄치며 숫자 팔을 만들어냈다고 하더구나. 그건 내가 여든여덟 살까지 살 수 있다는 뜻이래."

"그게 아니면 천사들이 떨어뜨린 깃털이어서 한순간 훅 갈 수도 있다는 뜻이지."

이모의 말을 폰테인이 웃으며 비꼬았다. 이모가 따뜻하게 미소를 지으며 폰테인의 얼굴을 만졌다.

"고맙구나, 얘야. 네가 이렇게 웃어줘서 정말 감사하단다. 재스퍼는 아직도 내가 뭐라고 하든 웃지를 않는구나."

"이모, 재스퍼는 그냥 정신이 없을 뿐이에요. 머릿속이 지금 아주 엉망일 거예요."

아이들은 내가 카일을 만나고 오자 이모와 함께 일광욕실에서

고 피시 게임을 하고 있었다. 카일은 내가 벨하버에 계속 있을 거라고 하자 폰테인만큼 기뻐해주었다. 그런 그에게 나는 데스와 나 사이에서 벌어진 일들을 전부 털어놨다. 이모에 대해 모든 신경을 쓰고 있지 않은 사람에게 내 이야기를 털어놓고 싶었다.

카일은 내 비밀도 지켜주고 지저분하고 정리 못하는 고객들을 계속 소개시켜서 잡생각을 할 틈도 주지 않겠다고 장담했다. 나로선 상당히 괜찮은 거래였다. 그렇게 카일과 소소한 잡담을 나누고 있는데 쟈넷에게 전화가 왔다.

"협상은 끝났어요."

쟈넷이 단도직입적으로 말했다.

"집은 리처드에게 줘버리세요. 그러면 다시는 양육권을 걸고 넘어지지 않을 거예요."

실로 후련했다. 날 짓누르던 무거운 짐을 벗어버린 느낌이었다.

"계속해서 좋은 소식이에요. 리처드는 집 대신에 지불해야 할 게 생겼어요. 내가 전에 말했듯이 부동산 시장이 포화상태라 많이 받지는 못할 테지만 집값의 반은 내놓아야 할 거예요. 그렇게 큰 돈은 아니지만 벨하버에 자리를 잡기에는 충분할 거예요."

또 다른 작은 승리였다.

"좋은 뉴스네요, 쟈넷. 고마워요."

"뭘 그 정도로요. 이게 얼마나 빨리 진행될지는 모르겠어요. 리처드는 빨리 집 안에 발을 들여놓고 싶을 테지만 법적으로 세이디 당신이 서류에 사인하기 전까지는 불가능해요. 그래서 리처드의 변호사들이 최대한 빠르게 서류를 작성하고 있어요. 서류를 받아서 검토를 해보고 전화 드릴게요. 내가 허락하기 전까지는 리처드를 집에 들여놓지 마세요."

이젠 끝났다. 모든 게 결정났다. 이번에도 펜 하나로 내 모든 미래가 결정되었다.

"괜찮아요. 이해했어요."

"세이디, 생각했던 거보단 훨씬 잘 받아들이시네요."

진짜 그런가? 이제야 어떤 싸움이 가치가 있는지 알아낸 것 같다.

18

이모의 생일파티는 파란 하늘에 구름 한 점 없는 날 열렸다. 미시간 서부의 완벽한 여름날이었다. 플라이우드로 만들어진 댄스 플로어와 커다랗고 하얀 천막, 화려한 장식. 모든 게 계획대로 반짝거렸고 고급스러웠다. 재스퍼는 열심히 만들어놓은 음식에 마지막 장식을 하고 있었다.

"세이디, 레이지보이와 패소를 슈미트 부인 집에다 좀 데려다줄래? 파티가 끝날 때까지 돌봐준다고 하셨거든. 개들이 열심히 만들어놓은 작품을 먹어버릴지도 몰라. 패소! 당장 내려와!"

음식을 훔치려던 패소가 재스퍼에게 불쌍한 눈을 해보였지만 결국 조리대에서 내려왔다.

"알았어."

나는 무언가라도 도와줄 수 있어서 좋았다. 슈미트 부인의 집이 풀만 선생님 바로 옆집이라는 사실도 별로 신경 쓰이지 않았다. 사실은 창문 사이로 데스의 짐들이 사라졌는지 확인할 수 있는 절호의 찬스였다. 데스에게선 여전히 전화가 오지 않고 있었다. 데스의 상냥함을 생각하면 놀라웠지만 또 생각해보면 나는 그를 그렇게까지 깊이 알았던 건 아니었다.

"안녕 세이디. 들어오렴. 이모는 기분이 어떠시니?"

아주 잠깐 슈미트 부인이 이모의 암에 대해서 물어보는지 착각했다. 하지만 그냥 건네는 말이라는 걸 알아차렸다. 개들은 자리를 잡더니 몸을 눕혔다. 다른 방에서 고양이의 울음 소리가 들렸다.

"이모는 완전 좋으세요. 물어봐줘서 고마워요. 파티를 많이 기대하고 계세요. 개들을 돌봐주셔서 감사합니다."

"요새는 내가 무슨 두리틀 선생 같단다. 너네 개들이나 팬텀이나 어찌나 나를 따르는지."

그 순간 익숙한 고양이가 카운터에 올라와 나를 보며 낮게 울었다. 데스의 고양이였다.

"팬텀? 그게 저 고양이 이름인가요? 그런데 팬텀이 왜 여기에 있는 거예요?"

데스에게 저 고양이에 대해서 아무것도 물어보지 않았다는 사실을 새삼 깨달았다. 나는 정말 그에 대해 모르는 게 많았다. 이 또한 그를 향해 무조건적으로 벽을 친 내 잘못이었다.

슈미트 부인이 고개를 끄덕이셨다.

"맞아. 맥나이트 선생님이 보트 레이스에 참가하는 동안 돌봐달라고 했어."

"보트 레이스요?"

내 목소리가 이상하게 꼬이기 시작했다.

"그래. 혹시 몰랐니? 의사양반이랑 너 사귀는 거 아니었어?"

슈미트 부인의 눈썹을 꿈틀대자 머리에 있던 롤러가 같이 움직였다.

"어떤 보트 레이스를 말씀하시는 건가요?"

괜한 빌미를 주기 싫어 얼른 화제를 돌렸다.

"시카고에서 매키나우 섬까지 가는 큰 레이스 말이다. 내가 보기엔 그리 내키는 모습은 아니었어. 하지만 자기 친구가 전화를 해서 어쩔 수 없다고 하더구나. 그리고 자기 어머니를 보러 간다고 했지. 정말 효자야."

이건 새로운 정보였다. 데스가 아직은 완전히 이사하지 않았다.

가슴이 뛰기 시작했다. 아무래도 아직 한 번의 기회는 남아 있을지도 모른다.

"언제쯤 돌아온다고 하던가요?"

내 물음에 슈미트 부인은 한숨을 내쉬며 천장을 향해 꿈꾸는 듯한 표정으로 딴소리를 했다.

"내가 만약 삼십 년만 젊고 10킬로만 말랐어도 그 의사양반을 쫓아갔을 거야. 내가 늙고 뚱뚱하다는 걸 다행으로 여기렴."

슈미트 부인이 다시 나를 쳐다봤다.

"언제 돌아올지는 잘 모르겠구나. 아마 다음 주쯤 아닐까?"

"전 이젠 돌아가볼게요. 아직도 파티 시작하려면 준비할 게 많거든요."

"당연하지. 이따 저녁에 보자꾸나."

최대한 빠른 속도로 돌아와 문을 박차고 주방으로 들어갔다. 폰테인은 주방에서 레몬을 썰고 있었다.

"데스가 보트에 있대!"

내가 소리쳤다.

"보트가 뭐?"

"슈미트 부인이 지금 말해줬어. 데스가 엿 같은 미시간 강에서 시카고 매키나우 레이스를 하고 있다고. 그러니까 데스가 벨하버를 완전히 떠난 건 아닌 것 같아."

어차피 오지랖 넓은 내 사촌과 이모는 데스와 나에 대해 이미 상세하게 알고 있었다. 내 잘못을 깔끔하게 시인해야 데스에게도 떳떳할 것 같아 모두 불었다. 타샤를 통해 내 사과가 데스에게 전해졌다면 솔직하게 고백할 기회가 있을지도 모른다. 이사 계획이 바뀔 가능성도 있고.

아마도 모든 게 바뀔지도 모른다.

화려한 생일파티의 막이 오르고 있었다. 폰테인은 마약에 취한 벌새처럼 사방으로 뛰어다니면서 전구를 손 보고 꽃장식을 정리하고 있었다. 폰테인은 이모가 하루 종일 집 안에만 있으면서 중요한 순간에 화려한 입장을 하기를 원했다. 게다가 지금까지 준비한 걸 완벽할 때에 보여주고 싶어 했다. 그리고 모든 손님들이 하얀 옷을 입어 우아하게 반짝이는 장식과 근사하게 어울리기를 원했다. 폰테인, 재스퍼, 베스, 페이지, 조던과 나는 데크에서 카일이 이모를 모시고 나오는 모습을 지켜봤다. 이모가 만족한 표정으로 잠시 숨을 멈췄다.

"이것 보렴. 정말 기분 좋구나. 그야말로 기분이 좋아. 애들아, 정말 애썼구나. 아주 사랑스러워. 이 꽃이며 장식들을 좀 보렴. 조명도 정말 아름다워. 오, 재스퍼, 음식이 너무 대단하구나. 정말 완벽해."

이모는 모두를 최소한 두 번은 안고 뽀뽀를 하며 돌아다녔다. 아이들은 이모할머니가 자신들에게만 관심을 쏟아주지 않자 금세 싫증을 내고 댄스플로어로 들어가 동그랗게 뛰어다녔다.

"어머니, 드레스가 정말 아름다워요."

베스가 말했다.

"고맙구나, 얘야. 마리 오스몬드 컬렉션 거란다. 실크는 너무 더울 것 같아서 말이야. 너도 정말 아름답구나!"

이모는 우리가 전부 하얀색을 입고 있는 모습을 알아차리곤 다시 한 번 감탄했다.

"전부 천사들 같구나. 내가 벌써 죽은 건 아니겠지? 그런가? 이건 천국인가?"

폰테인이 머리를 흔들었다.

"그거 참 잘 됐네요. 엄마! 기껏 신경 써서 파티를 열어줬더니 고작 하는 말이, '이건 천국인가?'가 뭐예요! 아예 '나 참, 최소한 나는 죽은 사람들이 보여'라고 하지 그러셨어요?"

이모가 웃었다.

"정말 아름다워. 진심이야. 말로 표현할 수가 없어."

"고마워요. 이제 칵테일 와인을 좀 갖다 드릴까요, 엄마?"

폰테인은 데크 코너에 만들어놓은 카운터로 걸어갔다. 카일이 내게 다가와 옆에 앉았다.

"상당히 잘 만들어지긴 했지?"

카일이 내 어깨에 팔을 올리며 말했다.

"우리가 할 수 있는 리스트에 고급 파티 플랜을 올리는 건 어떨까?"

"괜찮겠네요. 도와줘서 고마워요."

카일은 정말 이루 말할 수 없이 좋은 사람이었다. 착하고 넉넉한 사람이어서 우리가 도움이 필요한 시기에 도와주었다. 나는 그를 꼭 안아주었다.

"정말 최고예요. 고마워요."

"이게 그 데즌가 뭔가 하는 사람인가?"

이런 제기랄! 등 뒤에서 들려온 리처드의 비꼬는 소리에 고막이 썩어버릴 것 같았다. 목이 부러져라 고개를 돌리자 아니나 다를까 바로 뒤에 리처드가 서 있었다. 나도 모르게 손에 힘을 주는 바람에 카일이 가벼운 비명을 질렀다.

"여기서 뭐하는 거야, 리처드?"

모두가 동시에 이쪽을 쳐다보았다. 그의 옆에는 낯선 실리콘 괴물이 서 있었다. 꽃뱀치고는 늙어 보였다. 저 여자가 아마 이혼상담에 섹스도 제공한다는 전천후 상담사인 듯했다.

"세이디, 네가 사인할 서류가 있잖아. 집에 관한 사안이야. 네 하이에나 같은 변호사가 끼어들기 전에 우리끼리 해결을 좀 보려고."

리처드가 손에 든 봉투를 흔들며 모두에게 비릿한 웃음을 날렸다.

"파티를 하는 거야? 왜 난 초대받지 못했지?"

이 자식한테 돌이라도 던져 쫓아내버릴까? 감히 어떻게 말도 안 하고 나타나서 이런 종잇장을 내 눈앞에서 흔들 수가 있는 거지? 정말 너무하잖아! 거기다 여자까지 끼고 나타나? 도대체 어떤 멘탈을 지니고 있으면 전처랑 싸우는 곳에 제가 끼고 사는 여자를 데려올 수가 있는 거지? 내 외면은 조용했으나 내면은 불타올라서 지금 머릿속에 떠도는 생각을 입 밖으로 꺼낸다면 입술이 전부 타버릴 것만 같았다.

"리처드, 지금은 때가 아닌 거 같구나. 내일 다시 오는 건 어떻겠니?"

이모가 우리 사이에 끼어들자 리처드는 오래된 친구라도 만난 듯 더 크게 미소를 지었다.

"그건 곤란해요, 아주머니. 지금 도시 밖으로 놀러 가는데 그 전에 사인을 받아야 하거든요. 여기 계신 얼음 공주님께서 사인을 해주셔야 내가 집 안에 발을 들여놓을 수 있어서요. 세이디, 어떻게 생각해? 사인해주면 순순히 사라지지."

분하고 약이 오르고 부아가 치밀어 숨이 턱턱 막혔다.

"리처드, 난 오늘밤엔 어디에도 사인하지 않을 거야. 내일 변호사랑 의논한 후 사인해줄 테니까 기다려."

리처드가 고개를 저었다.

"그건 안 될 말이지. 다음 주가 되기 전에 접수할 거야. 상황을 악화시키지 마. 어차피 너도 동의한 거잖아. 이제 와서 싸울 필요 없지 않아?"

"상황을 악화시키고 있는 건 너야. 네가 부당한 거야. 지금은 파티 중이니까 내일 아침에 읽어볼게."

"지금이 더 나아. 아, 그리고 이쪽은 바비야. 바비, 이쪽은 세이디. 그리고 데즈인가 하는 친구는 소개 안 시켜줄 거야?"

리처드가 카일을 바라보며 재수 없는 미소를 지었다. 젠장! 오늘따라 리처드는 최악의 최악이다. 리처드는 실패한 내 결혼의 상징이고 치부였다. 그것이 벨하버의 모든 주민들 앞에 까발려지자 내 비참함은 극한까지 치닫고 있었다.

"안녕하십니까. 전 데스몬드 맥나이트라고 합니다."

카일이 리처드에게 악수를 청하자 데스와 나 사이를 아는 모든 이들의 눈이 휘둥그레졌다. 나 또한 기겁할 정도로 놀랐지만 여기서 카일을 만류할 순 없었다. 그렇게 되면 난 너무 비참할 거다.

"스코틀랜드 사람이라고 들었는데 치마는 어디에 있지?"

리처드의 유치한 공격이 날아왔지만 위트가 넘치는 진짜 남자인 카일은 타이밍을 놓치지 않았다.

"세탁소에 있지. 오늘 밤은 다른 치마를 쫓아다녀야 할 거야."

"데스와 인사했으니 이젠 됐지? 그러니까 이제 가줘."

"글렌빌에서 여기까지 운전해왔잖아. 게다가 네 사인이 없으면 못 가지."

"리처드, 너도 여기 온 거니!"

믿을 수가 없었다. 엄마가 태풍이 불어도 끄떡없을 것처럼 딱 붙인 머리스타일로 데크를 향해 걸어오고 있었다. 페니와 제프도 바로 뒤를 따라오고 있었다. 너무 놀라 카일의 옷자락을 너무 세게 당기는 바람에 그의 셔츠가 찢어질 뻔했다. 카일이 내 어깨를 움켜쥐었다.

"침착해요, 세이디."

카일이 내 귀에 작게 속삭였다.

"카일, 고맙긴 한데 이건 좀……."

"어쩔 수 없어요. 폰테인이 내 옆구리를 사정없이 찔렀거든요. 그나마 여기서 데스로 예측 가능한 싱글남은 나뿐이잖아요."

"그……그래도……."

"당신의 저 망할 전남편은 일부러 저 여자를 데리고 온 겁니다. 나는 보잘 것 없는 내 전처 따윈 전혀 신경 쓰고 있지 않고, 당신이 없어도 자기는 잘 살고 있다는 걸 어필하고 싶은 거죠. 저런 진상 앞에서 굳이 당신이 데스에게 팽 당했다는 걸 떠들 필요는 없잖아요?"

평소라면 팽 당했다는 카일의 표현에 발끈했겠지만 이번만은 순순히 수긍했다. 내가 잘못했고, 데스에게 용서를 구해야 하는 건 너무나 명백한 사실이니까.

"헬렌."

이모가 리처드를 한쪽으로 밀어버리고 엄마의 이름을 부르며 달려나왔다. 엄마는 딱딱하게 굳어 있었다.

"너도 흰 옷을 입었구나. 고마워."

이모의 말에 엄마가 퉁명스레 대꾸했다.

"난 흰색을 좋아하지 않아. 하지만 초대장에 드레스 코드를 흰색으로 맞추라고 하더라고. 어쨌든 생일 축하해."

모두가 다가와 엄마와 동생 그리고 제프를 맞이하기 시작했다. 나는 카일의 옷자락을 움켜잡은 채 데크의 난간에 딱 붙어 있었다. 페니가 내 눈을 쳐다보며 소리 없이 입 모양으로만 말했다.

"귀엽네!"

페니는 데스가 가짜라는 사실을 눈치채지 못했다. 엄마가 내 쪽으로 다가와 보톡스 시술을 받은 눈썹을 바싹 치켜 올렸다.

"오랜만이구나, 세이디. 이쪽은 누구지?"

엄마가 카일을 위아래로 싹 훑었다. 그리고 다시 나를 쳐다봤다. 리처드까지 다가와 거들었다.

"장모님도 초면인가 보내요. 이쪽은 데스라고 하더군요."

"만나서 반갑습니다. 어어……."

엄마까지 가세하자 카일이 급격히 흔들리기 시작했다.

"헬렌 하퍼예요."

"하퍼 부인. 저는……."

카일은 이제 말까지 더듬었다.

"저는 데스입니다."

그때 폰테인이 갑자기 끼어들었다.

"페니가 임신을 했어요!"

그 한마디로 분위기가 급물살을 탔다. 파티의 모든 손님들이 웅성거리며 내 동생과 제부를 안아주기 시작했다. 페니가 포옹을 일

일이 받아주면서 나를 죽일 듯 노려봤다.

결국엔 비밀을 못 지켰어. 미안해. 그 혼란 한가운데에서 폰테인이 카일과 나를 집 안으로 끌고 들어왔다.

"폰테인, 도대체 뭐하는 짓이야?"

내가 낮게 속삭였다.

"페니는 아무한테도 말하지 말라고 했단 말이야. 그런데 네가 페니의 임신 사실을 터뜨렸으니 페니가 날 죽이려 들 거라고."

"그러면 어쩌라고! 보스는 여자 어른에겐 약하단 말이야. 이모까지 끼어들면 틀림없이 카일도 실수를 하게 되어 있어."

"그러니까 애초부터 카일에게 데스 역할을 맡기지 말았어야지."

"그럼 어쩌라고! 저 썩을 리처드 새끼가 널 대놓고 망신 주는데!"

우리 두 사람이 핏대를 올리자 카일이 끼어들었다.

"자 자, 진정들 하라고. 그렇게 큰 문제는 아니야. 잠시 동안만 내가 데스가 되면 되는 건데 뭐. 그리고 재미있을 것 같아. 이성애자를 연기한 건 좀 됐거든. 봐봐. 게이가 아닌 남자가 어떻게 걷는지 보여줄게."

카일이 팔을 늘어뜨리고는 어기적거리며 거실을 걸어다니기 시작했다.

"보스, 이상해요. 존 웨인이 치질에 걸린 채 걸어다니는 것 같아요."

폰테인이 불평하자 카일이 허리를 쭉 펴고 우리 앞을 모델처럼 걸어보였다.

"다 괜찮을 겁니다. 리처드가 떠날 때까지만 참아봐요."

"하지만 밤새 있을 수도 있어요. 변호사가 서류를 읽기 전까지는 나는 사인 안 할 거니까. 게다가 엄마가 떠날 때까지 데스 역할을 해 줘야 돼요. 난 이 일을 엄마한테 도저히 설명할 자신이 없어요."

"편하게 생각해요. 그냥 될 대로 되라지. 당신들이 리처드라는 작자가 얼마나 개새끼인지 만날 이야기하니까 좀 골려주는 것도 좋을 것 같네요. 게다가 이제 와서 그만둘 수도 없고."

카일이 옳았다. 리처드와 엄마에게 고백하지 않는 이상 이걸 풀 방법은 없었다.

"이런 장난치는 걸 좋아하는 줄은 몰랐어요."

폰테인이 새롭게 봤다는 듯이 카일을 쳐다봤다.

"내가 좀 유머 감각이 넘쳐."

"그런데 아이들은 어쩌지?"

내 말에 폰테인도 난감한 얼굴로 손톱을 물어뜯었다.

"이런. 그렇네?"

"폰테인, 너 죽을래! 여기서 내 임신 사실을 말하면 어떡해!"

페니가 집 안으로 뛰어 들어오면서 소리쳤다. 페니의 얼굴이 벌겋게 상기되어 있었다. 얼른 손을 들어 내 자신을 방어했다.

"미안해, 페니. 진심이야, 하지만 금방 설명해줄게."

사악한 계획이 주방에서 실행되기 시작했다. 페니에게 자세한 설명을 했다. 페니는 앞으로 벌어질 일이 궁금해서 바로 나를 용서해줬다. 그리고 아이들이 나타나면 아이들을 책임지기로 약속했다. 내 불쌍하고 순진한 아이들을 이 일에 끌어들이는 게 미안했지만 미래에 상담사들과 얘기할 때 좋은 얘깃거리가 될 것이다.

19

"세이디. 그냥 이 서류에 사인하란 말이야. 그래야 내가 빨리 이 곳에서 벗어날 거 아니야?"

리처드는 내가 돌아오자마자 화부터 냈다.

"방금 변호사한테 전화했어. 오늘 오후에 서류를 받았으니까 지금 읽어보고 있댔어. 전화해서 괜찮다고 말해주면 사인해줄게. 그때까지는 닥치고 저쪽에 찌그러져 있어. 내 가족들한테 무례한 짓 따윈 절대 하지 말고. 이젠 좀 비켜줄래? 손님들이 많이 와 있어서 챙겨드려야 돼. 하지만 넌 아니야."

"최소한 마실 거랑 아이들을 볼 수는 없을까?"

난 리처드에게 가운뎃손가락을 올려주고 데크 계단을 통해 내려갔다. 친구들과 친척들이 속속 도착하면서 파티는 뜨거워져갔다. 폰테인은 모래 게처럼 왔다갔다를 반복하며 사람들과 인사를 나누고 망사로 감싼 의자에 앉아 있는 이모에게 데려갔다. 엄마도 이모 옆에 앉아 있었는데 엄마의 포즈는 오늘 하고 온 매니큐어만큼이나 흠잡을 데가 없었다.

페이지와 조던이 매너 있고 예의바르게 리처드에게 인사를 한 직후에 페니가 나타나서 목자처럼 아이들을 몰고 사라져버렸다. 이제 아이들은 수많은 사촌들과 바닷가를 뛰어다니느라 한동안은 바쁠 것이다. 이젠 우리의 거짓말이 탄로 나기 전에 리처드를 쫓아버리는 일만 남았다. 카일은 그 와중에 세심히 배려하는 남자친구처럼 팔로 날 감싸 앉은 채 내가 그만하라고 할 때까지 계속 내 엉덩이를 토닥였다.

"미안해요. 보통 남자들은 이렇게 하는 거 좋아하는데 여자는 아닌가 봐요?"

"예, 보통 여자들은 다른 걸 더 좋아하죠."

"이성애자는 어렵군요."

해가 지평선을 넘어가기 시작하면서 술이 들어가자 가족들은 오랜 회포를 풀었고 낯선 사람들은 친구가 되었다. 파티는 활기가 넘쳤다. 댄스 플로어는 젊은 친구들과 아직 마음은 젊은 사람들이 함께 모여 춤을 추기 시작했다. 해리가 도착해서 이모가 입에 카네이션을 물은 채 탱고 추는 방법을 알려주었다.

다른 한쪽에서는 재스퍼, 폰테인, 카일 그리고 내가 잘 짜인 파티를 지켜보면서 서로를 축하했다.

"이번엔 성공한 것 같아."

잔을 들며 재스퍼가 말했다.

"그런 것 같아. 이모가 정말 행복해 보이셔."

내가 덧붙이자 둘이 잔을 부딪쳤다.

"그리고 새로운 데스를 위해! 상당히 웃긴 짓을 해냈어."

폰테인이 카일을 보며 미소를 지었다.

"뭘 해냈다고? 요샌 무슨 짓을 하고 다니는 거지, 팀?"

리처드가 뒤에서 접근하며 말했다. 그는 죽음과 같았다. 조용하고 불쾌하다.

"밤비는 어디 있어?"

폰테인이 묻자 리처드가 불쾌한 얼굴로 술을 들이켰다.

"밤비가 아니라 바비고 집 안에서 텔레비전을 보고 있어. 세이디, 네 엿 같은 변호사한테 아직 연락 안 왔어?"

"아직은 아니야. 리처드. 그냥 가지 그래? 어차피 원하는 건 받게 될 거야. 나 때문에 파티를 망쳐서야 되겠어?"

내가 사납게 말하는 것처럼 들렸다면 전부 리처드 때문이다.

"나도 이런 촌뜨기 파티 따위는 관심 없어. 하지만 글렌빌에서 여기까지 놀러온 게 아니라고. 내 집 열쇠를 받기 전까지는 절대로 못 떠나."

리처드가 얼음을 입에 문채 남은 술을 들이켰다. 그리고 카일을 턱으로 가리켰다.

"그래서 그쪽은 의사라며?"

카일이 여기저기 쳐다보다 리처드가 자신에게 말하는 걸 알아차렸다.

"오, 음. 맞아."

"뭐 발 전문가나 추나 요법 같은 거야?"

"응급 전문이야."

내가 얼른 거들자 카일이 나를 슬쩍 쳐다봤다.

등 뒤로 땀이 나기 시작했다. 리처드가 내 새로운 남자친구랑 얘기하지 않았으면 했다. 만약 지금 비밀을 들키면 끝이 별로 안 좋을 거다.

"리처드. 밤비랑 같이 있어줘야 하는 거 아니야?"

"바비야. 그리고 난 이쪽의 네 새로운 친구랑 좀 친해지려고 하는 거야. 기억해? 난 누가 내 아이들 주변을 맴도는지 신경 쓴다고."

저런 치사한 협박은 이제 익숙해졌다. 내가 빨리 사인을 해주지 않는다면 리처드는 얼마나 폰테인이 짜증나는지 말하기 시작할 게 뻔했다. 아이러니했다. 리처드가 카일에게로 몸을 돌렸다.

"스코틀랜드에서 왔다고 들었는데 왜 이상한 억양 같은 게 없는 거지?"

아, 그걸 까먹었다. 카일은 중서부 사람들의 단조로운 말투를 가지고 있었다.

"미국에서 대부분 살았으니까. 그렇지만 그쪽이야말로 이상한 촌뜨기 억양을 가지고 있는걸? 어떻게 좀 해봐. 딕?"

카일이 센스 있게 비꼬았다. 나는 안도의 미소를 지었다. 잘했어. 가짜 데스! 카일은 내가 사귀었던 가짜 남자친구들 중에 단연 최고였다. 말싸움에서 카일을 이길 수 없다는 사실을 알아차린 리처드가 이번엔 재스퍼에게 화살을 돌렸다.

"넌 아직도 햄버거나 굽는 거야?"

점점 더 상황은 꼬여가고 있었다. 빨리 쟈넷에게 전화해서 리처드를 보내버려야겠다. 리처드를 떠넘길 만한 평소에 좋아하지 않는 친척이 없는지 주변을 탐색하기 시작했다.

필사적으로 바닷가를 살펴보고 있는데 익숙한 누군가가 내 시야에 들어왔다. 그 사람은 키가 크고 어깨가 넓었고 그리고 잘생겼다.

한순간 심장이 멈춰버리고 말았다.

데스가 걸어오고 있었다.

데스가 벨하버로 돌아왔다.

데스가 여기에 있다! 그가 이모의 파티에 오고 있었다! 좀 더 짙어진 피부 때문에 하얀색 셔츠가 바람에 휘날리는 모습이 정말 아름다웠다. 데스는 내가 기억하는 것보다 훨씬 더 미남이었다.

"데스!"

나도 모르게 그의 이름을 부르고 말았다.

"세이디, 왜?"

놀란 카일이 내 시선이 향한 곳을 바라보았다. 순간 그의 미간도 딱딱하게 굳어버렸다. 카일이 재빨리 폰테인에게 눈짓을 보냈다. 카일의 눈은 데스에게서 리처드로, 리처드에게서 내게로, 그리고 다시 리처드에게로 향했다. 재스퍼가 우리의 패닉을 알아차리고 고개를 돌렸다. 그가 놀란 나머지 패소의 입안에 땅콩버터가 가득 들어갔을 때 나는 소리를 냈다. 재빠르게 리처드를 쳐다보고 바닷가 쪽의 전망을 몸으로 가렸다.

"그래서 그쪽 날씨는 좀 어때?"

고마워, 재스퍼! 고마워! 리처드가 제일 좋아하는 주제를 꺼내면 한동안은 눈치채지 못하겠지. 하지만 그리 긴 시간은 아니었다.

이제 어떡하면 좋지? 데스는 바로 눈앞까지 빠른 속도로 가까워지고 있었다. 벗어날 방법이 없었다. 이젠 찌질하고 못나게 굴다가 차인 여자의 진실이 낱낱이 밝혀지는 일만이 남았다. 이제야 왜 늑대가 덫에 걸린 발을 물어뜯어가면서까지 자유를 얻으려 하는지 이해가 됐다. 나 또한 이 덫에서 벗어나고 싶었다. 내 자존심과 고집으로 만들어낸 덫에서 말이다. 하나 더 추가하자면 멍청함 때문이었다. 어쨌든 데스가 오기 전에 모두의 앞에서 내가 데스에게 차였다는 걸 빨리 고백하는 게 상책이었다. 방법은 그뿐이었다.

"뭐야, 이 분위기는? 갑자기 다들 왜 이러는 거야?"

리처드가 짜증을 내며 재스퍼를 밀어냈다. 그의 시선이 자연스레 우리가 애써 가리고 있던 쪽으로 향했다. 다음 순간 그의 시선은 문을 밀고 들어오는 데스에게 쏠렸다.

이젠 끝이다. 정말 끝이었다. 하지만 인생에는 언제나 반전이 존재하는 법. 내가 눈을 질끈 감은 순간 폰테인이 두 팔을 활짝 벌리며 데스에게 달려들었다.

"자기야아아아아 ————!"

콧소리 잔뜩 넣은 '자기야'도 끔찍한데 폰테인은 온몸을 날려 데스의 가슴팍에 안겨들었다. 실로 경악스러운 장면이었다.

"왜 이렇게 오래 걸린 거야? 안 오는 줄 알았잖아."

그 이후는 마치 자동차사고를 슬로우 모션으로 지켜보는 것 같았다. 폰테인은 온몸을 날려 데스에게 안겼고, 황당해하는 데스를 온몸으로 칭칭 휘감은 채 그에게 키스했다. 불시에 날벼락을 맞은 데스가 실로 충격적인 표정을 하며 폰테인에게 부딪힌 만큼 뒷걸음질을 쳤다. 지금 이 상황이 그렇게 심각하지 않았다면 내가 본 그 어떤 코미디보다 웃겼을 것이다.

"이게 무슨 짓이야. 폰테인!"

데스가 소리쳤다. 그 순간 내 심장은 다시 한 번 내려앉았고 나는 이제라도 내 발을 물어 뜯어야 하나 고민에 빠졌다.

"데이트 없이 날 혼자 놔두다니, 넌 정말 나빴어."

폰테인이 키득키득거리며 혼란스러운 데스를 구경꾼들 앞으로 끌고 갔다.

"하지만 정말 운이 좋았어. 왜냐면 여기엔 대화를 나눌 사람들이 정말 많거든. 세이디도 새로운 남자친구랑 같이 왔잖아."

"세이디의 새 남자친……"

"이름은 데스야."

폰테인이 강조했다.

"뭐라고?"

"봐."

폰테인이 데스의 턱을 잡고 억지로 우리 쪽을 향하게 했다. 데스는 카일의 팔이 나를 감싸 안고 있는 모습을 어리둥절한 눈길로 쳐다봤다.

"저건 카-."

"응. 그렇지. 여기 있어줘서 정말 고마워. 하지만 이건 엄마의 파티고 우리 모두 엄마가 행복해지길 원하고 있어. 재스퍼랑 베스는 알지? 그리고 여긴 리처드야. 세이디가 리처드가 개새끼였다는 걸 깨닫기 전까지는 남편이었지. 여기 초대받지도 않았는데 그냥 불쑥 나타났어."

폰테인이 온갖 어색한 티를 다 내며 설명했다. 그 모습을 보면서도 우리 중 그 누구도 웃지 않았다. 다들 어지간히 당황한 상태였다. 데스가 우리 모두를 둘러보았다. 그리고 마지막으로 나와 눈을 마주했다. 이 와중에도 나는 그의 아름다운 초록빛 눈동자를 다시 볼 수 있다는 사실에 감격하여 미친 듯 가슴이 뛰었다.

"데스, 소개할게. 이쪽은 리처드야. 세이디의 전남편! 많이 들었지?"

데스는 실험실에서 막 깨어난 다른 행성의 외계인처럼 눈을 껌뻑거렸다. 그리고 어리둥절한 채로 폰테인의 얼굴을 찬찬히 훑어보기 시작했다. 다음 순간 그가 짧게 한숨을 내쉬며 아주 잠시나마 고개를 돌렸다.

이 계획은 이제 망했다. 데스는 우리의 계획을 따라주지 않을 거다. 그가 그렇게 해야 할 이유도 없고 나는 그를 비난할 자격이 없었다.

"그렇군요. 좀 더 일찍 오지 못해서 죄송합니다."

전혀 예상치 못한 데스의 말에 우리 모두는 경악했다. 설마 데스가 우리 계획에 동참해주겠다는 걸까? 그가 리처드에게 손을 내밀어 악수를 청했다.

"뭐지? 억양이 좀 이상하네. 그쪽도 스코틀랜드 사람인가?"

리처드가 대놓고 빈정거렸다. 저 인간, 아무래도 데스 이후로 자기가 싫어하는 종족에 스코틀랜드 남자도 포함시켰나 보다.

"예. 맞습니다."

"이런 우연이 있을 수 있나?"

나는 카일의 팔에 얼굴을 파묻은 채 웃어야 할지 고백해야 할지 고민하기 시작했다. 데스가 정말 타고난 연기의 재능이 있는 게 아니라면 어떻게 해야 할지 몰라 고민하고 있음이 틀림없었다.

"너한텐 좀 안 어울리는걸? 네 상대치곤 너무 남자다운 거 아니야, 폰테인?"

"왜 너무 잘생긴 애인이라 부러워?"

폰테인이 날카롭게 쏘아붙이며 데스의 팔에 그의 팔을 감았다. 순간 데스가 움찔거렸다. 역시 그는 연기에 능한 남자는 아니었다.

"뭐 그러던가, 세이디. 도대체 내가 언제까지 이 게이 축제에 껴 있어야 하는 건데?"

"이봐, 말이 너무 심하다고 생각하지 않아?"

폰테인이 리처드를 향해 날카롭게 쏘아붙였다. 그러자 리처드가 데스와 폰테인을 먹다 발견한 음식물 속 바퀴벌레라도 되는 듯이 쳐다보았다.

"심하다고? 귀를 열고 똑똑히 들어. 심한 건 당신 같은 자들이 내 아이 주변을 맴도는 거야."

"데스, 여기에 있었구나!"

이모가 댄스 플로어에서 치마를 흩날리며 다가오기 시작했다. 데스가 한발을 내딛다가 카일을 돌아봤다.

"아!"

카일이 이모를 향해 걸어가며 이모를 중간에서 멈춰 세웠다.

"네, 이모님. 저 여기에 있어요."

카일이 이모의 귓가에 현 상황을 보고하며 댄스 플로어로 이모를 끌고 갔다. 이모는 카일과 춤을 추면서도 계속 우리를 보고 있었다. 나는 데스와 리처드 어느 한 사람도 쳐다볼 자신이 없었다. 내 잔을 내려다보며 왜 이렇게 술이 빨리 사라졌는지 궁금해지기 시작했다. 잔 밑에 구멍이라도 나 있는 건가? 너무 궁금해 잔을 번쩍 들어보았지만 당연히 구멍 같은 건 없었다.

침묵의 시간이 길어지자 데스가 헛기침을 했다.

"난 저쪽으로 좀 가봐야겠어. 생일을 맞으신 분께 인사는 해야 할 거 같아서 말이야."

데스가 이모 쪽으로 걸어가 가짜 데스와 몇 마디를 주고받은 뒤 이모의 손을 잡은 채 빈 의자 쪽으로 다가갔다. 카일은 이쪽으로 걸어오다가 자신이 아직 이성애자를 연기하고 있다는 걸 깨닫고는 얼른 걸음걸이를 고쳤다.

"술이 더 필요해."

리처드가 숨을 크게 내쉬며 데크 쪽으로 걸어가다 어깨너머로 말했다.

"네 변호사가 글도 읽지 못하는 병신이 아니라면 지금쯤 서류를 다 봤을 것 같은데."

"일단은 잘 해결된 것 같은데?"

리처드가 멀리 떨어지자 재스퍼가 내게 말했다.

"왜 데스가 여기에 있는 걸까? 지금 보트레이스에 있어야 할 사람이잖아. 자기 엄마도 보러 가야 하고 시애틀로 이사하는 중이어야 한다고. 그런데 대체 왜 여기 있는 거야?"

"아마 엄마한테 생일 축하한다고 말해주려고 온 모양이지."

폰테인이 말했다.

"그게 아니면 너랑 화해하고 싶어서 왔던가."

난 손을 떨며 내 사촌이 옳기만을 바랐다.

페니가 다가와 턱으로 댄스 플로어 쪽을 가리켰다.

"이모랑 있는 건 누구야?"

"데스."

난 긴 한숨을 내쉬었다.

"진짜 데스야? 우와. 근사해. 저렇게 멋진 남자라는 거 왜 진작 말 안 해줬어!"

"어이, 이봐요. 아까 날 봤을 때랑 반응이 너무 다르잖아요."

카일이 불평했다. 나는 그런 그를 꼭 안아주었다.

"카일, 당신 정말 오늘 멋졌어요. 당신이 아니었다면 난 정말 부끄러워 술잔에 머리를 박아야 했을지도 몰라요."

그러자 카일이 어깨를 으쓱했다.

"뭐, 당신이 좋았다면 나도 좋아요. 어쨌든 당신은 내 인생의 첫 여자친구로 기록될 겁니다. 그게 진짜든 가짜든."

카일의 팔에 기댄 채 나는 이모와 데스가 오래된 친구처럼 대화를 나누는 모습을 지켜봤다. 데스는 이모가 뭔가 말하자 웃기 시작했고 이모는 그의 무릎을 토닥였다. 가서 끼어들고 싶었지만 지금으로썬 이모가 날 도와주는 거라 참기로 했다. 페이지와 조던은 그들에게 뛰어가 언제나처럼 데스의 무릎 위에 앉았다. 페이지는 그의 볼에 뽀뽀해 내 마음을 아프게 했다. 두 아이 모두 데스를 정말 좋아했다. 그가 안녕이라 말하게 되면 둘 다 상처를 많이 받을 게 뻔했다. 처음 그에게 반하기 전에 이런 걸 먼저 생각했어야 했다.

그때 옆에서 익숙한 벨소리가 들렸다. 카일이 주머니에서 내 휴대폰을 꺼내줬다. 변호사에게서 전화 오기만을 기다리고 있었지만 주머니가 없어서 카일에게 부탁했었다.

"쟈넷이야! 다행이다."

시끄러운 음악 때문에 조금 멀리 떨어진 바닷가로 내려갔다.

"안녕하세요, 쟈넷."

"세이디, 서류에 이상이 없다는 걸 말해주려고 전화했어요. 서류에는 다음 90일 내로 세이디의 돈을 지불할 수 없다면 주인은 세이디로 다시 바뀐다는 조항을 추가했어요. 그렇게 하면 이사를 해버리고 돈을 안 줄 수가 없을 거예요. 그리고 또 다른 추가 조항이 있는데 그 조항에 따르면 미시간 어디에 살아도 미래의 양육권에 대한 분쟁은 없을 거예요."

"만약 제가 시애틀로 이사 가면요?"

"네?"

나는 고개를 저었다.

"해본 말이에요. 벨하버 외엔 어디로도 이사하지 않을 거예요."

"알았어요. 하지만 서류에 사인 안 해도 돼요, 아시죠? 그냥 집을 가지고 있어도 돼요. 어차피 리처드의 말도 안 되는 계획은 법정에선 통하지도 않을 거예요."

집을 그대로 가지고 있을 수도 있었다. 샌들이랑 비치타월과 아이들을 차에 태운 채 바로 글렌빌의 호화로운 집과 냉정한 이웃에게로 돌아가도 된다. 고급 냅킨과 발렛 파킹이 되는 레스토랑에 가서 한 달 동안 연락도 안 한 친구들과 점심을 먹을 수도 있다. 아침에 고요함과 평화로움이 가득한 집에서 혼자 커피를 마실 수도 있다. 폰테인과 이모의 이상한 아이디어를 안 들을 수도 있다. 내 전용 화장실도 가능했다. 하지만 그런 건 이제 먼지만큼도 의미가 없어졌다.

"고마워요, 쟈넷. 집은 가져가라고 하세요. 전 사실 이쪽으로 이사 오는 게 많이 기대 돼요. 재미있을 거 같거든요."

전화를 끊고 심장에 가져대 대었다. 재미라, 맞다. 지금은 좀 즐겨도 된다.

모두들 댄스 플로어 위에서 서로 다른 커플들로 섞여서 춤을 추고 있었다. 페니는 데스와, 폰테인은 베스, 재스퍼는 페이지, 그리고 카일은 아니타 파커랑 춤을 추고 있었다. 리처드마저도 바비와 춤을 추고 있었다.

그들을 지나서 집으로 올라갔다. 거실 테이블 위에는 서류가 놓여 있었다. 펜을 들고 점선 위에 사인한 후 회한이 넘쳐흐르고 슬픔이 내 마음에 가득차기만을 기다렸다. 하지만 아무것도 나를 흔들지 않았다. 대신에 안도의 파도가 날 덮쳤다.

글렌빌의 화려한 집은 내 과거였다. 내 미래는 여기에 존재했다. 해가 바다 위로 뜨고 매일매일 새로운 가능성이 넘쳐나는 벨하버에.

데크의 계단을 향해 다시 뛰어갔다. 폰테인과 카일이 페니와 제프 옆에 서 있었다. 재스퍼가 무대 위로 낑낑대며 올라가 밴드 앞에 섰다. 모두들 조용해지자 재스퍼가 말했다.

"전부 와주셔서 감사합니다. 저흰 세상에서 제일 아름다운 여성을 축하하기 위해 여기 모였습니다. 그야말로 기쁨이 가득한 분이시죠. 제 어머니는 수많은 훌륭한 재능을 가지고 계십니다. 전부 말할 수는 없지만 분명 제 어머니는 제가 말해보길 원할 겁니다. 하지만 매일, 셀 수도 없이 많은 방법으로 저를 가르쳐주셨습니다. 어머니는 진실되고, 목적이 있고, 그리고 무엇보다도 모험심을 가지라고 가르쳐 주셨습니다. 사랑해요 엄마. 생일축하해요!"

재스퍼가 이모를 무대로 올리는 동안 다들 발을 구르고 손뼉을 치며 생일 축하노래를 크게 부르기 시작했다. 이모는 눈가를 마리 오스몬드 드레스로 닦았다. 몇 미터 옆에서 데스와 시선이 마주쳤다. 데스의 얼굴에 나타난 표정은 날 희망으로 가득 차게 만들었다. 데스는 가득 찬 군중들 사이로 걸어와 내 옆에 섰다. 우리는 서로 자신없는 미소를 교환한 뒤 무대 위 이모에게 집중했다.

"모두들 전부 고마워."

이모가 말했다. 이모의 목소리는 감정에 복받쳐서 많이 흔들리고 있었다.

"갑자기 초대를 했음에도 불구하고 이렇게나 와줘서 정말이지 고맙구나. 전부 아름답고 멋있게 생겼어. 정말 기분이 좋아. 우리 아이들에게 고맙다는 말을 전하고 싶어. 재스퍼와 폰테인, 이 파티를 위해 많이 신경써 주었구나. 그리고 내 조카인 세이디와 소중한 친구인 카일과 베스, 그리고 데스도 마찬가지야. 다들 많이 사랑한단다. 정말 행복하고 기분 좋은 생일을 만들어주었구나. 자 이제 위대한 여성인 엘레노어 루즈벨트가 말했듯이, 케이크를 먹도록 하여라."

재스퍼가 이모를 모시고 내려올 때 더 큰 박수가 터져 나왔다. 그리고 재스퍼는 다시 손을 올려 모두를 조용하게 만들었다.

"베스, 이쪽으로 좀 와주겠어? 모두들 케이크를 먹기 전에 잠시만 기다려주시겠어요? 할 말이 있습니다."

핑크빛 홍조를 띄운 베스가 약간 당황한 얼굴로 무대 위로 올라섰다. 재스퍼가 그녀의 손을 잡았다.

"대부분 제 여자친구인 베스를 만나 보셨을 겁니다. 만나 보지 못하셨다면 여러분, 여긴 베스입니다. 지난 일 년 간 베스는 제 여자친구였어요. 제일 소중한 친구이기도 하고 제 삶의 전부이기도 합니다. 단 하루도 그녀 없이 지내고 싶지 않아요."

재스퍼가 한쪽 무릎을 꿇은 뒤 주머니에서 벨벳상자를 꺼내들었다.

"베스, 사랑해. 나랑 결혼해줄래?"

베스가 어쩔 줄 몰라 하며 양손으로 얼굴을 감쌌다. 모두들 놀라서 숨을 죽였다. 바늘이 떨어지는 소리도 들릴 정도로 주변이 조용해졌다.

"나 방금 지구가 양쪽으로 갈라지는 소리를 들었어!"

폰테인이 내 귀에 대고 속삭였다.

"난 형이 저렇게 할 줄은 몰랐어. 너는?"

고개를 가로저었다. 둘에게서 한순간도 눈을 돌리고 싶지 않았다. 작은 비명과 함께 베스가 "응" 하고 대답했다. 계속 끄덕이는 그녀를 재스퍼가 포옹하는 모습이 보였다. 모두들 축하하며 휘파람을 불기 시작했다. 이모는 캥거루처럼 무대 위로 올라가 둘에게 키스를 퍼부었다.

"그래, 좋을 때지. 언제까지 갈지는 모르겠지만."

리처드가 내 근처로 와서 얄밉게 이죽거렸다.

"내 말이! 둘 다 너무 어려. 오래가지 않을 거야."

엄마도 리처드의 옆에서 거들었다. 나는 두 사람이 내 뒤에 있는 줄도 몰랐다. 그럼에도 불구하고 기분이 좋았다. 그 둘의 목소리에도 더 이상 난 움츠려들지도 않았다.

"아름다운 거야, 리처드. 그리고 평생 갈 거예요, 엄마. 왜냐면 저 두 사람은 사랑하고 있으니까요. 그리고 솔직히 둘 다 뭐가 문제인 거야? 둘의 비관적인 태도엔 정말 지쳤어. 그러니 이제 둘 다 이곳을 떠나줘요. 리처드, 집은 네 거야. 서류에 사인했어. 난 벨하버로 이사 올 거야. 그러니까 어서 밤비를 데리고 꺼져버리고 다시는 나타나지 마."

엄마의 얼굴이 엉망으로 변해갔다. 엄마가 분노로 어깨를 흔들며 카일에게 손가락질을 했다.

"세이디, 저 남자 때문이니? 잘 알지도 못하는 남자 때문에 아이들까지 데리고 여기에 뿌리를 박을 생각이라고?"

나는 진심어린 미소를 지었다.

"아니요, 엄마. 난 나를 위해서 벨하버로 이사하는 거예요, 왜냐하면 제 아이들과 여기 사는 게 좋으니까요."

때마침 다가온 카일의 팔을 토닥였다.

"그리고 말하는데 이 사람은 제 진짜 남자친구가 아니에요. 실은 제 상사죠. 그렇지만 상당히 좋은 남자친구가 될 거예요. 내가 아닌 폰테인의."

카일이 얼굴을 붉히며 사촌을 바라보았다. 엄마의 눈썹이 사납게 올라갔다.

"세이디, 나랑 지금 장난하자는 거니?"

"아니요, 엄마. 전혀 그런 게 아니에요."

나는 조금도 미안하지 않았다. 왜냐하면 더 이상 슬프지 않았기 때문이다.

"우리는 리처드에게 장난을 치고 있던 거고 엄마는 그냥 그 사이에 끼어든 것뿐이에요."

"뭐라고?"

리처드가 소리쳤다.

"그래, 미안해."

리처드의 고함소리가 터진 순간 사방에 흩어져 있던 사람들이 다가와 늑대와 마주친 어린 양을 지키듯 내 주변을 둘러쌌다. 폰테인, 카일, 페니, 그리고 놀랍게도 데스까지.

"세이디 터너, 이건 정말 상상할 수도 없을 만큼 괴상하구나! 이런 장난이나 치다니 부끄러운 줄 알아야지. 이건…… 이건 정말

네 이모나 할 짓이잖아!"

"그런 거 같네요. 그리고 그게 엄마가 제게 주신 최고의 찬사예요. 그러니까 여길 떠나줘요. 엄마에게 엄마의 인생이 있듯이 내게도 내 인생이 있어요. 더는 내 인생에 관여하려 들지 마세요. 엄마가 실패했다고 나에게도 실패를 강요하지 말고요."

"세이디, 너 어떻게 엄마에게 그런 심한 말을……."

"언제나 심했던 건 엄마예요. 엄마는 언제나 날 실패자로 몰았어요. 그리고 나를 통해 엄마의 실패를 매 순간 정당화하려고 했죠. 그렇지만 이젠 달라요. 난 실패한 게 아니에요. 난 다만 실수를 했을 뿐이고, 그 실수를 바로잡을 옳은 선택을 했고, 지금은 그 선택으로 인해 더없이 행복해요."

"세이디……."

"그러니까 가세요. 그리고 머리를 식히며 엄마를 돌아봐요. 엄마의 아집이 엄마의 인생을 얼마나 망쳤는지. 확인했다면 이제라도 바꿀 마음이 되어 있는지."

"됐다. 네 마음대로 하려무나. 엄마는 정말 너한테 실망했다."

엄마가 못내 분한 듯 입술을 깨물며 내게 등을 돌렸다. 그리고 뒤도 돌아보지 않고 자리를 떴다. 엄마의 뒷모습에 마음이 아프지 않은 건 아니었지만 그래도 속이 후련했다.

"그러니까 저자가 데스가 아니라고? 그럼 뭐야? 지금까지 남자를 사귀고 있었다는 것도 순 거짓말이었던 거야?"

리처드의 공격에 다시 말이 막혔다. 이제 와서 데스를 리처드에게 소개시킬 수는 없었다. 폰테인에게 장단을 맞춰준 것만 해도 데스는 자신이 해줄 수 있는 이상의 것을 해주었다. 그러니까 됐다. 나 같은 여자에게 이 정도의 배려를 해줄 수 있는 건 데스이기에 가능한 일이었다.

"그건 아니지."

문득 귓가에 데스의 목소리가 감겨왔다. 그것도 아주 가까이. 너무 놀라 소리가 난 쪽으로 고개를 돌리니 어느새 데스가 내 옆으로 다가와 있었다.

"내가 데스몬드 맥나이트야. 세이디의 남자친구."

데스가 자연스럽게 내 허리에 팔을 둘렀다. 그 순간 리처드의 얼굴이 종잇장처럼 구겨졌다.

"뭐야, 세이디! 왜 이 썩을 게이가 또 당신 남자친구인 거지? 그럼 이자는 또 뭐야?"

리처드가 나와 데스, 그리고 카일을 번갈아 보며 씩씩거렸다.

"내가 카일에게 세이디를 부탁했어. 아무래도 오늘 일이 길어질 것 같아서 파티에 못 올 수도 있었거든. 너 같은 쓰레기에게 내 소중한 애인이 몰리는 상황을 만들기 싫어서 가볍게 장난 한 번 친 거지."

"뭐라고? 이 자식, 너 지금 나보고 쓰레기라고 했어?"

밤비 옆에서 기가 죽기는 싫은지 리처드가 버럭 고함을 질렀다. 하지만 나는 알고 있었다. 리처드가 주먹만 쥐었을 뿐 되레 뒷걸음질 친걸. 리처드는 태생적으로 비겁한 자식이라 저보다 강한 상대를 귀신같이 알아채는 본능이 있었다. 이번에도 그의 본능이 스스로 몸을 사리게 만드는 듯했다.

"쓰레기도 지금껏 네놈 행실에 비해 많이 봐준 거야."

데스가 초록빛 눈을 서늘하게 뜬 채 리처드와 그의 밤비를 노려보았다.

"세이디가 착한 걸 천만다행으로 여겨. 나였으면 널 빈털터리 깡통으로 만드는 것만으로는 만족 못했어."

"뭐?"

"네놈이 한 짓은 생각도 안 하고 어디 가당찮게 우리 애들까지 노려."

우리 애? 내가 잘못 들은 건가 싶어 황급히 데스를 올려보았다. 리처드도 나와 생각이 크게 다르지 않은지 얼빠진 목소리로 되물었다.

"야, 이 자식아, 지금 무슨 소리를 하는 거야? 우리 애?"

"너 같은 놈에게 아버지 자격 따윈 없어. 다시 말해두는데 또다시 우리 아이들을 미끼로 가당찮은 짓을 벌여봐. 하버드 출신의 독사 같은 변호사가 네놈을 어디까지 탈탈 털어버릴 수 있는지 몸소 체험하게 해줄 테니까."

"세……세이……디, 뭐……뭐라고 말 좀 해봐. 대체 이게 무슨……."

리처드가 차마 말도 못 잇고 버벅거렸다. 그런 리처드를 잠시 쳐다보다가 다시 고개를 들어 날 안고 있는 데스를 올려다보았다. 그의 초록빛 눈이 처음 사랑을 나눈 그날처럼 반짝이는 걸 확인한 순간 나는 모든 것을 확신했다. 데스는 내게 돌아왔다. 그 순간 난 모든 것을 얻은 전사처럼 용감해졌다.

"내가 하고 싶은 말도 데스와 같아. 리처드, 다시는 이런 엉뚱한 짓 따위 벌리지 마. 그 망할 채널세븐의 앵커 자리라도 보존하고 싶으면."

"뭐?"

"몰라서 말 안 한 거 아니야. 증거가 없어서 침묵한 것도 아니고. 이혼할 때 아무 말도 안 한 건 당시 정황 자체만으로도 이혼할 명분이 충분했기 때문이야. 만약 당신이 또 이런 식으로 지저분하게 굴면 데스와 나는 더 이상 참지 않을 거야."

증거 따윈 없었다. 하지만 내 거짓말은 아주 효과적이었다. 세상 모든 사람들이 자기처럼 비겁하고 약점 잡는 걸 좋아하는 줄 아는 리처드는 의심 한 번 안 하고 내 말을 믿었다.

"데스, 내가 준 증거는 어떻게 했어요? 당신 친구인 그 하버드 출신 변호사에게 넘겼나요?"

그러자 데스가 싱긋 웃으며 내 뺨에 입을 맞췄다.

"물론이지, 허니. 당신이 준 증거의 반만 법정에 세워도 저 쓰레기는 평생 재기불능일걸."

우리를 바라보는 리처드의 얼굴에 핏기가 쏙 빠졌다. 아무리 못난 남자라도 애들 아빠인데 심장마비로 보내버리는 건 너무 잔인할 듯해서 나는 자비를 베풀기로 했다.

"리처드, 당신 처지를 이제 충분히 알았지? 그러니까 내가 더는 화를 못 참고 서류마저 찢어버리기 전에 당장 저 어쭙잖은 계집애를 데리고 꺼져. 그 집의 반만이라도 챙기고 싶다면 현명하게 행동하는 게 좋을 거야."

저 멀리 엄마와, 리처드, 그리고 밤비가 차에 오르는 모습이 보였다. 나는 여전히 데스의 팔에 안겨 있었고, 데스는 나를 받쳐 안은 채 침묵하고 있었다. 폰테인이 카일의 옆구리를 툭 쳐서 그를 데리고 자리를 떴고, 재스퍼와 베스도 자리를 피해주었다. 그리고 밴드는 느리고 로맨틱한 노래를 연주하기 시작했다.

"저랑 춤추실래요?"

데스를 향해 내민 내 손이 걷잡을 수 없이 떨리고 있었다.

"그래주시면 저야 영광이죠."

데스가 미소를 띤 채 내 손을 가볍게 잡았다. 그리고 낮고 달콤하게 속삭였다.

"저는 춤을 굉장히 잘 춥니다. 오늘 제대로 상대를 고르신 겁니다."

"그래요? 제가 정말 운이 좋네요."

서로를 바라본 채로 피식 웃으며 우린 서로를 당겨 안았다. 데스의 팔로 미끄러져 들어가는 것은 크리스마스의 아침과도 같다. 우리는 얘기할 게 아주 많았지만 지금은 아니었다. 무슨 뜻인지 고민할 필요 없이 지금은 그저 즐기고 싶었다. 데스는 내게 돌아왔다. 그거면 충분했다.

"뭐가 그렇게 웃겨요?"

옆에서 춤을 추던 이모가 내게 엄지손가락을 치켜 올리는 통에 그만 웃음을 터뜨렸는데 데스는 내 웃는 모습만 본 듯했다.

"이모 때문에 좀 웃겨서요. 이모는 당신이 돌아와서 정말 기쁜 것 같아요."

우리의 춤이 잠시 느려졌다.

"그러는 당신은요? 당신도 내가 여기에 있는 게 좋나요?"

"이 사실이 믿어지지 않을 만큼요."

확신이 담긴 내 말에 데스의 미소도 짙어졌다.

"데스, 나 당신에게 할 말이 있어요."

"타샤에게 들었습니다. 당신이 그날 어떤 상황이었는지. 미안해요. 그땐 나도 제정신이 아니었습니다."

"그래서 아까 하버드 변호사 어쩌고 한 거예요?"

순간 행복하기 그지없던 내 마음에 불안감이 스며들었다. 혹시 데스는 온전히 날 위해 돌아온 게 아니라 내가 리처드 때문에 곤란해진 걸 알고 순수하게 돕고 싶은 마음으로 돌아온 걸까?

"물론 유능한 변호사 친구도 있습니다. 없는 증거도 만들어서 그 개자식을 탈탈 털어낼 수 있는. 아까 그 자식이 거기서 더 깝죽거리면 진짜 그렇게 털어버릴 작정이었고요."

"떠나지 말아요."

갑작스러운 내 말에 놀랐는지 스텝을 밟던 데스의 발이 일순간 멈췄다. 그리고 나는 놀라 멈춰버린 그의 초록빛 동공을 흔들림 없이 응시했다.

"물론 시애틀로 가지 말라는 거 아니에요. 당신은 유능한 의사고, 당신의 재능을 펼칠 터전도 당연히 필요하죠. 여기서 떠나지 말라는 내 말 뜻은 날 떠나지 말아달라는 거예요. 당신은 다정하고 사려 깊어요. 사랑받을 자격이 충분히 있는 사람이죠. 그러니 과거 따위에 얽매여 더는 당신을 괴롭히지 말아요. 내가 당신을 만나 내 못난 모습을 털 수 있었듯이 당신도 그럴 수 있게 돕고 싶어요."

"왜죠? 왜 날 돕고 싶은 겁니까?"

데스의 물음에 심장이 멈추는 것 같았다. 그리고 나는 내게 오롯하게 고정되어 있는 그의 눈이 원하는 대답을 그 어느 때보다 명확하게 알고 있었다.

"당신을 사랑하니까요."

마치 우리를 둘러싼 공기만 흐름이 멈춰진 것 같았다. 나는 그 어느 때보다 확신에 차 있었고, 데스의 입가에는 지금껏 본 가장 행복한 미소가 걸려 있었다. 그의 팔이 나를 강하게 끌어당긴 순간 우리의 입술이 맞물렸다. 눈물이 핑 돌게 달콤한 키스에 나는 잠시 숨을 멈췄다. 그리고 그 숨이 다시 내게 돌아온 순간 내 심장은 다시 뛰기 시작했다. 내 선택은 옳았다. 그리고 나는 이 선택으로 영원히 행복해질 것이다.

EPILŎGUE

꽤 멀리 떨어진 해변으로 나왔음에도 여전히 밴드의 연주가 들려왔다. 그리고 나는 여전히 데스의 품에 안긴 채였다.

"그럼 시애틀로 언제 떠날 거예요?"

그러자 내 머리를 쓰다듬던 데스의 손이 멈췄다.

"세이디, 아까는 적당한 타이밍을 찾지 못해 말을 못했는데 아무래도 서둘러야 할 것 같군요. 이러다간 오늘 밤을 새도 못할 것 같으니. 시애틀에는 가지 않을 겁니다. 라일리에게도 알렸습니다. 난 여기에 남겠다고요."

전혀 예상치 못한 데스의 말에 나는 다시 멍해지고 말했다.

"안 간다고요? 왜요?"

그러자 그가 날 더욱 가까이 끌어당겼다.

"왜라고 생각합니까?"

논리적인 답을 생각할 수가 없었다. 여러 가지 상황을 생각해보았지만 단 하나의 답밖에 생각나지 않았다. 왜냐하면 나를 사랑하니까. 내 곁을 떠나기 싫어서.

"왜 진작 말해주지 않았어요? 몇 번이고 연락할 기회가 있었잖아요."

데스는 한숨을 내쉬며 바람에 흩날리는 내 머리카락을 쓰다듬었다.

"벨하버를 떠난 후 내 삶의 닷새를 보트 위에서 남자들과 함께 낭비해버렸습니다. 처음 몇 시간은 하이파이브 해대며 이렇게 바다로 나올 수 있어서 얼마나 좋은지, 남자답게 바다 위를 항해할 수 있는 게 얼마나 행운인지에 대해 떠들었죠. 하지만 이틀째가 되자 모두들 아내랑 아이들 얘기만 하더군요. 그렇게 본의 아닌 왕따를 당하고 있자니 내가 벨하버에 버려두고 온 게 생각이 났습니다."

내가 원하던 사랑의 발언은 아니었다. 그럼에도 나는 날아오를 듯 행복했다.

"다른 말로 하자면, 바다 위에서 문득 외로워져서 같이 있어줄 사람이 필요한 거였어요?"

"아니요. 세이디, 그런 건 필요 없습니다. 난 당신만 필요하고, 당신만을 사랑해요. 그러니까 당신을 만난 이곳에서 당신과 함께 남은 삶을 같이 보내고 싶은 겁니다."

데스가 내 손을 꼭 잡았다. 그가 이렇게 잡아주지 않았다면 난 정말 날아가버렸을지 모른다.

"말없이 떠나서 미안해요. 아마 좀 무서웠던 것 같습니다. 누군가가 절실히 필요했던 적이 굉장히 오래됐거든요. 그리고 그 사실이 날 두렵게 했습니다. 아마 당신은 내 말이 무슨 뜻인지 잘 알거라 생각합니다."

데스의 초록빛 눈이 또다시 장난스럽게 반짝거렸다. 그는 명백히 내가 그에게 저질렀던 바보짓을 놀리고 있었다.

"알아요. 내가 모르면 누가 알겠어요."

내가 순순히 수긍하자 그가 뜻밖인 듯 웃음을 터뜨렸다.

"반쯤은 장난인 거 알죠?"

"알아요. 하지만 바보같았던 세이디 터너의 세상에는 명백히 존재하는 것들이었죠."

"압니다. 그래도 난 당신의 세상을 사랑합니다. 그 안에 들어 있는 모든 것들을, 그리고 거기에 들어 있는 사람들도."

확신을 담아 속삭이는 그의 얼굴은 마치 긴 여행을 마치고 해답을 찾은 현자 같았다.

"보고 싶었어요. 그 어느 때보다 당신이……."

바다의 냄새가 코끝에 느껴지고 차가워진 모래의 감촉이 발에 감겨들었다. 나에겐 언제나 행복한 기억만을 남겨주었던 냄새이자 이제는 새로운 추억을 만들어줄 계기.

"나도 조금은 보고 싶었어요."

"뭐죠? 그 조금이라는 서운한 표현은?"

"파티 준비 때문에 정신없이 바빴거든요."

지금 이 순간 세상은 내 사랑만으로 반짝반짝 빛나고 있었다.

그리고 나는 사랑하는 남자의 팔 안에서 세상에서 가장 행복한 여자로 변해 있었다. 달은 높이 떠 있고 밤은 어두웠지만 마음속 깊은 곳의 나는 햇살 가득한 미소 띤 소녀였다.

FIN

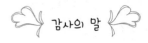
감사의 말

제가 만약 모든 이 여정 동안 절 도와주신 분들의 이름을 적을 수 있다면 그렇게 할 텐데 고마우신 분들이 너무 많아 간결하게 적겠습니다. 이 꿈을 이룰 수 있도록 도와주셨던 분들, 다시 한 번 감사드립니다.

제 남편과 아이들에게 첫 감사의 말을 전합니다. 제가 상상도 못할 다양한 방법으로 도와줘서 고마워. 매번 커피를 가져다주거나 와플을 가져다줘서 고마워. 가족이 내겐 제일 중요해.

동생들에게, 우리가 비록 눈사람을 만드는 방법에 대해서 서로 동의하지 않아도 나를 계속 격려해줘서 너무 고마워. 조안과 짐, 끝없는 지원과 너그러움에 감사를 드립니다.

우리 삼총사들, 킴벌리 킨케이드, 알리사 알렉산더 그리고 제니퍼 맥퀴스튼. 내 삶의 찐빵 속 팥들. 너무 고마워.

메레디스, 내 초고를 읽어보고 '읽기 힘들 정도는 아니네' 라고 얘기해줘서 고마워. 그리고 책을 별로 안 좋아하지만 책이 나오면 읽어 봐주겠다고 한 크리스. 너희 둘은 정말 좋은 친구들이었고 내 미래에도 언제나 함께할 사람들이야. 언제나 나와 함께 있어줘서 고마워.

제인에게, 매 단어마다 빨간 펜을 들고 설치는 모습이 아름다운 너.

셀 수 없이 많은 시간들을 데스몬드의 섹시한 머리카락을 설명해주어 너무 고마웠어.

나한테 바람과 함께 사라지다 스타일을 좋아하지만 재미있는 걸 써보라고 프로페셔널하게 조언해주었던 제니.

힐러리, 페기, 헤더, 스콧, 수, 제프, 사미타, 킴, 데이브, 마티, 테드, 메리 베스, 애슐린, 안드레아와 트레이시. 날 걱정해주고 격려해줘서 고마워. 내가 너무 힘들 때 포기하지 않을 수 있었어.

마크 그래험, 샤론 켄드류, 쟈넷 슈나이더 볼스테더, 자칭 킬트맨, 보스턴과 미스 제이. 적절히 필요했을 때 날 인도해줘서 평생 고마워 할게. 알노에서 보자, 내가 쏜다.

닥터 길 파둘라. 의학 지식을 나눠줘서 고마워요. 덕분에 여기저기 필요한 자문을 구할 수 있었어요. 귀찮게 해서 미안해요.

미국 로맨스 작가 협회 사람들, 중부 미시간 챕터, 스타스트레쳐, 파이어버드, 대싱 더체스. 다들 너무 사랑합니다. 작가분들의 도움으로 끝낼 수 있었어요. (크리스탄 히긴스와 딜라일라 마벨, 두 분 말이예요) 고맙고 또 고맙고 또 고마워요.

제 에이전트인 나리니 아코르칼, 언제나 이 책이 나올 수 있을 거라 말해줘서 고마워요. 평생 잊지 못할 거예요.

그리고 마지막으로 몬트 레이크 퍼블리싱의 정말 대단한 편집장 켈리 마틴. 제가 부끄럽지 않게 사적으로 언제나 감사하고 있을게요. 그녀와 함께 일하는 건 정말 영광이고 즐거웠어요.

Tracy Brogan